[英国] 里奇 · 罗伯逊 著　胡宝平 译

卡夫卡是谁

牛津通识读本 ·

Kafka

A Very Short Introduction

译林出版社

图书在版编目（CIP）数据

卡夫卡是谁/（英）罗伯逊（Robertson, R.）著；胡宝平译.
—南京：译林出版社，2013.5（2023.10重印）
（牛津通识读本）
书名原文：Kafka: A Very Short Introduction
ISBN 978-7-5447-2967-3

Ⅰ.①卡… Ⅱ.①罗… ②胡… Ⅲ.①卡夫卡，F.（1883～1924）-文学研究 Ⅳ.①I521.065

中国版本图书馆 CIP 数据核字（2012）第 133493 号

著作权合同登记号 图字：10-2014-197 号

卡夫卡是谁［英国］里奇·罗伯逊 / 著 胡宝平 / 译

责任编辑 於 梅
责任印制 董 虎

原文出版 Oxford University Press, 2004
出版发行 译林出版社
地 址 南京市湖南路 1 号 A 楼
邮 箱 yilin@yilin.com
网 址 www.yilin.com
市场热线 025-86633278
排 版 南京展望文化发展有限公司
印 刷 江苏凤凰通达印刷有限公司
开 本 890 毫米 × 1260 毫米 1/32
印 张 9.125
插 页 4
版 次 2013 年 5 月第 1 版
印 次 2023 年 10 月第 10 次印刷
书 号 ISBN 978-7-5447-2967-3
定 价 39.00 元

卡夫卡的事业(代译序)

残雪

二十多年以前，当我还是一个刚刚做了母亲的家庭妇女时,在一个阴沉的日子里,我偶然地读起了卡夫卡的小说。也许正是这一下意识的举动，从此改变了我对整个文学的看法,并在后来漫长的文学探索中使我获得了一种新的文学的信念。那么卡夫卡，对于我这样一个写特殊小说的人到底意味着什么呢？这个问题一提出来,我脑子里就会涌现出那个阴沉的下午的情景。全身心的如醉如痴,恶意的复仇的快感,隐秘的、平息不了的情感激流。啊,那是怎样的一种高难度的精神操练和意志的挑战啊。然而我深深地感到,这位作家具有水晶般的、明丽的境界。因为他身兼天使与恶魔二职,熟悉艺术中的分身法,他才能将那种境界描绘得让人信服。

多年以后,我自己也成了那桩事业中的追求者。这时我才明白,这是一桩最为无望的事业。混乱无边的战场就如同一张阴谋之网,你像一粒棋子偶然被抛入其中,永远摸不透你在事业中的真实作用。这就是自由人的感觉,卡夫卡在作品中以他睿智的目光传达给我的真正的自由。这样的自由,将人同他的世俗的外壳彻底剥离,进入本质的追求之中,而这个追求,是一场自相矛盾的战争。卡夫卡对于我意味着什么呢？他意味着那既无比惨烈，又充满快感的自由，如同他的小说《审判》中的K.所经历的一切，神秘、恐惧、陌生，然而一举一动无不出自原始的本能和崇高的意志。作为局外人和旁观者，谁能理解K.的快感呢？难道他不是为了这个快感，为了精神人格的建立，才决计抛弃已经腐败的肉体的吗？实际上，从一开始，我就不是作为局外人和旁观者来读这样的小说的，这是一种要改变人生观的文学，她永远不属于局外人和旁观者。“你来，它就接受你；你去，它就让你离开。”书中神父对于“法”的这种解释就是这位作者的感知风度——一位自由人的感知风度。如果我们不相信自己这僵硬的肢体正在走向死亡，如果我们还想在铁的桎梏之中表演异想天开的舞蹈，卡夫卡的作品就会给我们带来力量。

追求是一种没有尽头的苦役，人必须同自身的惰性告别，从此将自己放在断头台前来审判。曾经有过的一切：面子、地位、良好的自我感觉，甚至亲情和爱情，全都暴露在那种致命的光芒之下，产生变形，最后彻底瓦解。在这样一个过程中，没有人会甘心，于是人生成了竞技搏斗的场所。呆头呆脑的城堡里的土地测量员K.，就是这个竞技场上的运动员。隐藏在迷雾里头的城堡，正是我们人类那深不可测的本性。在《审判》里头经历了死亡考验的K.，眼前出现了城堡的广阔阴沉的天地，他决心向出现在眼前的这个自我本质之谜发起冲击，以小人物不可战胜的韧性和灵活性去夺取这场划世纪的胜利。然而他要战胜的神秘的庞然大物究竟是什么呢？这个庞然大物是属于谁的？问题的答案是无比暧昧的。陌生化了的对立面以强硬的姿态出现，扼制着人的一举一动。浑身洋溢着野性，又善于异想天开的主人公在与城堡的多次交手中虽无一例外地遭到失败，在他身上却正在出现一种新型的人格。他富于进取和探索精神，百折不挠，从一而终。不仅如此，他还非常善于从对手身上学习深奥的知识，将其消化，转化成行动的动力。在这种日复一日的操练与改造之中，始终陌生的城堡终于在沉默之中向他透露了某种精神生活中的规律性。当然这个规律并不能成为他下一轮搏斗的武器，他仍然只能自力更生，用奇思异想来作为行动的前导。然而有规律和无规律在本质上是完全不同的，规律不断刷新人的认识，提高着主人公的境界，并使他有可能在最后看清人性的结构。

K.终于进入对于结构的切身体验之中了。他与城堡之间的恩恩怨怨，就是一个具有意志的人对于自己出自肉体冲动的行为的约束，这个强制性的约束以城堡（有时是官员，有时是其他人）的面貌出现，却正是主人公所具有的精神的化身。人一旦成为人，他的肉体便再也离不开精神。城堡因而在主人公的追求过程中成了他的镜子，这面严厉的镜子什么都不放过，不放过他的虚荣，不放过他的懈怠，不放过他的侥幸心理，也不放过他的享乐企图。那么城堡要K.干什么呢？它要他“死”。但是这个死并不是消灭肉体的死，因为一旦消灭了肉体，K.也就产生不出精神来了。所以城堡要求的死，是活着来体验死。既然活着是前提，那么一切的出洋相、丢脸，被唾弃，被剥夺，绝望的挣扎，可耻的惨败等等，全都是必要的了。这些乌七八糟的世俗肉体生活，正是产生纯净的境界，形成城堡式新型人格的土壤。只因为有了来自城堡上空那一束阴沉的白光，世俗的的污浊就被赋予了全新的意义。却原来迷雾中的城堡就是人的自我意识，人所独有的理性。在它的全盘否决似的观照之下，人的所有的表演都只能是来自原始核心的爆发。镜子不说话，镜子仅仅明察秋毫，置你于欲生不可，要死不能的自我折磨的氛围之中。而这个氛围，是孕育一颗现代灵魂的子宫。结构变得清晰了：原始冲力与理性，肉体与精神，K.与城堡。这是同一个矛盾的几种表明方式。

那隐藏的、K.一直拼死要进入的城堡，从来就属于K.自己。只要世俗的挣扎还在进行，理念的城堡就不会消失。只要艺术家活一天，严厉的自审与大无畏的冲撞式的表演就不会停止。

人性分裂成两个部分，各自为阵，互不相识。但任何时代都有那么一些自我意识极强的人，他们要探索人性的底蕴，找回人的另一半，使人成为真正的"人"，大写的人。而那些生性极为敏感的艺术家就在这些人当中。他们那前赴后继的事业，那藏在云山雾海中，像城堡一样难以言说的事业，直到今天仍在暗地里发展着。今天的人，是在生存搏斗中学习分裂自身的技能的人。分裂给我们带来剧痛，精神的现实将我们逼到艺术家的极境之中，在此处我们便同卡夫卡相遇了。世纪末的钟声已经敲响了，如果我们不甘心死亡，那就只有奋起加入这场自我变革的事业，让被割裂的、僵死的肉体运动起来，焕发起来，踏上人生的万里征途，去追寻各自心中已有的，早就属于我们每一个人的城堡。

卡夫卡没有明白地告诉每一个人他的事业究竟是什么，因为没人做得到这一点。艺术家说不出，他只能在反复的"说"当中让那桩事业如同城堡一样"偶尔露峥嵘"，从而触动读者的原始记忆，使得读者有可能撞开自身的地狱之门，放出禁闭已久的幽灵，加入到由他导演的那场好戏中去充当角色。这是卡夫卡的作品也是一切纯文学、纯艺术作品的特征。你必须表演，才有可能成为真正的读者。

目录

第一章

生活与神话

弗兰茨·卡夫卡生平的基本情况比较平常，甚至毫无特色。他 1883 年 7 月 3 日出生于布拉格，其时他的父亲赫尔曼·卡夫卡、母亲尤莉·卡夫卡在布拉格开了爿小店，卖些新奇物品、伞之类的东西。卡夫卡兄妹六个，他排行老大，两个弟弟不幸幼年早夭，不过三个妹妹寿命都比他长。读大学时他修读法律，毕业后经过一年实习正式开始工作。他先就职于一家总部位于特里雅斯特的保险公司名下的地方分公司，一年后进入国立的工人事故保险事务所，工作职责包括处理工伤索赔事宜，还有察访工厂，进行设备和安全措施检查，以预防工伤事故的发生。空余时间里，他就写些散文随笔和故事在杂志上发表；以 1912 年的《沉思录》为开端，这些随笔和短篇小说还以小书的形式出版。

1912 年 8 月，卡夫卡与从柏林来访的菲莉斯·鲍威尔相识。菲莉斯比他小四岁，在柏林一家生产办公设备的公司工作。他们的关系，包括两次婚约，在很大程度上靠书信来维持（他们总共只见过十七次面，最长的一次是在 1916 年 7 月，两人在一家旅馆待了十天）。最终，这段关系结束了。当时，卡夫卡在 1917 年 8 月体内大出血，后来查出是结核病所致；他只好到农村修养，自己也不知道还能活多久。后来的日子里，短期工作和疗养院休养先后交替，就这样一直到他1922年提前退休。1919年，他和二十八岁的女职员尤莉·沃律切克有过短暂的婚约。但后来，卡夫卡又遇到已婚的密伦娜·波拉克（娘家姓耶申斯卡），于是他和沃律切克的关系破裂了。波拉克是个活跃的记者，她的丈夫曾将卡夫卡的部分作品翻译成捷克语，丈夫是个粗心人，因此和他在一起生活得不甚如意。由于密伦娜住在维也纳，卡夫卡和她见面的次数很少，两人的关系在1921年初结束。两年后，卡夫卡最终离开了布拉格，和朵拉·笛亚芒——一个从极度正统的波兰犹太家庭逃离出来的年轻女人——定居柏林。然而，卡夫卡的健康状况急剧恶化，他辗转于维也纳附近的几家诊所和疗养院之后，于1924年6月3日与世长辞。卡夫卡生前出版了七本小书，还留下了三部没有完成的小说与大量的笔记和日记。卡夫卡曾经指示他的朋友马克斯·布罗德将这些笔记和日记销毁，幸而布罗德没有按他的意思执行，所以我们今天才得以看到它们。

卡夫卡的文化偶像地位，就是根据上述材料以某种方式制造出来的。这个神话般的卡夫卡，在彼得·卡帕尔帝的短片《弗兰茨·卡夫卡的美好生活》（1994）中的病态隐士身上有典型体现。好不容易写出了《变形记》的第一行，结果这个“K.先生”被吸引到圣诞庆典中，变得非常平易近人，甚至让人家“就叫我F好了”。倍受折磨的卡夫卡之于20世纪（以及现在的21世纪），犹如那个忧郁的拜伦之于19世纪。“卡夫卡式风格”，和曾经的“拜伦式风格”一样，是个很有力的形容词。但是，拜伦的形象是个险恶而性感的贵族，他鄙弃社会和宗教禁忌。卡夫卡的形象则与此形成对照：他是个民主的形象。卡夫卡的凡俗生平本身证明他是我们当中的一个：扎根于普通生活，因此经历过或者想象过惯常的恐惧、痛苦和绝望，且达到了我们所有人都可以感同身受的程度，这个程度即使和我们的实际经验不太相当，也和我们的种种忧虑乃至梦魇中的情形是相当的。

卡夫卡神话，就像拜伦神话一样，是作者自己塑造的。其基础即使不是作者的经历，也是他思考、撰述自身经历时塑造、阐述它们的方式。思考、撰述那些经历，一则为了自己，再则为了大众消费。两种情况下，作者本人和他小说中的自我投射都很难分辨。拜伦的读者把拜伦想象成他笔下主人公恰尔德·哈罗德和曼弗雷德[①]那样幻想破灭而忧闷的人。把卡夫卡和他小说中的主人公分开也一样难，这些人物的名字被一步步压缩（如卡尔·罗斯曼，约瑟夫·K.，到《城堡》仅剩一个字母K.）。卡夫卡自己就曾碰到这个麻烦。1922年1月，他在一家山区旅馆登记住宿时，发现里面的工作人员因为看错他的预订记录而把他的名字写成了“Josef K[afka]”。“我是该让他们纠正过来呢，还是让他们把我纠正过来呢？”他在日记里问道。

既然卡夫卡这个文化偶像从根本上是他自己塑造的，我们就没有可能越过这个偶像去发掘出真正的卡夫卡。那个焦虑的日记作者、那个无休止地给菲莉斯·鲍威尔和密伦娜·耶申斯卡写着发于痛苦而又让人痛苦的书信的人，和那个极有才干的职业人士、那个热心的业余运动者、那个不时快意忘情于成功写作中的小说家一样，都是真实的卡夫卡。问题的关键不在于纠正卡夫卡的偶像形象，而是要回到卡夫卡的作品里，去发现他

① 恰尔德·哈罗德和曼弗雷德分别是拜伦的《恰尔德·哈罗德游记》（*Childe Harold's Pilgrimage*）和《曼弗雷德》（*Manfred*）中的主人公。——本书注释均由译者所加，以下不再一一说明。

图 1 卡夫卡四岁。

如何将自身经历和生活情境转化成这个形象。与此同时，还有很多关于卡夫卡的事实性错误在流传，其中有的可以追溯到早期传记和回忆录作者们的歪曲说法。只要对他的生平和所处的历史背景做一个准确、全面的呈现，就可以修正那些歪曲的说法。但是，我们还是从卡夫卡其人开始。

卡夫卡是个很有自我分析精神的作家，有时候甚至沉迷于自我。他在日记和书信里对自己的生活以及生活出了什么问题做了许多反思。他的小说创作则是较为间接地塑造、理解个人经历的方式。1914 年 10 月 15 日，他从工作中暂时停下来集中精力写《审判》时，他记道："这半个月的工作很棒，一定程度上对自身情况是个彻底的(!)认识。"虽然有无数的线索将他的经历和他的小说联系起来，而且辨识这些线索确实也有一些价值，但是卡夫卡的作品和别人的作品一样，不能归结到那些可能的生平背景。正是因为卡夫卡的小说远远超越了其创作的起因，我们才不得不去注意卡夫卡。

《致父亲的信》

要大致了解卡夫卡的个人经历，并弄清他如何开始在反思的过程中将个人经历写进小说，我们不妨来看看他最长的一篇自我分析，即那封著名的《致父亲的信》。这封信写于 1919 年 11 月，卡夫卡在信里分析了他和父亲之间的关系。他原来似乎是打算将信寄给父亲，希望能借此消除彼此的疑虑。但是他的妹妹奥特拉和母亲——他显然先把信给母亲看了，后来还给妹妹看了——都劝他不要寄，于是他把信作为个人档案保存起来。1920 年，卡夫卡曾把信拿出来给密伦娜看，好帮她认识他。

这封信的首要意义在于它是个自我治疗性的努力。卡夫卡努力认识父子关系,以此来和父亲划清界线。由于这封信是卡夫卡为自身成长考虑有意而为,因而我们不能将它看成是对他父亲赫尔曼·卡夫卡公允的或者完整的描绘。但是,也没有理由认为信中的一切其实都是假的,信里对他父亲很强的个性还是做了比较合理的呈现。赫尔曼·卡夫卡白手起家,他在一个名叫沃赛克的南波希米亚村庄长大,生活极度贫困。七岁时就被迫推着小贩车,到各个村子四处叫卖。年轻时的困苦给他留下了清晰的印象,后来他不断地给孩子们讲述那些困苦经历,埋怨年轻一代意识不到他们的生活是多么宽裕,惹得几个孩子煞是心烦。赫尔曼不懈地工作,加上娶了富裕的啤酒坊主的女儿尤莉·略维为妻,从而得以在布拉格中心地区开了家店面。他身上自信的成分明显多于感性。他教育卡夫卡的方式是粗鲁的玩闹(比如绕着桌子追他)和夸张的威胁——夸张得能把想象力丰富的小孩吓坏("我会像撕鱼一样撕了你!")。卡夫卡追述了一个小事件:当时他还是个小孩,有天半夜里把他父母哭醒了,结果父亲把他从床上拎起来,放在他家房子后面的门廊上面,这让卡夫卡觉得——起码后来回想起来是——他和父亲相比似乎什么都算不上。赫尔曼·卡夫卡用他儿子称为"暴政"的方式管理家务和店务,批评孩子时重言讽伤,对雇工说话的样子和说出来的话都很凶蛮。他用高压手段对待雇工,一件事情就可以说明:有次所有雇工都辞了职,弗兰茨得去一个个拜访他们,劝他们回来。我们由此可以看到一幅一致的人物性格素描。按照今天的标准,人们对他在家里和工作中的为人方式都不会有太高的评价。当然,有种东西卡夫卡没有也无法传达,那就是赫尔曼·卡夫卡肯定怀有的灰心沮丧感——因为人们不能遵从他所给出的明显合理的指令,还因为他与自己的孩子之间有隔阂，尤其是与卡夫卡以及与不守常规的小女儿奥特拉之间有隔阂。对赫尔曼和尤莉·卡夫卡在他们唯一幸存下来的儿子（另两个儿子分别在十五个月和六个月时死去）身上所做的情感投资，弗兰茨的信中也没有表现出感激之情，这一点有助于说明父母何以对他感到失望。他们拿弗兰茨年龄最长的堂兄布鲁诺·卡夫卡作为成功的标准：布鲁诺是位杰出的法学教授，后来成为著名的政界人物。可是，长大后的弗兰茨志趣怪异，在职业上没什么成就，也没有明显的能力娶妻成家。

按照卡夫卡自己的描述，他感到被他的父亲压制了。赫尔曼·卡夫卡庞大的身躯（对小孩来说肯定是巨大的）、大嗓门下的自信和绝对的权力，让他看起来像个巨人。“单是您形体的存在就让我有压迫感。”卡夫卡写道，同时回忆起一次他们在游泳

图 2 卡夫卡的父亲，赫尔曼·卡夫卡。

场洗浴更衣时，他父亲的庞大躯干使他显得像个“极小的骨架，站也站不稳，赤脚站在木板上，怕水，不会模仿您划水。”吃饭时，赫尔曼·卡夫卡狼吞虎咽，大口大口地，一点也不怕烫，把骨头咬得嘎嘣响，却禁止别人这么做。（这里我们可以发现卡夫卡小说中许多残暴的食肉人物的由来，从《失踪的人》[1]中贪婪的格林到《绝食表演者》草稿中吃人肉的野人。）长大些后，卡夫卡发现他的身体长得太高太瘦，对自己瘦长的身材感到不舒服。与他父亲相比，他对身体缺乏自信，这不过是他多方面不安全感的一部分。他的父亲为成年人的自信树立了一个榜样，而且永远是无与伦比的。开始时，弗兰茨在他面前说话吞吞吐吐，到最后尽量避免和他说话。他父亲发号施令，自己却不遵守那些命令。这样一来，父亲似乎行使着绝对的权力，而且该权力最终是以个人气质为基础的。由于赫尔曼·卡夫卡有这种力量，他可以不管前后是否一致或者是否符合逻辑，任意指斥所有人，而没有人敢挑战他。“我看您获得了所有暴君所具有的神秘品质，这些暴君们的权力的基础是他们本人而不是他们的思想。至少在我看来是如此。”他的父亲似乎完全占据了他，像一个人趴在世界地图上似的，一点空间也不给弗兰茨留下。卡夫卡无法模仿父亲，只能怪自己无能。按照他自己的总结：“因为您，我丧失了自信，反过来，得到的却是无尽的内疚感。”

赫尔曼·卡夫卡统治得最稳固的地方是婚姻。他娶妻了，弗兰茨却没有，但是大家希望他能娶上。成年的卡夫卡把这个处境解释为一个进退两难之境。

---

① 马克斯·布罗德后来将小说的标题换成了《美国》(*America*)。国内学界一般取布罗德的题目，翻译成《美国》。

倘若我想在我俩之间不如意的关系中获得独立，就需要做点什么事情，而且这件事情与你几乎没有什么关系。结婚是最大的一件事，它让我的独立最为可靠，但是同时，它与你的关系也最密切了。

卡夫卡在这里明确表达的，就是弗洛伊德所描述的经典的俄狄浦斯式的父子关系。男性要长大成人，就必须长成他父亲那样性方面成熟的人；但是他又必须对抗父亲，把他从家庭中唯一的或者说至高无上的性成熟的男性地位上拉下来。要胜过父亲，他必须和父亲对抗。可弗兰茨又多了一个难处：据他自己称，他小的时候对性没有丝毫兴趣，一有人提到性，他就会拘谨，有受冒犯的感觉；赫尔曼·卡夫卡则对性直言不讳。卡夫卡的父亲曾暗示他应该去逛逛妓院，这对十多岁的弗兰茨来说是“世界上最龌龊的事情”。所以，按照卡夫卡的说法，他自己要寻找配偶的愿望受到了负面力量——软弱、不安全感、内疚、缺乏自尊——的阻挠，而这些都是他父亲输入到他身上的。

按照卡夫卡自己说的，他用什么办法才能避开父亲的影响呢？一种可能就是找个职业。卡夫卡确实承认，他想学任何东西，他的父母都允许。（这可不是小事。读大学意味着最少四年可以继续住在家里，不用挣钱，再过很长的时间以后他才可以挣足够的钱来帮助父母或者自己独立成家。）但是这里的允许所隐含的自由，按照卡夫卡的说法，已经提前被否定了。因为他沉重的内疚感使他对学校学习提不起劲，他完全相信自己每年年终考试都不能通过，虽然实际上每次他都通过了。他对学习的兴趣很低，那程度（用他自己的话说）就像个欺骗了自己雇主的高级银行职员在等着被人家查出来时，对日常交易业务还能保持的兴趣那么大。所以，既然每个科目都吸引不了他，那就不妨学一门吧——法律，绝对让他讨厌的一门。“考试前的那几个月，”卡夫卡痛苦地回忆道，“我的神经极度紧张，每天的精神食粮味同嚼蜡，况且那还是之前已经被千万张嘴嚼过的蜡。”卡夫卡解释自己何以选择法律的原因显得极其违反常情，有受虐狂的味道，不过对于任何一个没有明确计划或兴趣的人，法律显然是该选的大学课程，因为它为人们在法院、工业、商业、金融和公共服务等领域提供了广泛的职业选择。

要逃离赫尔曼的世界，一个明显的出路似乎是文学。卡夫卡承认，写作确实给他带来些许解脱。但是，写作并没有带来自由，因为他有什么可写呢？“我所有的作品都是关于你的；只有在你的怀里无法感伤的东西，我才到写作里感伤一番。”这当然是夸大其词。强大厉害的父亲确实在《判决》和《变形记》中出现了。一个咒骂自己的儿子，让他去溺死算了；另一个扔苹果砸他的儿子（其时已经变成甲虫），让他受到致命的伤害。即便如此，创造此类半恐怖半荒诞的人物形象显然是卡夫卡摆脱控制自身处境的方式。然而，在《致父亲的信》中，卡夫卡把所有的作品都说成是另一种形式的依赖，虽然他没有摘引具体段落为证。从生活逃入文学注定失败，因为文学写的必然是生活。

《致父亲的信》在多大程度上是自我分析？信里以高度戏剧化而又基本合理的方式呈现出作者的样子：这个人的自尊，因为不太敏感的养育方式以及自感达不到父母的期望，受到了严重的伤害。当然，他如此强烈地感到自己的失败，恰恰表明卡夫卡已经很深程度地接受、内化了父母的期待。他也感到应该结婚成个家，可是他有此希望是因为父母有此希望。卡夫卡敏锐地分辨出他在父子关系中所处的两难境地。他指责父亲冀望他

图 3 读大学时的卡夫卡同他在校时的情人之一——服务员汉茜·索科尔,约 1906—1908 年。

娶妻结婚，却把他的性格塑造得不能结婚。然而，他可能并不很清楚他的信在多大程度上表达、证明了这种两难处境。写信的目的也许是为了摆脱父亲的影响，但是卡夫卡把自己描述成完完全全是他父亲的产物，因此难以想象他还能够逃脱他的父亲。

在信中，母亲的作用显得小而又小，这可能会让我们感到惊讶。她只是作为父亲的助手出现，跟他太近，以至于不能为受其权威压制的孩子们提供任何庇护；但是，她也是个不开心的中间人，受到丈夫和孩子们的压迫。“我们残忍地打击她——你从你的方面，我们从我们的方面。”卡夫卡有两个故事与他的家庭生活明显有关：《审判》和《变形记》。其中，《审判》里的母亲死了，而《变形记》里的母亲虽然很关爱那个“不幸的儿子”，但是却无能为力，关键时刻自己先昏倒了。然而，在心理分析者看来，卡夫卡感情脆弱不仅缘于父亲的支配，还因为母亲早就不再关爱他。卡夫卡的日记中显示出尤莉·卡夫卡经常因为古怪的儿子“叹息啜泣”，让他心烦，而且母亲根本不能理解他；他埋怨母亲把他当成一个普通的年轻人，认为他会暂时把各种奇怪念头搁到一边，像其他人那样娶妻成家。卡夫卡写给菲莉斯的一封信的“又及”里记录了一个感人的时刻，从中可以感受到他和母亲之间的隔阂以及深藏的爱：

> 我正要脱衣的时候，母亲因为有点小事进来了。她要出去时，吻我一下后道了声晚安，这是多年以来都没有过的。“就该这样。”我说。“我从来不敢，”母亲说，“我原来以为你不喜欢这样。不过你喜欢的话，我也喜欢。”

图 4　卡夫卡的母亲，尤莉·卡夫卡。

这封《致父亲的信》不可等闲视之。它里面包含了大量的实际经历和有见地的自我分析。但是，很大程度上，它讲了个故事——就像卡夫卡讲给自己听的关于自己生活的故事。有一点无可辩驳：也许心理分析所能提供的最好的东西，也不过是一个令人满意的故事，讲的就是我们何以变成现在的样子。不过，这个故事显示出《致父亲的信》和自《失踪的人》以来卡夫卡那些描述内疚的小说之间的关系。确实如此，我们可以看到卡夫卡用想象创造出一个堪比狡诈的银行家的人，这听起来像是另一部《审判》似的小说的萌芽。

结婚

卡夫卡生活中有两件事显得特别重要，这两件事在他《致父亲的信》中只是一笔带过，但是值得进一步探讨。一件是他没有实现的愿望——结婚，另一件是写作对他的重要性。

听卡夫卡说话，看他的行为，仿佛结婚是他生活的核心计划。

> 在我的信念中，结婚、成家、接受所有生下来的孩子、在这个不安定的世界里支撑他们，甚至给他们一些引导，是人们可能获得的最大成就。

《致父亲的信》里，这句话出现时不带个人色彩，不免让人感到好奇。它描述的不是卡夫卡个人为自己选择的目标，而是“人们的”目标。当他努力去实现该目标时，他发现自己不仅业已置身于自己所指出的两难的家庭困境中，而且选择伴侣这一行为其实是在重蹈该两难困境。比他小四岁的菲莉斯·鲍威尔是个聪敏的女性，她学识渊博，工作上极为能干。卡夫卡佩服她，但要是说性的吸引，或者即使是她在身边时的愉悦感，却几乎没有。1915 年 1 月和她一起度过一段时间后，卡夫卡在日记里写道：“除了在信里之外，与 F.一块儿时，比如在祖克曼特尔和里瓦的时候，我从来没有感到和一个所爱的女人间的那种甜蜜关系，只有无限的钦佩。”1905 年和 1913 年他们分别在祖克曼特尔和里瓦的风景胜地度假时所发生的关系，是随意而平静的情事。可是，将要和极有才干的菲莉斯结婚，让卡夫卡心里的无能感更甚。这也意味着他将重新过上令人窒息的家庭生活，而他就是在这样的家庭生活中长大的。菲莉斯带他去买家具，家具却使他想起了墓碑；她还坚持他们的公寓里要有“个人风格”，这偏偏又是卡夫卡讨厌的词语。在正式的订婚仪式上，他感觉“像个罪犯一样被捆了起来”。他寄给她的信和明信片总共有五百多封，里面流露出他极大的情感需要，他希望了解她的生活——这间接说明了他的控制欲，还显示出他们之间奇怪地缺乏亲密感。卡夫卡好像还不知道鲍威尔家庭中那些需要她来面对的问题：她的父母已经疏远多年，其间她的父亲和情人生活在一起；她的兄弟是个骗子，最后逃到了美国；只有菲莉斯知道，她未婚的姐姐已经怀有身孕。虽然菲莉斯的信没能保留下来，我们完全可以设想到，菲利斯一定觉得卡夫卡虽然有趣、有吸引力，但是也很让人恼火。1914 年 7 月 2 日，她解除了和卡夫卡的婚约，不过两人一直还保持着联系，然后 1917 年 7 月再次订婚。

卡夫卡和密伦娜的关系与他和其他几个女人的关系表现出类似的模式，即认定自己无能，不过密伦娜在思想上和他更有共鸣。与给菲莉斯的信相比，他给密伦娜的信中更愿意表露

图 5 密伦娜·耶申斯卡。

自己。给密伦娜的那些信的基调是不安全感、恐惧和极度的自我贬低。他把自己比喻成一个将死之人，躺在肮脏的床上，接受死亡天使——"所有天使中最圣洁的一个"——的拜访。不过，这一回，我们还能看到这个女人对于二人关系的看法。不论是关系正在进行中还是结束后，她都在给马克斯·布罗德的信中说到卡夫卡，埋怨他去一下邮局柜台这样的小事都不愿意干，以及幼稚地佩服别人的能干（包括菲莉斯，甚至密伦娜的丈夫、勾引高手恩斯特·波拉克）。但是，她也认为卡夫卡对这个无限陌生的世界有着神秘的理解，她还对卡夫卡独特的性格表示赞扬：

> 他也觉得他自己是个内疚的、软弱的人，可是世上没有谁有他那么强大的力量：他对于完美、纯洁和真理表现出绝对的、不容置疑的需要。

卡夫卡的情感生活有另一个模式，那就是他对年轻女性具有吸引力，不过她们没有像菲莉斯和密伦娜那样，让卡夫卡把她们理想化到自感无助。卡夫卡 1919 年度假时与尤莉·沃律切克相识，但是关于她，人们所知甚少。就是因为父亲不同意他们俩的短暂婚约，才有了那封《致父亲的信》。可他一与密伦娜好上之后，马上就和尤莉分手了。这让尤莉非常难过："你真的要丢下我吗？"卡夫卡与朵拉·笛亚芒的关系一度看起来前景很光明。现在人们也已经知道，笛亚芒跟菲莉斯和密伦娜一样优秀。卡夫卡 1923 年 8 月度假时结识了她，当时她二十五岁，比卡夫卡小十五岁，独自生活在柏林。她和卡夫卡一样，对犹太复国运动和犹太文化产生了越来越强烈的兴趣；他们还计划移民巴勒斯坦，在那里开家餐馆，朵拉当厨师，他当服务员。两人的计划根本没有实现，不过她确实帮卡夫卡摆脱了他的家庭，离开了布拉格，在柏林度过了可能是他一生中最快乐的时光，直至结核病最终要了他的命。后来，朵拉成了著名演员，一名积极的共产主义者（像密伦娜那样）。她先是移民到苏联，后又去了英国，1952 年在伦敦去世。

卡夫卡处理关系上的种种困难均记录于篇幅很长且往往显出他自我沉迷的信件和日记中，这些困难自然在后代人对他的印象中很突出。有人简单轻率地提出了一些解释，其中一种说法是卡夫卡绝对是个同性恋。虽然这个说法的前提带有非常缺乏深思熟虑的性别角色观，但是毫无疑问，卡夫卡的想象里确实有同性爱的一面。生活中，他乐于参加的文学和娱乐聚会，其成员全是男性，包括他的朋友马克斯·布罗德和弗兰茨·魏菲尔（肥胖的布拉格德语文学奇才）。卡夫卡也晓得当时对男性健美的广泛推崇，这在“候鸟”运动里有突出的表现，该运动鼓励年轻人徒步穿行德国。“候鸟”运动的领导者汉斯·布鲁尔写的那本论男同性恋关系的书，卡夫卡读得颇有热情。1917 年 11 月 20 日，他在给布罗德的信中愉快地写道：“如果我再补上一句：我前不久在梦里吻了魏菲尔，我马上就成了布鲁尔书里写的东西了。”在这个圈子里，男人之间是可以表达爱意的，至少可以用语言表达，而无须感到尴尬。因此，有好几封给布罗德的信中，卡夫卡说“吻你”以对布罗德送他礼物表示感谢。《失踪的人》的第一章中，就是一种同性恋般的友谊把卡尔·罗斯曼和司炉工联系了起来（卡夫卡对以《司炉》为题将这一章单独发表没有任何顾虑）。《在卡尔达铁路上》的残篇里，主人公孤独地待在俄国的中部，只有在监察员偶尔来访时情况才有改变。监察员来访时两人的拥抱就有同性恋意味。《城堡》高潮时的情景之一是K.做了个梦,梦里一个城堡秘书赤裸着身体,成了希腊神话中的神仙("希腊"本身就是男同性恋的一个标准代码)。相反,卡夫卡的小说将异性间的性交描述得肮脏、吓人。在《失踪的人》里,凶猛的克莱拉带着想做爱的样子靠近卡尔,接着却用柔道手法把他摔在地上。《审判》中,动物般的莱妮手指交叉成网状勾引约瑟夫·K.,她把K.拖到地上后宣布:"现在你属于我了。"最让人难以接受的是《城堡》中,K.和弗里达在酒吧间地板上的水洼间做爱。可是书中用了非常抒情的语言表现该场面,言外之意是:性虽然有其肮脏之处,但也能表达爱和自我迷失。卡夫卡曾对密伦娜说:他的性欲让他感觉自己像个"流浪的犹太人":"糊里糊涂地被吸引,然后在一个毫无意义的肮脏世界里糊里糊涂地流浪。"他还说性"有点像人类堕落前在乐园里呼吸的空气"。类似的段落表明:给卡夫卡的性想象贴上个标签是毫无意义的。相反,应当把他的以性为主题的作品反复阅读,去欣赏其情感的坦诚实在之处,因为正是这种坦诚实在,让卡夫卡把一些非常难以说清的情感紧密结合起来。

"我就是由文学组成的"

卡夫卡考虑结婚时,影响他的主要障碍是他对写作的挚爱。写作对他的重要性,怎么夸张都不过分。"我没有文学兴趣,我就是由文学组成的。其他什么都不是,也不可能是。"他在跟菲莉斯说这些话的时候(之前菲莉斯把他写的字给一个书法鉴定师看过,那人从卡夫卡的笔迹里看出他有"文学兴趣"),也几乎没有任何夸张的成分。他害怕结婚会搅了写作所需要的那份孤独。菲莉斯有回提出:他写作的时候,她可以坐在他身边。卡夫卡回答她的话时设想了一种生活:在宽阔的地窖靠最里面的那间屋子里，他坐在写字台边写作，除了从地窖门外传来给他端饭过来的人的脚步声，没有任何东西打扰他。就是在可以独处的时候，写作依然是困难的、让人丧气的。卡夫卡的日记里到处可以找到写了一页半页后就停了的故事，还有对自己没有能力写作的懊恼和责备。只有偶尔一些时候，他不用有意识地费多少努力就能写得比较顺利。这样的时刻，最突出的是 1912 年 9 月 22 日至 23 日的夜晚。从 22 日夜里 10 点到 23 日早上 6 点，他坐在写字台边写《判决》，一口气写下来没有停过。“只有那才是写作的样子，” 他第二天在日记里记道，“必须有这样的连贯性，肉体和灵魂才能这样完整地敞开。”这一文学上的突破出现在他首次见到菲莉斯的一个月之后，他告诉布罗德：写故事结尾的时候，他有种强烈的喷发的感觉。故事的最后一个词是 Verkehr，它在上下文里的意思是“道路交通”，但是也有“(性)交合”的意思。是否他的性欲，被菲莉斯激起来之后，却转入了写作？

写作顺利不仅让卡夫卡有极为畅快的感受，写作还让他得以超脱个人生活里的诸多痛苦事件。不愉快的经历往往能激发他的创作力。《审判》和《流放地见闻》是在他解除婚约后的几个月里完成的，他曾在日记里把解除婚约的场面描述成“庭审”的样子(预先提出了结构这两个故事的有关公正的隐喻)。开始写《城堡》之时则是他和密伦娜关系行将结束之时。通过写作，他可以有一个更高的视角，从而能摆脱徒劳无益的自我分析。1922 年，他这样记道：写作给予的慰藉，让他从“杀手的行当”里跳出来，在这个行当里，每一个行为紧接着就被自我观察否定，让他可以形成“一种更高层次的审视——更高层次的，而不是更敏锐的；愈有高度，从‘杀手的行当’就愈难获得，就愈能遵

图 6 卡夫卡和菲莉斯·鲍威尔，1917 年。

照它自己的运行规律,其轨迹也就愈难预料、愈让人愉快、愈向上升。”此外,他感到他的写作不仅仅是自我治疗:它表现了那个时代。1916 年,卡夫卡向他作品的出版商承认:《流放地见闻》是个“令人痛苦的”故事。他进而解释道:“我们这个大时代,具体而言是我所处的这个时期,是一个令人非常痛苦的时代。”后来,他把自己的写作看作一个神秘的使命。“我依然能从《乡村医生》等作品里找到暂时的满足,”他 1917 年提到,“倘若我能多写出点那样的东西的话(这不太可能了)就好了。但是,只有把世界提升到纯洁、真实、恒久的层面,我才真正感到高兴。”不论这么说意义何在,很明显,他赋予作品的意义不仅仅是个人性的。

卡夫卡热爱写作,他也承认他在写作上有榜样和英雄。文学上的血亲,他说有福楼拜、陀思妥耶夫斯基、克莱斯特和格里尔帕策[①]。他热心地读了他们的作品,包括他们写的不公开的东西,也在生活的某些方面向他们看齐。说到格里尔帕策,那些使他成为奥地利最伟大戏剧家的剧本,卡夫卡并无兴趣,他感兴趣的反倒是那本讲主人公如何挚爱艺术却误入歧途的小说《可怜的行吟诗人》(1846),以及格里尔帕策何以有个女人不敢娶,却又和她长期保持着关系。卡夫卡订婚时,浮现于脑海中的形象是一些被罚劳役、受束缚的罪犯,这些意象则来自陀思妥耶夫斯基被流放到西伯利亚的经历。至于福楼拜,有两段引文尤其适合卡夫卡。一段出自他 1868 年 9 月 9 日写给乔治·桑的一封信,当时福楼拜正在为《情感教育》(这是福楼拜作品中卡夫卡最喜欢的)的结尾大伤脑筋:“我从不问世上发生了什么事

① 克莱斯特(1777—1811),德国作家;格里尔帕策(1791—1872),奥地利剧作家。

情，我的小说是我坚守不放的磐石。”话里的意思，与卡夫卡自己对写作的挚爱如出一辙。另一段话是福楼拜的侄女卡罗琳·考曼维尔（1909 年曾前往布拉格，布罗德采访了她）记录的。卡罗琳带福楼拜看望了一个已婚的朋友，那个朋友一家子人丁众多，之后他懊悔地说：“他们活得很实在。”这句话十足地道出了卡夫卡对文学创作中那些无法衡量的损失以及所得的感受。

基本上讲，卡夫卡更是个好读不倦的人，并通过订阅当时的主要文学期刊《新评论》，随时掌握当代文学的发展状况。《新评论》的品味温和而保守，同卡夫卡的相似。那些年轻的表现主义作家们吵吵嚷嚷的样子，他不喜欢。他赞赏的是准确、简约和曲笔，尤其是彼得·艾腾贝格和罗伯特·瓦尔泽的短篇随笔以及契诃夫和托马斯·曼的早期短篇小说中所体现出来的这种风格。他也喜欢狄更斯，这可能让人感到惊讶，但是其中纯粹、饱满的活力给他印象很深——尤其因为他感到这正是他不足的地方。他最喜欢的书包括儿童历险故事，这在《夏弗斯坦小绿皮书》系列里面就有，其中包括的故事有的是一个德国种糖人讲述的，还有的是一个目睹了拿破仑俄国战争的士兵讲述的。他还非常爱看电影，喜欢看的有一部西部片子（《金子的奴隶》）、一部讲卖淫的惊险片子（《白人奴隶》）和一个催人泪下的片子（《小罗洛蒂》）。在 1924 年 1 月的一封信里，卡夫卡提到了卓别林的《小孩》，该片当时正在柏林上映，这不禁让人联想却又不敢肯定：卡夫卡是否对这个善于板着脸不笑的滑稽大师有直接了解？毕竟人们经常把卓别林的作品和卡夫卡的作品相提并论。

因为卡夫卡一生的时光几乎全在布拉格度过，所以往往有人会以为，卡夫卡不管在地理上还是语言上都脱离了欧洲文学

图 7 布拉格的老市镇广场。

的大环境。身为一个犹太人,母语是德语,却置身于一个绝大多数人讲捷克语的省城,因此有时候人们会说他生活在一个三重特征合一的“隔都”。这一说法有失准确。在布拉格说德语的人占少数,他们绝大多数属于中产阶级,有自己的学校、剧院和报纸。1882 年,古老的查理大学已一分为二,一边讲德语,另一边讲捷克语。但是,说德语的人根本就不是孤立地生活在单一的犹太人居住区,而是与讲捷克语的人杂居在一起,以至于去购物时不会讲几句捷克语都不行。讲德语的人数量在慢慢减少:1880 年到 1910 年间,布拉格的人口从二十六万上升到四十四万两千,但是讲德语的人(即普查表上填明自己讲德语的人)却从三万八千六百人(14.6%)下降到三万两千三百人(7.3%)。卡夫卡的捷克语虽然谈不上完美,但是说、读、写都很流利。他有时候还去捷克国家剧院观看演出。他的德语既有德国南部语言区的特征(例如“吃午饭”是 mittagmahlen,“吃晚饭”是 nachtmahlen),又有布拉格的地方特征(例如说“一些”是 paar 而不是 ein Paar),但他不会说也不会写“布拉格德语”。“布拉格德语”是一个世纪前德国民族主义者想象出来的方言。这些民族主义者认为只有生活在乡村的人,因为接近土地,才能说地道的语言,而生活在城市里的人说的语言必定是苍白的、贫乏的。卡夫卡发表的作品中的德语效仿的是经典的德语散文,既准确又正确。

卡夫卡名列布拉格的那一代重要德语作家之中,这一代作家还包括他的朋友布罗德和魏菲尔,以及年龄稍长的莱纳·玛利亚·里尔克。他们是奥匈帝国的公民,但是他们感兴趣的文化中心不是维也纳,而是柏林和出版重镇莱比锡。里尔克于 1897 年迁居柏林,因为他觉得奥地利是一潭死水。魏菲尔于 1912 年迁居莱比锡。布罗德的第一部小说《诺尼皮格城堡》(1908)在莱比锡出版,为他在柏林的先锋派作家中带来了很高的声誉(放在现在会有点难以理解)。卡夫卡的第一本书《沉思录》(1912)由出版商恩斯特·罗沃尔特在莱比锡出版。罗沃尔特的出版社当时由库尔特·沃尔夫接手掌管,他年轻有干劲,专门推广先锋派作家,尤其是那些来自布拉格的先锋派作家。卡夫卡一生出版了七本小书:《沉思录》、《司炉》、《判决》、《变形记》、《流放地见闻》、《乡村医生:小故事集》和《绝食表演者:故事四则》。这些书当时给他带来的名声并不大。罗伯特·穆齐尔,就是后来以《没有个性的人》(1930—1943)而闻名的那位,刚当上《新评论》编辑后不久写了篇文章赏析、评点《沉思录》和《司炉》。他还向卡夫卡约稿,不过卡夫卡因为交不出合适的作品,只好婉言谢绝了稿约。1915 年,声望很高的冯塔纳奖的小说奖授予卡尔·施特恩海姆(现在人们记得最多的是他的热闹喜剧1911 年的《短裤》)。施特恩海姆当时已是百万富翁,很欣赏卡夫卡的作品,因而不经人家三劝两劝就把奖让给了卡夫卡。作者在大众场合下朗读自己的作品,来为自己的作品做些宣传,这是常有的事。可是卡夫卡似乎只朗读过两次:一次是 1912 年12 月 4 日为布拉格的一个文学协会朗读《判决》,另一次是1916 年 11 月 10 日在慕尼黑的戈尔茨美术馆朗读《流放地见闻》。其中后一次里尔克去听了,他后来对卡夫卡大加赞赏。因此,卡夫卡生前也绝非无名之辈。不过,20 世纪 20 年代他去世之后就出版的小说也没有从根本上让他的名气大起来。常人都以为他的书在 1933 年曾遭纳粹焚毁,但是我没有找到任何证据可以证明他们曾特别注意到卡夫卡。

从 1930 年翻译《城堡》开始,埃德温·穆尔和威拉·穆尔夫妇陆续将卡夫卡的作品翻译成英文，卡夫卡也从此开始享誉国际，但在法国的声誉却是慢慢起来的：亚历山大·维亚拉特翻译的《审判》于 1933 年出版，《城堡》译本于 1938 年出版。在英美国家，卡夫卡的名声更为响亮，他被视为现代人精神困境最完美的阐释者。W.H.奥登1941 年提出过一个有名的说法：

> 要是举出一个艺术家，他和我们这个时代的关系堪比但丁、莎士比亚和歌德各自与他们所处时代的关系，首屈一指的当是卡夫卡。

这个观点要批评起来很容易。它源于马克斯·布罗德写的那本偶像化的回忆录，该书于 1937 年首次出版，1947 年被翻译成英语。按照该回忆录，卡夫卡为痛苦煎熬中的现代人提供了有建设性的精神启示。在 1951 年首次出版的《卡夫卡谈话录》里，作者古斯塔夫·亚努赫将上述观点加以利用发挥。书中所辑谈话毫无顾忌，让卡夫卡自以为是地对现代社会的弊病评头论足，结果其他一些本可能真实的材料被湮没了。亚努赫的谈话录经常被人轻信引用，作为卡夫卡实际思考的问题的证据。其实更应该把它当成伪作。

但是，事实证明，卡夫卡的作品虽然为数不多，却已经成为现代经典。它们值得一读再读，每读一次都能发现新的东西，它们还为各派批评——从存在主义、结构主义一直到后殖民主义——都提供了批评材料。这些作品明显可见的多方面功用证实了它们的伟大，其实经典之作就是在于从每一个新的角度看都能有新的发现。卡夫卡的作品如何塑造并提出读者所衷心关切的东西，将在下面几章里论述。但是，我的目标不是要给卡夫卡的作品“解码”，或者明白无误地说出他的作品所论何事。认识卡夫卡，我们没有别的办法，只有阅读、揣摩他的作品。因此，下一章要思考的问题不是卡夫卡的文本有哪些意义，而是我们该如何去读它们。

第二章

阅读卡夫卡

保守的现代主义者卡夫卡

阅读卡夫卡，经历的是迷惑。不可能的事件发生，却有着不可避免的味道，而后文没有任何解释。格列高尔·萨姆莎变成了甲虫，但是他不知道自己是怎么变的，又何以会这么变。约瑟夫·K.从未弄清他被捕的原因。另一个K.永远去不成城堡，也不明白他为什么见不到那个官员，那个（可能）发过话召他来做土地测量员的人。

感到茫然的不只是书中人，还有书外的读者。一如置身影院，诸多事件仅仅是从作品中主角的角度显示出来的。我们仅仅看到他所看到的，例外情况鲜有出现。早在1934年，西奥多·阿多诺写道：卡夫卡的小说读起来像伴着无声电影的文本。读者所了解的一样是有限的。中心人物对其处境所知甚少，我们读者了解的一样也不多，因此和他一样地迷惘。当一个显然是制服穿戴的陌生人闯入约瑟夫·K.的卧室时，或者当约瑟夫·K.发现法院的办公室设在顶楼时，读者和他一样感到惊讶。除了极少一些例外情况，对于人物或者他们的经历，作品里没有给读者提供额外的信息。书中告诉我们，约瑟夫·K.“有个倾向，就是对什么都无所谓”，不过，如果我们看得仔细点，会发现这其实是约瑟夫·K.本人想法的一部分，而不是书中叙述者提供的信息。因此，对待该说法，就像对待被告约瑟夫·K.所说的关于他的其他任何东西一样，都不可轻易相信。

卡夫卡为什么要让读者如此地懵懂茫然？一定程度上，他是在把现代文学的一个普遍倾向引入极端。很多年前，罗兰·巴特宣称现代文学是作者的文本，早前的文学则是读者的文本。借此，他将现代文学与早前的文学区别开来。巴特所说的“读者的文本”，意思是指针对它业已有一个权威的阐释存在，只等着读者接受这个阐释就可以了，“作者的文本”则没有确定的阐释，它邀请读者积极参与进来以使文本有意义。巴特的这一区分方法是顺着布莱希特的思想变化而来。布莱希特主张：他之前的所有戏剧都是“美食式的”，它的要求就是观众坐在那里，在情思恍惚中被动地消费戏剧；他自己的戏剧则要求观众积极投入进来，观众应该有所批判，甚至被激怒。当然，布莱希特和巴特的说理都过于简单化了。19 世纪的现实主义，也就是巴特所批评的对象，其实需要更为审慎而仔细的阅读，而这是巴特所不愿承认的。但是，回顾一下狄更斯或者特洛罗普，大家就可以明白巴特如此区分的意旨何在。在他们两人的作品里，好人和坏人绝大多数都容易分辨。然而，在像康拉德的《吉姆爷》这样的现代主义文本里，人物和动机都是模糊不清的。吉姆为什么抛下一船乘客，不顾他们生命受到威胁而跳船逃生这个问题，无法用某一个简单的道德模式或心理模式来解释。要探讨这个问题，康拉德需要叙述者马洛，靠他来在谜一般的吉姆和迷惑不解的读者之间牵线搭桥。

我们也许可以拿卡夫卡与康拉德相比，因为两人都是保守的现代主义者,都受惠于19世纪的范式,写出一些浅显可读的叙述故事,却用一些心理和认识论角度上的难解之谜让专注的读者摸不着头脑。卡夫卡和康拉德一样,特别关注不确定的、模糊的和让人迷茫的方面。然而,与康拉德不同的是,他的笔下没有马洛式的人物,没有任何叙述者来代表读者设问寻思。倘若有人对卡夫卡感到迷惑,这并非因为他出于某种原因没有抓住关键:卡夫卡的文本**就是**让人迷惑。他作品中所写的现实,其根本特征就是不确定、迷茫,这就是卡夫卡让人困惑的缘由。他的第一本书,即名为《沉思录》的短篇散文集,其中有篇《乘客》的第一段是这样写的:

> 我正站在有轨电车出入口的平台上,关于我在这个世界、这个镇和这个家庭里的位置,我是彻底地一头雾水。就是让我大约地从某个方面合理地提出见解,我也提不出来。我很难为如下事实进行辩护:我正站在平台上,抓着扶带,让电车带着我前进,人们纷纷让开电车,或者静静地往前走,或者在商店橱窗前驻足。——不是说有人要我辩护,而是说要我辩护是不现实的。[翻译时有所改动]

行进的电车上剧烈震动的平台提供了一个隐喻——一个在家庭这个当下情境或者由"世界"所代表的最远视域里缺少固定参照点的隐喻。正如德文原文所明确表示的,车是电动的有轨车(而不是原先的马拉的有轨车),这里的不确定性看起来也是新的东西,是现代性的典型特征。除了缺乏方向感和归属感,说话人还感到一种奇怪的需要,即证明自己是合理的。该需要古里古怪地用正式的、法律化的语言表达出来:“关于”、“大约地”、“提出见解”、“辩护”。他无法为最随便的行为“辩护”,例如在电车里拽住扶带,也无法为大街上人们随意的行为“辩护”。为什么这些事情需要辩护呢?文中没有告诉我们,但是这就是卡夫卡的典型特征:用一个貌似不符合上下文情境的词,让人们换种方式来看待这个熟悉的世界。也许世界并非仅是个人和物体的集合体,它也是一个存在体,它需要证明自身存在的合理性——从道德上,法律上,抑或宗教上?但是,该合理性证明已经踪迹杳杳,或者已经不可能找到。从这段措辞谦卑的文字里,我们可以找到《审判》和《城堡》的种子。《审判》讲的是一个平凡的职业人士被召到一个神秘的法院去为自己辩护。《城堡》讲的也是一个普通的职业人士,他竭力为自己在社会中争取一个安稳的位置,可惜所有努力终是徒劳。

《沉思录》里的短文更多的是勾起一种情绪,而不是讲故事。卡夫卡的任务,就是要给这种不确定性一个叙述性的等同体,这在《判决》中得以实现。这篇作品于 1912 年 9 月写成,对卡夫卡而言,它标志着个人文学上的突破。乍一看来,该故事好像是个现实主义的文本,发生于一个遵循着为人熟知的时空规则、因果律和连贯性的世界。文中的年轻人格奥尔格·本德曼是个业已成功的商人,他正给一个在俄国的朋友写信,告诉他自己订婚的事情。这里没有丝毫特别之处,不过我们可能会猜想到底有什么情感障碍,让他到现在才把订婚的消息告诉他的朋友。写好信之后,格奥尔格走进公寓的里屋,把信给他年迈体弱的父亲看。他父亲的反应稍微有点离谱,但是直到他问格奥尔格问题之前,文中尚无任何真正让人惊讶之处。他问格奥尔格:“你真的有这么个朋友在圣彼得堡吗?”格奥尔格没有直接回答这个问题，他似乎把这个问题理解为父亲的责备——责备他因为计划结婚而忽略了父亲。一切看起来都是那么地呵护有加：格奥尔格扶起父亲，把他抱到床上，给他盖好被子。变化就在此时出现：格奥尔格的父亲此前还老弱无力，这时跳起来站在床上，把格奥尔格逼在下方，责骂他对父母和朋友做出种种自私、无情的举动。最后，他将越来越无助的格奥尔格判处死刑：让他去淹死算了。格奥尔格冲出公寓，来到附近的河边，从桥上跳了下去。故事到这里，现实主义已经被抛弃。从现实层面看，格奥尔格的父亲恢复力气是不可能的，他归咎于格奥尔格的种种举动听起来像是妄想狂患者的幻想，格奥尔格是否真的有个朋友在俄国值得怀疑，格奥尔格的死刑从宣判到执行都难以让人相信。不过，就在所有的事件一件件迅速展开时，它们又显得绝对让人信服。当过去的不满突然爆发，任何素材——不管它是否符合现实实际——都能表现出这两个人的情绪。由此我们进入了现代主义的德国变体——表现主义的范畴。表现主义的目标不是描述人们熟知的生活现实，而是用鲜明的意象来打破日常现实，以描画出现实背后的作用力。身着睡衣的父亲形象——既是起诉人又是法官——让人胆战得一时忘记有多么荒谬，他和表现主义作家创造的其他任何东西一样，都是值得记住的。他给儿子做的判决把表面现实和深层本质明确区分开来："没错，你曾是个幼稚无知的小娃子。不过说得更准确点，你一直就是个混帐。"

为了方便解释卡夫卡在《判决》中如何迷惑读者，我们不妨想一下创作当中虚拟的契约。通常情况下，就拟提供的文本是何种样式，作者和读者之间会有个不言明的约定。标题和开头的几句话就会点明我们看的（譬如说）是个自传体故事、爱情故事、神话故事还是历险故事，也会点明小说中虚构的现实按照什么原则来组织：是否会遵循我们往常的事理标准，或者是否会有鬼神、仙女或异形人出现。由此会形成一些阅读期待，即我们所谓的体裁和文学作品的类型。卡夫卡不守这个虚拟的契约。他先是让我们觉得《判决》是个现实主义文本，接着就把它变成一个表现主义式的梦魇。他像那样打破读者的信念并非率意而为，这切合我们所在世界中实际的不确定感。单单那个现实主义式的开端——商人思考自己的结婚计划和成功的经营（“营业额翻了五倍”）——能否足以表现这个世界？现实中难道就不会有某些因素，它们无法这样来计算，不能用诸如激情、嫉妒、厌恶之类的表面的现实主义手段来表现？实在的激情需要表现主义式的鲜明而充满矛盾冲突的意象。在这之外，可能还有另一方面的实在，这个实在通过父亲那副法官的样子所表现的上帝式的角色显示出来，还通过格奥尔格冲下楼去自尽的路上女佣大叫“天哪！”之类的文本暗示显示出来。但是，故事中的宗教元素并没有连贯地表达出来。将俗世事件和永恒的宗教现实联系起来的作品类型被称为寓言。不过卡夫卡写的不是寓言。假如把《判决》理解为一个寓言，把格奥尔格比作耶稣，是不可行的。然而，即便文学不再能以连贯的方式表现此般现实，也并不意味着现实不会再存在，或者现实不再值得我们注意。因此，在卡夫卡的作品里，现实以一系列暗示、影射的形式出现，它们让文本表面上支离破碎，实则提醒我们：任何文学样式都只是表现现实的一种方式，它是临时的、不完备的。

也就是说，在《判决》中，卡夫卡违背了读者的期待，即文本与现实之间有稳定的关系，还有文本会通篇遵循同一个文学样式。相反，他开始用的是现实主义形式，然后转向表现主义形式,其中更进一步暗示了一种更高层次的实在,且这个实在的上述两种形式各自都不相配。由此所导致的困惑,与我们生活的世界中的迷茫是一致的。世界能像青年资本家格奥尔格(乃至与资本主义同时发展的现实主义小说)设想的那样,可以被计算和预料吗?世界是否为一些强烈的、难以预料的情感——生发于家庭生活之生物现实中的情感——所主宰?我们的世界是否与另一个永恒的现实,一个可以用宗教语言和象征来表现的现实相联结?所有人都可能会因为这些问题而感到迷惑,尤其当所有的答案都可以是肯定的时候。卡夫卡没有提供任何答案。他以小说为手段,让大家自己来回答这三个问题。

现实主义和/或表现主义

写完《判决》两个月后,卡夫卡开始写《变形记》。如果说前一部小说是以现实主义的形式开始,继而转入表现主义的形式,《变形记》则同时运用了两种形式。

> 一天早上,当格列高尔·萨姆莎从惊梦中醒来时,发现自己在床上变成了一只硕大吓人的甲虫。他仰卧着,背上是很硬的壳一般的东西;把头稍微抬起一点,就看见了隆起的棕色腹部,僵硬的肋骨拱起来,把它分成一块一块的。被子凑合着搭在肚皮上,好像马上要全部滑下去的样子。生出的许多腿在眼前无助地晃来晃去,和身体的其他部位相比,简直细得可怜。

这只硕大的甲虫跟表现主义画家、诗人和剧作家创造的意象一样,非常地引人注目。弗兰茨·马克画的蓝色的马、格奥尔格·海姆的诗歌《战争》和《城市之神》里野蛮的神祇，或者格奥尔格·凯泽的戏剧《嘉斯》里独断专行的工程师，所有这些都要求我们透过熟悉的表象去发现现实之下运作的力量。类似地，甲虫意象的含义也许是说格奥尔格真的是只甲虫——让自己厌恶，让别人厌恶、鄙夷，随时都有被他那压迫人的家庭和雇主踩烂的危险，就像格奥尔格·本德曼真的"就是个混账"一样。但是，表现主义作家们多用尖锐、刺耳的语言来传达他们的想象，卡夫卡的语言却出奇地平静，着力于描述。就连"硕大吓人"这个词主要也是表示甲虫身体的大小。描述它的背、腹部和腿的那些细节极其细致，几乎与科学细节相吻合，结果引得有的读者——突出的如既是昆虫学家又是小说家、批评家的弗拉基米尔·纳博科夫——照着书里的描述画出甲虫的样子，猜想它到底属于哪一种类。这样，我们就看到了一个用现实主义的细节表达出来的表现主义的意象。同样地，格列高尔的家人面对自家儿子或兄弟不可能发生却又不可否认的变形，他们的反应非常实际。他们把他关在房间里，让用人保守秘密，设法弄清他要吃什么，还用他的房间堆放垃圾。最终，他们得出结论，这个结论不合逻辑却合乎人情：甲虫不是或者不再是格列高尔，于是合谋把它/他弄死。

然而，卡夫卡虽然在现实主义和表现主义之间折中平衡，他还是偏得离现实主义稍远一点。把变形后的格列高尔称作"甲虫"，翻译者和我都做了点假。卡夫卡用的是个模糊得多的词 Ungeziefer，意思是"害虫"，其中包含有害、让人厌恶的意思，而不是指某种实际的虫子。如果我们读得认真点，可以发现小说里的描述其实并不怎么合理。如果他的腹部拱起来了，那么他爬行的时候，他那细小的腿怎么能挨到地面呢？还有，卡夫卡曾对他的出版商强调，这只“昆虫”(他在一封信中用的就是这个词)画不出来，也不要画出来。结果，《变形记》的封面插图画的是一个年轻人，他从通向一间黑屋子的门口步履蹒跚地走开，这个意象与书中哪一件事都对不上号。康拉德(《“白水仙号”上的黑水手》[1897]的序言里)写道：“我的任务……首先是让大家看到。”卡夫卡不像康拉德，他的目的不是让大家看到，而是让我们在试图想象小说中的情景时感到大惑不解。

不仅如此，“现实主义”这个术语中隐含的可能是比较中性的描述，可书中描述格列高尔没有脊椎的身体时却没有那么中性。他细小的腿看起来“无助”、“可怜”。被子喜剧性地搭在肚皮上，快要滑下去——如此卡通般的细节，会让我们想起《判决》中变化了的父亲“用力把毯子抛了出去，力气那么大，一瞬间毯子在空中平摊开来”。这里的描述充塞着某些难以平抑的情感。哀婉和喜剧一起，道出了含而不露的黑色幽默。卡夫卡关心的不是你看到了**什么**，而是你**如何**去看待某个东西。可这也是复杂的事。格列高尔的形体变化了，但是打心里无法接受这给他的生存所带来的彻底改变。他紧接着的行动是朝窗外看，注意到下雨了，感到十分郁闷，仿佛天气是个最大的问题。小说后面的几页细致地叙述了有人喊他去工作后，格列高尔如何答应(用听不清楚的动物般的声音)起身，然后费力地下床到门口，挪动自己那不熟悉的身体，对自己要做什么却糊里糊涂。故事的焦点不是变形本身，而是格列高尔对变形迟钝的反应。

这个焦点证实了卡夫卡与现实主义的差别。现实主义预设的前提是对现实的面目有一致看法。尽管如乔治·艾略特在《米德尔马奇》中所云，看待现实的立足点总是“相同的自我中心，从这个中心出发，光与影必定总是有一定区别的”，对可见世界的性质依然会有个共识存在。在卡夫卡的作品里,这个共识已经消失,看法本身倒出现问题了。这里不再有什么稳定可靠的现实可以让现实主义文本为之提供一个窗口,只有不同版本的现实,且这些版本可能极不充分或者极为错误,而叙述的焦点就集中于主人公的意识以及他或她如何努力去理解这个世界。

通过对图画和照片的处理,卡夫卡显示出他与模仿式现实主义的区别。在《审判》里,约瑟夫·K.被示以一幅法官的画像,画像上的人眉毛很浓、健壮有力,半站在法官席,似乎在谴责谁。然后,有人告诉他,画像不过是遵照了传统做法,实际上法官身材矮小,当时坐在一张盖着马毡子的厨椅上。《城堡》里的K.看到一张城堡信使的照片:乍一看,那个青年人像是躺在长椅上一动不动,仔细看的话,就可以发现他正在匆匆跃过一条很高的横栏赶着去送信。甚至连照相机也没有为现实提供任何可靠的画面。照片和其他任何信息一样,都需要解读。

这种认识的不定性会引起不少问题,我们从幽默故事《新来的律师》中就能看到。故事写于1917年1月,收录于标题很低调的故事集《乡村医生:小故事集》(1919)之中。

新来的律师

我们这儿新来了一位律师,他是布采法卢斯博士。从他的外表几乎看不出他做马其顿国王亚历山大的战马时的样子。当然,了解情况的人会发现一两个地方。几天前,在前院的台阶上,我亲眼目睹一个很平凡的法院门房以定期看赛马的人才会有的专业眼神,满心佩服地注视着那个律师高抬脚步拾级而上,脚踩得大理石台阶噔噔作响。

法庭基本上同意接受布采法卢斯来做律师。人们以非凡的洞察力告诉自己：布采法卢斯在当今社会秩序下处境困难；因为这个原因，还因为他的历史价值，起码值得他们带着同情心接受他。如今——这无可否认——再没有了亚历山大大帝。虽然确实有很多人知道怎么杀人，也不乏用长矛刺中宴席对面的朋友的本事，还有许多人嫌马其顿太狭小，所以都咒骂亚历山大的父亲菲利浦。然而，没有任何人，没有任何人能带领大家到印度去。就算在当年，印度的大门虽然可望而不可及，但是国王的剑指明了它们的方向。今天，这些大门已经移到别的更遥远、更高贵的地方去了。没有人指出方向；许多人虽然握剑在手，但就是挥舞挥舞而已；剑在动，目光努力跟上，却是满目茫然。

因此，像布采法卢斯那样，一头钻进法典堆里也许的确是最好的办法。他自由自在，肋腹不受骑士缰绳的控制，借着宁静的灯光，远离伊苏斯战役的喧嚣，一页一页地翻读着我们古老的典籍。

这又是一个变形故事，只不过布采法卢斯变化的方向与格列高尔变化的方向相反。格列高尔从人蜕变成虫，布采法卢斯从战马进化演变成一个人，一名律师。他真的变了吗？“几乎看不出”他从前的战马生涯；仅有“一两个地方”将布采法卢斯和人区别开来；不过，他像马一样抬腿很高，他的脚步“噔噔”作响，仿佛他的蹄子仍然钉着蹄铁，而经常看赛马的人能欣赏他身上马的品质。当他坐着研读大部头的法律书籍时，他感到“肋腹”不受“骑士缰绳的控制”。如果再追问下去——比如说，要问他如何用蹄子翻书页，那就不好笑了。

笑话之中隐含着一些严肃的问题，随着故事的笔调从啰唆繁复的公文腔转为哀伤遗憾，问题都显露出来了。首先，这里的两个为难之事——想象不出布采法卢斯的样子与达尔文以来的无法根本区别人和动物因而无法给人下个定义——程度相当。格列高尔也许从生物进化的阶梯上滑了下来，布采法卢斯也许攀升了：二者显示的都是连续，没有任何界限将人与动物截然区别开来。卡夫卡长大之时，也是现代进化论科学的一些假想提出之时，这些假想认定自然是一体的，自然王国不受某个神圣计划控制，而受内在的自然规律控制。卡夫卡十六岁时读了达尔文的《物种起源》和恩斯特·赫克尔的《宇宙之谜》。德国当时已经有一整套确立完善的进化论假想，它可以回溯到浪漫主义时期科学和哲学的联姻。恩斯特·赫克尔是达尔文思想在德国的主要倡导者之一，他将达尔文思想移植到已有的这套假想之上。尼采则持有和德国进化论假想相同的设想，他在论争中反对达尔文的进化论。尼采主张：进化的动力不是个体与其环境的关系，而是内在的强力意志，它让一个有机体与别的有机体之间发生冲突。比较而言，赫克尔提出的是相对温和的、进步论式的进化理论，尼采则强调冲突、斗争和控制。尼采还探讨了进化一元论的后果：如果物质宇宙是一个单元，人类和其他自然物之间就没有根本区别。人就是另一种动物，他和其他动物不一样是因为他灵活、多变，不完全适合环境，故而不具备其他一切动物那么好的健康状况：

> 因为人病得更重、更不稳定、更加多变，不像其他任何一种动物那样特征分明，所以毫无疑问：他是**唯一**有病的动物。

（《道德系谱学》，Ⅲ13，着重标记系原文所加）

第二，布采法卢斯是从英雄辈出的历史中幸存下来的。在“当今社会秩序下”，没有让英雄存在的空间。只有英雄时代那些低级的或平凡的方面留存下来，像“用长矛刺中宴席对面的朋友的本事”——亚历山大对他的朋友克莱特就是这么干的——以及逃离马其顿（亚历山大的王国所在，这里一半用了暗喻手法）的愿望。这样的历史悲观主义主题在卡夫卡的作品中出现得越来越频繁。《乡村医生》的末尾，医生置身于一片荒凉的雪地里，茕茕孑立，无人庇护：“赤身裸体，忍受着这个最不幸的时代的冰霜寒冻。”我们一次又一次听到反映衰落的故事：《绝食表演者》中，那个拥有绝食艺术家的伟大时代一去不复返了；《狗做的研究》中，那些狗已经忘记了它们曾经熟悉的真实世界；《流放地见闻》写到一个军官回忆前任司令官统治下的辉煌过去。

第三，文中之所以怀念亚历山大大帝，是因为他个人的伟大虽然仍有瑕疵，但他至少在剑指印度大门时给现实指了一个明确的方向。“印度的大门”是个暗喻用法，喻指我们所熟知的世界之外的另一种现实。如今，我们甚至都不知道从何处寻觅这种现实。在民主的时代里，很多人拼命扮演着亚历山大那样的领导人的角色，剑有所指，但是剑该指向何方，他们达不成共识，只得漫无目的地乱舞一番，那光景眼睛都看不清楚——“目光努力跟上，却是满目茫然。”恰如《乘客》中呈现的，现代世界没有提供任何稳定的参照点。

将布采法卢斯博士表现成不可表现的人，卡夫卡间接透露出他对言语能否表现世界，艺术能否表达真理的深深怀疑。他有一条格言说道:“艺术在真理周围飞舞,下定决心不能被烧掉。”小故事《陀螺》突出表现了上述怀疑。

陀　螺

有位哲学家总是在孩子们玩耍的地方遛来遛去。一看到哪个男孩有陀螺,他便守在那里不走。陀螺刚刚转起来,哲学家就盯住它准备抓住它。孩子们大嚷大叫,竭力不让他碰他们的玩具,他可不理会他们。要是陀螺还在转的时候被他抓到了,他就会十分高兴,但只是高兴一小会儿,然后便将它扔到地上走开了。他认为,认识任何一件小东西,比如说一个旋转的陀螺,就足以获得普遍的认识。所以他从不花时间研究大问题,他觉得那样划不来。如果能真正认识这最小的玩意儿,那也就认识了一切,因此他的时间只花在旋转的陀螺上。只要有人做好准备转陀螺,他就希望能成功。于是,每当陀螺一转起来,他就跟着陀螺跑得上气不接下气,他的希望变成了确定的事。但是当他将那件无聊的木头玩意儿抓在手里时,就觉得厌恶。孩子们的叫嚷,他之前一直没有听到,此时却突然冲进他的耳朵里,将他赶走了。他摇摇晃晃地走了,那样子有如一鞭子抽下去但是抽鞭子的手法不高明时转动的陀螺。

哲学家试图认识世界。世界上极小的东西足以让他认识整个世界。可是难就难在世界不是静止的,它就像陀螺一样时刻在运动,不会停下来等哲学家去仔细打量它。如果让世界停下来——就像哲学家让陀螺停下来那样,它就不再告诉我们什么。所以哲学家永远得不到他所要寻求的知识，结果被小孩们撵走了，而这些小孩们在玩闹叫嚷之时比他更接近时刻变化的生活。

卡夫卡的语言艺术

上面的例子表明，卡夫卡是个语言艺术家，他的文本需要仔细阅读。他的作品经过翻译之后再读起来，就像看用黑白两色复制的油画作品。翻译不可避免地让一些关键词模糊了，而这些关键词每次出现都可以引起联想。前面已经提到一个词 Verkehr，在《判决》中每当重要时刻这个词都出现了。书中先讲到，格奥尔格·本德曼在俄国的朋友与当地人 keinen gesellschaftlichen Verkehr（没有社会交往）。后来，书中又讲到格奥尔格好几个月都不需要去他父亲的房间，denn er verkehrte mit seinem Vater ständig im Geschäft（因为他在业务中与父亲一直有交易往来）。言下之意是格奥尔格同父亲的"交易往来"与他的社会、业务接触没有任何不同。这句话显出他的冷漠，前文隐含的他和朋友之间的对比——他善于社交而朋友与世隔绝——现在不再那么明显。最后，在他落水死去时，ein geradezu unendlicher Verkehr（他越桥而过）。这里，Verkehr 主要的意思是"交通"。书中不断提到格奥尔格的贪婪性欲，这让人想到另一层可能的意思："性交"；从前面的几次出现来看，这个词已经具有了社会交往的所有方面的含义，但是因为他的死去，以前则可能因为他的自我中心行为，这些交往断了。

虽然细读卡夫卡的作品总有收获，但是批评者有时候常把他的文字游戏简单粗糙地当作理解他作品意义的钥匙，或者把本来不是文字游戏的地方当成文字游戏。关于卡夫卡作品的解读，有一个老生常谈的例子，就是认为 Verfahren 之类的词有双关意义。该词在《审判》里的意思就是平常用的“法律程序”，但是有人认为它还有 ver-fahren 的含义，即“出错，出茬子”的意思。有人说《城堡》里 K.的土地测量员职业（Landvermesser）还有 Vermessenheit（僭越）的含义。然而，所有这些顶多不过是潜在可能的双关。卡夫卡根本没有让读者去注意它们。我敢说识辨出这些双关的批评者都善于辞源探究——哲学家海德格尔经常这样做，他喜欢把词语的组成部分拆开来，以挖掘出这些德语词中新的意义（例如 er-innern，即“记住”，它还有“内化”的含义）；而且这些批评者还错误地以为卡夫卡常用这种手法。

同样地，对卡夫卡笔下人物的名字也有颇多猜测。卡夫卡自己曾注意到，“本德曼”名字的前一部分本德（Bende-）和萨姆莎（Samsa）的元、辅音组合模式与卡夫卡的名字（Kafka）相同。考虑到卡夫卡的捷克语程度，很容易让人将 Samsa 跟捷克语的 sám（自身）联系起来，将《城堡》中的克拉姆（Klamm）跟捷克语的 klam（错觉）联系起来，将雷斯曼的名字（Lasemann）跟 lázen（洗澡）联系起来，不过这些意思只是增强了文中已有的意义。有的名字取自经典（如莫摩斯），或取自《圣经》（如城堡官员的名字加拉特，出自圣徒保罗给加拉太人的书信），这些名字鼓励人们做了一些精心的解读，当然这些解读没有定论。有些可能只是游戏而已。莫摩斯是希腊的快乐之神，但是当卡夫卡笔下的莫摩斯庄严地宣布自己的姓名时，“所有的人一下子变得非常严肃”。当然，《审判》里还有个低级点的玩笑，即布尔斯特纳小姐这个称呼，它翻译成英语就是“刷洗工小姐”。

最后一点，卡夫卡专爱用些纯个人的暗语，这些读者是不需要懂的。卡夫卡知道他的姓的意思是“穴乌”（捷克语 kavka），因此他使用了许多暗语，来指穴乌、乌鸦、渡鸦等。卡夫卡早期的一篇残作《乡村婚礼的筹备》中的男主角名叫爱德华·拉班（Eduard Raban，德语的 Rabe 即“渡鸦”）。猎人格拉古[①]自 4 世纪以来一直在生与死之间不得安身，他的名字与罗马一个闻名的家族的名字相同，意思就是“穴乌”。K.第一次瞥见城堡时，它的周围有乌鸦盘旋。

即使这些理解看似合理，卡夫卡的这些暗语对于理解他的文本也帮不了多大忙。依赖这些暗语的批评者往往似乎想找到一块敲门砖，然后他们立即就可以进入卡夫卡的文本，而不需要细读、欣赏卡夫卡写的词句。他们试图解开卡夫卡文本的密码，却不是去理解文本本身。其实，我们不应该把理解文本设想成发现其意义，然后用一句话把它概括出来。而应该像康拉德在《黑暗的中心》（1902）里描述马娄的故事那样：“对他来说，一个片段的意义不在于其内部，像是有个核心似的，而是在外部，它将故事包裹起来，它显示意义的时候就像光芒把阴霾显示出来一样。”

卡夫卡有些作品不完整。他对三部小说均不满意，因为它们没有写完。同样是不完整，方式却各自不同。《失踪的人》中的情节分成一些片段，最翔实的是“俄克拉荷马剧院”（“Theatre of Oklahoma”）一章（卡夫卡在书中写成了“俄克拉哈马”[Oklahama]）。《审判》中，卡夫卡知道自己常跑题，于是先写了开始和末尾两章，即约瑟夫·K.如何被捕和被处死两部分，然后再写其他章节。他把每一章放入一个文件夹，标明其内容，但不标其先后位置。有好几章没有写完，其中有的与小说主体的情节不合拍。《审判》的一些英文译本略去了那些零碎的章节，结果小说

① 卡夫卡的短篇小说《猎人格拉古》的主人公。

显得比实际上要连贯。即使是已经完成的章节，它们的先后顺序也无法最后确定，因为已有的标示之间互相矛盾。《城堡》则相反，它有一个连续的叙述脉络，当然其覆盖面也非常大，但是没有明确的结局。小说还是一些片段时就放手，卡夫卡不甘心。他认为这是失败。因此，在要求布罗德将书稿焚毁这件事上，卡夫卡是很认真的，这一点没有任何理由去怀疑。但是，如果布罗德真按他的话去做，而不是把它们发表出来，然后赶在 1939 年纳粹占领捷克斯洛伐克之前带着手稿乘最后一趟车离开布拉格的话，20 世纪的文学就是另一番样子了。

卡夫卡常依赖暗示和示意。修订《城堡》时，他删去了那些表现出 K.知晓自我动机的句子。也就是说，卡夫卡起初的写法是K.认识到对抗城堡徒劳无用："这样一来，我不是在跟别人斗争，而是在跟自己斗争。"然而当他回头再看草稿时，把这一句删掉了，让读者自己来得出这个结论——这就像现代主义文学中常见的做法，给读者安排了更为积极主动的角色。

读者会经常看到，卡夫卡笔下的人物自己说的话让自己露出狐狸尾巴。《城堡》中的村长对 K.解释说，虽然让他来做土地测量员（村里其实不需要），但是这可能是个误解，不过不可能弄错。城堡里的官僚体系组织得极好，不容许有出错的可能。当局有"管理部门"来监督他们的工作。

> 不是有管理部门吗？除管理部门外，别的一概没有。当然他们的目的不是要发现错误——平常意义上的错误，因为没有什么错误出现。就算确实有错误出现了，就像你这种情况，谁敢说那一定就是错误呢？

更有甚者，由于每个管理局都受到其他管理局的监督，第一个管理局也许会承认错误，

> 但是谁敢说下一个管理局，再下一个，以及后面其他的管理局会做出相同的判断呢？

我们看到的景象是，无数的办公室忙于互相监督，结果什么实际工作也没有做。

《审判》中，约瑟夫·K.的律师向他解释说，法院不允许辩护律师出席聆讯，但是他否认这样一来律师就多余无用了：

> 目的是要废弃所有的辩护，被告必须自己想办法。基本上讲，这个原则倒并不坏。但是，由此而得出结论说这个法院出庭时不需要辩护律师的话，就大错特错了。

当约瑟夫·K.的女房东说她认为逮捕他"里面挺有学问"时，K.急忙表示同意她的话，但是他一面表示同意，随即掉转话头：

> 一定程度上，我和你意见相同。但是，我对这件事的判断，从头到尾都比你更严格。在我看来，它甚至不是挺有学问，而根本就什么都不是。

在这些情况中，缺乏逻辑不是简单的思维荒唐：它为自我服务的特征越看越明显。村长无法承认给他权位的当局的荒谬之处；律师想控制住代理人，尽管他什么忙也帮不了他们；约瑟

夫·K.在否定自己被捕有什么意味的同时，压抑心里潜藏的负罪感。

上面的例子也可以说明卡夫卡的幽默——一个很少有人表扬的地方。有时候，就像刚刚提到的，他的幽默就在于揭露自我服务性的违反逻辑的地方。有时候，幽默围绕着一个似是而非的陈述，例如描述难以描述的布采法卢斯时那样。卡夫卡喜欢似是而非的言辞，它们是智慧的流露。最让人忍俊不禁的话是他临死前要求安乐死时说的："如果你不让我死的话，你就是凶手。"有时候，卡夫卡运用倒退手法。例如：村长强调说不仅当局受到监督，当局其实什么也不干，就是互相监督；或者一篇日记中所记的，卡夫卡感到他应该从头开始重新生活，他把自己比作一个剧院导演：

> 这导演的任何创作都要从一点一滴开始，他甚至要创造出演员。访客不许进剧院，原因是导演正忙于重要的剧务。什么剧务？他正在给未来的演员换尿布呢。

他的幽默往往通过无偿提供具体细节的形式表现出来，例如格列高尔·萨姆莎回忆自己的爱情生活：

> 地方旅馆的一个女佣——一段甜蜜而短暂的回忆——和帽子店里的一位收银员，他曾热切地而又太过随意地追求她们的爱。

卡夫卡还有些幽默略嫌粗糙，比如《失踪的人》里卡尔的不幸遭遇，《城堡》里助手们的滑稽动作，或者《审判》的第一章，其中讲到两个看守时不时地撞上愈来愈慌乱的约瑟夫·K.,K.在找自己的证件,可是一开始只找到了一张自行车牌照。马克斯·布罗德说到,卡夫卡大声朗读这一章的时候,他和听的人笑得前俯后仰。只要把它理解为一个自大的官员的尴尬相,就不难理解他们会如此反应了。

但是,在德语中,"幽默"表示的既不是喜剧也不是智慧,而是听天由命地接受生活中不完美的地方。这样温和而俏皮的幽默,在卡夫卡的书信里,尤其是给布罗德和其他男性朋友的书信里随处可见,在他写的那些小故事里也频繁见到。例如在《家父之忧》里,故事的叙述人对一个名叫 Odradek 的神秘小动物感到惴惴不安。这小玩意常常出现在屋里。它笑起来时,"那笑声仿佛不是从肺里发出来的……像落叶的刷刷声"。这一处和其他许多地方一样,幽默似有还无。憋闷的约瑟夫·K.跟霸道的K.分别被两个看守和两个助手搅得心神不宁;同他们一样,家里传统的父亲因为屋里一个他无法解释的活物而担心。卡夫卡有篇故事——《老光棍布鲁姆菲尔德》始终未发表,它讲的是孤独而牢骚满腹的布鲁姆菲尔德的故事。一天晚上,他下班回到那个通常都空荡荡的公寓时,发现里面有两个赛璐珞球一直不停地蹦来蹦去,搅得他心神不宁。为了能睡着觉,布鲁姆菲尔德只好把它们关到衣橱里。故事没有写完,但是我们可以觉察到这两个球与他办公室里两个不负责任的职员之间的联系:这两个职员不管布鲁姆菲尔德怎么皱眉瞪眼,依然四处嬉闹不休。所有这些例子中,幽默都来自主人公不愿意接受他们生活中某个陌生怪异的东西。

与上面相关的还有种幽默,它来自视角的变换。在法院看来,约瑟夫·K. 就远没有他自认为的那样重要。有人甚至问他——不无羞辱性地——是不是搞室内装潢的。他回答问题时一脸怒容:“不,我是一家大银行的高级管理人员”,结果激起一阵莫名其妙的笑声。卡夫卡写的最后一篇故事《女歌手约瑟芬妮,或耗子民族》里,艺人(抑或专指**那个**女艺人?)的所有伪装都遭到故事叙述人的嘲讽。叙述人总是在思考一个看似矛盾的情形:众人追捧的歌手约瑟芬妮那不叫唱歌,而是像耗子那样“吱吱”叫。她自以为是人们的救星,其实她不过是传声筒:借助她,这个“耗子”民族的精神可以传到每一个个体。叙述人总结道:“但愿约瑟芬妮不会意识到我们听她唱歌其实证明了她不是个真正的歌手。”这个结尾透露出另一种视角。从这个视角看,这个自封的艺人约瑟芬妮在自我欺骗,她幼稚,被她那些“耗子”同类的大度纵容坏了。叙述人严肃的幽默就这样慢慢扒掉了约瑟芬妮的伪装。温和的幽默、无情的追问和悲伤感奇妙地融合在一起,由此形成一种情调,它较之于通常所说的“卡夫卡式风格”这个术语所涉及的恐怖与惶惑,更具卡夫卡特色。卡夫卡以他的幽默为文学引入了一种新的笔调,这笔调犹如一种新的混合色,又或者像新的乐调。

第三章
身体

现时代的身体

“一天早上，当格列高尔·萨姆莎从惊梦中醒来时，发现自己在床上变成了一只硕大吓人的甲虫。”这一定是卡夫卡最有名的一句话了。但是，这句话和卡夫卡写的很多句子一样，里面充满了谜团。格列高尔的身体变形了，但是他的思维仍然是人的思维：这里的“自己”是否与他的身体（思维的反面）同义？其实格列高尔并没有“发现”自己变形了：实际上更应该说，尽管他看到了自己棕色的腹部和许多只脚，他还未能认识到这个难以理解的事实。“我怎么了？”这样寻思了一会儿之后，他的意识又回到了一个忙碌的旅行推销员：这样一个阴湿的早晨他也必须早起，去赶5点钟的火车。

卡夫卡将一个受困扰的雇员的思维安插到一只巨虫的身体里，从而戏剧性地表现出西方文化中的一个中心主题：精神和肉体的分离。灵魂和肉体的二元对立在基督教思想中存续已久，理性主义哲学传统（最有名的标志性人物是笛卡尔）以之为基础，将精神（理性的非实体存在场）和肉体（感觉、情感）的所在截然区分开来。肉体必须从属于精神，必须用思维训练来进行重新塑造，感情必须从属于理智。精神对肉体的权威通过衣服外化表现出来：硬板的衣领使维多利亚时代的男人必须直昂着头，妇女的身体则是用紧身胸衣束起来。然而，在19世纪末，肉体找到了其哲学代言人尼采。从19世纪90年代以来，全欧洲的年轻一代，包括卡夫卡在内，都热切地拜读他的作品。在他的预言式著作《查拉图斯特拉如是说》(1884)里，尼采宣称：被称为思维或者智力的能力，其实不过是居于身体内部的强大本能智力的一小部分(见方框内引文)。

那些蔑视肉体的人

我要对蔑视肉体者说，他们不应该为我而改学或改教什么，只愿他们和自己的肉体告别——从而变得哑然无声。

"我是肉体，也是灵魂。"——小孩这样说，可人们为何不像孩子们一样说话？

但醒者和知者说：我完全是肉体，不是别的什么；灵魂只是肉体内某个东西的代名词罢了。

肉体是一种伟大的理性，是一种意义基础上的多元复合，它是战争也是和平，是畜群也是牧人。

我的兄弟，被你称为"精神"的小理性也是肉体的工具，是你的伟大理性的小工具和小玩具。

你说"我"这个词并以此自豪。然而，比这更伟大的——这你可能不相信——是你的肉体以及肉体的伟大理性，它们不说"我"，但是表现"我"。

尼采著，R. J. 霍林代尔译：

《查拉图斯特拉如是说》(哈芒兹沃斯：企鹅出版社，1961)

在尼采的召唤下，许多现代文学都探讨了我们的肉体存在，其中最出色的是托马斯·曼的《魔山》（1924）。这是部讲述疾病的巨著，里面的汉斯·卡斯托普在瑞士的一家疗养院待了七年，这七年他钻研的诸多东西之一就是医学的奇迹。有次他得到允许，在X光下看自己手的样子。一看之后，他当即从自己的身体中脱离出来，将身体看成一个躯壳，其血肉已经销去。面对身体，他认命了，因为那一眼让他确信他终将死去，让他能够接受他必死的命运。

然而，卡夫卡与他人所共有的现代感性，不仅仅是接受肉体的死亡，而且要借此为肉体存在找到新的价值。许多卡夫卡的同时代人反对19世纪的一个倾向，即用一层层的衣服将身体裹藏起来，用紧身衣服扭曲身体的形状。他们提倡大方、坦然地接受裸体，把它当成真实、自然的东西。裸体的希腊雕塑没有必要限制于博物馆中，而应该成为现代人的实际理想，虽然现代人的身体不应该是大理石一般的白，而应该让日光晒成古铜色。裸体主义，尽管只是在有限的一些空间里才有可能存在，被他们说成是健康生活的最高形式。改革者们还推荐了一些实用而舒适的衣服让身体能够自由呼吸，还力劝人们逃离不健康的城市，住在那些特别设计的花园式郊区，例如德累斯顿附近的赫勒劳（卡夫卡的妹妹艾莉在那里，她曾打算送她的儿子去一所进步的学校）。对自然之物的崇拜，还催生了“候鸟”运动。在这个运动的影响下，成千上万的年轻人徒步穿行德国，睡在露天。卡夫卡本人则热爱划船、游泳和徒步旅行。他的朋友布罗德回忆道：

卡夫卡和我都热爱徒步旅行。每个星期天，往往还有星期六，我们都在布拉格周边的森林里，森林之美激起我们对纯真和热情的崇拜。[……] 我们在森林的溪涧里游泳，因为当时卡夫卡和我都有个奇怪的想法：我们只有在鲜活的、流淌的溪水中游泳，以这样的方式与乡村建立一种近乎肉体的联系的时候，才觉得我们拥有了乡村。

马克斯·布罗德：《争吵不休的生活》，
转引自马克·安德森：《卡夫卡的衣服》
（牛津：克拉伦登出版社，1992），第76页

卡夫卡每天赤身在敞开的窗户前健身两次。他还力劝未婚妻菲莉斯也锻炼，还让她学游泳。因为追求健康的生活，他也成了素食者（素食在当时看起来可远比现在怪异得多），甚至用了一种特别的咀嚼方法——以其倡导者美国人霍勒斯·弗莱彻的名字命名的"弗莱彻法"。1912年夏天，卡夫卡在德国哈尔茨山的天体营地荣邦待了两星期。在荣邦，裸体是肉体和精神"维新"活动的一部分，活动中会开展集体锻炼、素食和服装改良方面的讲座、户外基督教礼拜等。他们寻求肉体和灵魂间的平衡。因为其倡导的身体维新活动，荣邦营地成为20世纪20年代风行欧洲、如今业已成为现代文化核心的身体崇拜潮流的先声。目前有这样一个观点：在全北美和西欧，节食和日光浴的方式所体现的对身体的关注，已经取代了之前对灵魂的关注。体操或健身俱乐部里经常性的锻炼占据了教堂礼拜所空出来的仪式性空间。

不过，就卡夫卡而言，这种身体活动并不表示他平心静气地接受了自己的身体。它是强烈的矛盾思想的一面，另一面则从他的日记里突出表现出来。他在日记里不断地抱怨自己身体

图 8 卡夫卡与恩斯特·韦斯在玛丽里斯特海滩，丹麦，1914 年。

干瘦、健康不佳；他担心自己的身体太瘦长，导致脆弱的心脏不能把血液泵及周身。有几篇日记煞是吓人，记的是卡夫卡想象着自己的身体遭到可怕的惩罚。例如，1913 年 5 月 4 日的日记里，他不由自主地想象着那种切肉条用的圆形刀片飞快地切进自己的身体。1920 年 9 月写给密伦娜的一封信里，卡夫卡画了一幅插图,上面画的是一个男人的手脚被捆在两根移动的柱子上,随着柱子的移动,那个人被扯断撕裂了。对卡夫卡来说,肉体不仅能够借健康的生活来补救,它同时也是施行惩罚的最佳所在。

格列高尔变成了一只甲虫。卡夫卡对自己的身体乃至一切身体的矛盾态度在这里表现得格外突出。格列高尔的形体变化了,他自己却未能注意到,这显示出他的意识与其身体相隔阂的程度。他有个具体的任务要完成——将自己庞大而笨重的昆虫的身体挪下床。他依然觉得他必须赶上火车,也能赶得上。他满脑子都是工作,这显示出工作需要所造成的自我疏离。他妈妈向格列高尔公司的科长保证:“那个家伙尽想着工作,别的什么都不想。”而科长正在全面地监视着他,全面的程度让人难以置信又让人不安,他来看格列高尔就是要搞清楚为什么他没到车站。就是在这种情况下,思维和肉体仍然通过无意识的语言联系起来,而无意识的语言又不自觉地显示出实际情况。躺在床上还没有起来时,格列高尔思摸着觉得他的一个同事简直“就是科长的奴仆,愚蠢,没有骨气”。“没有骨气”这个词显示出格列高尔下意识地明白自己没有脊椎。身体与无意识思维的交流,使格列高尔所具有的人的思维和动物的身体之间的对比不再那么强烈。

格列高尔费力下床时,卡夫卡用极尽细致而不带个人感情色彩的手法描叙其移动过程,不无讽刺地模仿出格列高尔如何集中精力对付眼下的任务,以压抑如此荒唐情形下的自我意识。但是,由于卡夫卡的文章总是带有进一步的暗示,格列高尔艰苦而又古怪滑稽的动作——紧贴着衣柜直起身子,接着靠在椅背上,把椅子推到门边——也许会让那些曾因意外而活动不便的人想起他们的经历：之前直接就可以完成的任务，现在却必须用新的方式调动身体来完成。格列高尔新的身体状况使他比以前要痛苦百倍。他不仅在掉下床时碰了头，而且在用下颌转动钥匙开门时受伤了，结果嘴里淌出一股棕色的液体。不论卡夫卡多么认可现代社会关于健康身体的理想观念，他还一再提醒我们：身体同时也是脆弱的和易受伤害的。

其他人物也有身体方面的描绘。我们首先碰到的是格列高尔的父亲、母亲和妹妹敲他卧室的三扇门催他起床。当格列高尔从房间里出现在他们面前时，他们的反应，还有那个科长的反应，都靠手势传达出来。科长用手捂住张大的嘴，"开始慢慢往后退，仿佛有个看不见的力量在将他不住地往后推"。格列高尔的母亲则当即晕了：

> 他的父亲攥起拳头，脸上带着威胁，似乎要把格列高尔打回房间里。接着，他迷茫地看了看客厅的四周，用双手捂住眼睛，低声哭了起来，强壮的胸脯不住颤抖。

与此相似，卡夫卡频繁地借助手势和表情来描述人物，却往往不交待清楚这些手势和表情实际是什么意思。在他的小说里，人们的身体是不透明的，需要解释，可解释起来永远没有定论。卡夫卡读了狄更斯的作品，上面的"仿佛"程式很可能就是受狄更斯影响的结果。但是，在狄更斯的作品里，这个技巧原本是用于表现幽默和夸张的；在卡夫卡作品里，则成了表现不可思议的他人世界的一个基本手段。倘若说他人能被理解的话，我们就是在借助他们身体上的自我表达。

上文刚刚引用的一段描述格列高尔父亲的文字里，暴力只是有所暗示，到下文就实际出现了。格列高尔第二次出房间时，他发现父亲也“变形”了——倒不是从人变成昆虫，而是从衰老变得矫健、挺拔：浓密的眉毛，头发梳得一丝不苟，目光也很锐利。他一边走向格列高尔，一边高抬起脚，“靴底奇大无比”，让格列高尔大为吃惊。这里是在向读者暗示：他可能会像踩平常的虫子一样把格列高尔踩个稀巴烂。不过，他父亲没有用脚，而是从水果盘里抓苹果砸他，把他赶回房间里。其中一只苹果砸在他的背上，砸得他感到“格外地、难以相信地疼痛”。最终，格列高尔身上以苹果砸伤的地方为中心开始溃烂，导致他一命呜呼。

身体的性别特色

卡夫卡的作品里，身体潜在的施暴倾向常与性密切联系在一起。身为一个旅行推销员，格列高尔总是被催着赶着，他必须挣钱养父母和妹妹。他的性生活仅限于几次短暂的情遇，以及贴在他床对面的那幅画，上面画的是“一身毛皮装束的夫人，头戴毛皮帽子，身披毛皮围巾。她端坐在那里，目光落在隐住了整个前臂的厚毛皮手套上。”卡夫卡显然留意到当时的时装杂志，因为毛皮服装在 1912 年秋天，也就是卡夫卡写这篇小说的时候，一度特别流行。图画里性的色彩很重，文字描述里暗含着性行为的意思，这些让我们猜想格列高尔的“惊梦”是怎么回事，并间接表明他肚皮上“那一滩他无法解释的白色污点”可能是梦遗而来。

卡夫卡作品里的身体都有性别特色。这不仅指老生常谈意义上说的这些是男性身体，那些是女性身体，而且指一些文化行为与男性身体相联系，另一些则与女性身体相联系，因而成为男性特征或者女性特征的标记。卡夫卡作品里男性身体的特征是结实、挺拔、有军人气魄，一如老萨姆莎看似复元的时候，或者老本德曼跳起来逼着他退缩的儿子的时候。同样，约瑟夫·K.对着人群咆哮、《城堡》里的K.用拐杖打助手时的样子，都显示出男性的霸气。男性特征往往还有笔挺的制服做衬托，比如说老萨姆莎那"缝着镀金纽扣的蓝色紧身制服"、《流放地见闻》里军官穿的沉重的军人制服，或者《失踪的人》里倒霉的卡尔·罗斯曼当电梯工时套在身上的又硬又不舒服的制服。如果说制服使男性化的身体与自然相隔绝，女性化的身体则因其动物特征而有自然性质，例如画中穿戴毛皮的夫人，或者《审判》里辩护律师的女管家莱妮。莱妮的手指缝呈网状，这像是奇怪的返祖现象。K.这么形容她的手："多么可爱的爪子啊！"作品中也可能纯粹用身躯庞大来定义具有女性特征的身体，例如《失踪的人》里的布律纳达身上一堆肥肉，没有人帮扶自己都走不下楼。对她的描述不免让人想起卡夫卡的一篇日记（1913年7月23日所记），日记内容显示出卡夫卡对女人的身体既着迷又厌恶，因为这些身体"爆发出性感"而又"天生地不干净"。

然而，卡夫卡小说里的一些身体则跨越了性别界限。有的女性角色男性化了，显得性欲强、有威胁性。如画上身着毛皮的夫人、《失踪的人》里健壮的克莱拉，再如格列高尔的妹妹——她愈来愈频繁地挥着拳头威胁他变成虫的哥哥。与之相反，有些男性角色则女性化了。格奥尔格在父亲面前只能唯唯诺诺。格列高尔直立的身形变成了水平状在地上爬行，就像《流放地见闻》里落水狗似的囚犯，四肢着地，像狗一样爬行，又像约瑟夫·K.，"像狗一样"躺下来等死。格列高尔不仅要平躺着，像他母亲晕倒时的样子，而且他还有个像孕妇那样隆起的硕大的腹部，这使他进一步显得女性化了。格列高尔羡慕他的同事们“生活得像大家闺秀”，这也间接表示他幻想做个女人。在后来的作品里，身体的消耗使主人公的男性特征更加迅速地消失殆尽。约瑟夫·K.设法查清楚他的案子，《城堡》里的K.努力想进城堡，最后都落得越来越疲惫不堪。约瑟夫·K.的疲乏从他的手势里表现出来：

> 但是他并没有工作，屁股在椅子上挪来挪去，把桌子上的小东西慢慢地推过来推过去，然后不由自主地把胳膊伸在桌面上，坐那里一动不动，脑袋耷拉了下来。

耷拉着的脑袋表示屈服。约瑟夫·K.之前曾看到其他的诉讼当事人并排坐在那里，耷拉着脑袋、弓着背，这样就表示他们屈服了。类似地，K.好容易来到一个官员的房间，结果却不小心在床上睡着了，连官员跟他交待的信息都没有听见。

卡夫卡作品中女性化的男人在与父亲般人物的俄狄浦斯式的斗争中败下阵来。约瑟夫·K.追查案件时很轻易地就被引开了，于是计划着如何把他的情人抢走以向预审法官复仇，不过计划未能实现。K.羡慕城堡里官员们的性能力，他尤其羡慕克拉姆，因为据说村里所有女人都想和他性交。在《变形记》里，积极的性行为是父母的事，格列高尔则被排除在外。就在他父亲扔苹果砸他，他痛得失去意识之前仿佛看到一个性爱情景：

> 快要失去意识之前，他最后看了一眼。房间的门被猛地推开，母亲抢在叫喊的妹妹之前冲了出来。她穿着宽松的内衣，因为刚才晕倒时，妹妹为了让她呼吸畅通，脱去

了她的外衣。格列高尔看到母亲冲向父亲,她松开的衬裙一件件散落到地上。她就这样踩着裙子跌跌撞撞地奔向父亲,然后抱住他,抱得那么紧,似乎合为一体了——这时候,格列高尔的眼睛迷糊了,看得不清楚。母亲的双手紧紧抱着父亲的脖子,哀求他饶了格列高尔。

格列高尔的眼睛迷糊了, 因此看不到他不该看的东西,即父母的性交。这次性交让格列高尔免于一死,因此无异于重演了当初赋予他生命的那次性交。不过,他自己的性欲后来再次萌生:听着妹妹拉小提琴的声音,幻想着邀她进了自己的房间,再也不让她出来,还吻她光着的颈子。由于无意识欲望的压迫,他的语言开始变得不合逻辑:

他永远不会让她再走出他的房间,起码只要他活着,就不让她出来。他可怕的外形将第一次发挥作用。他会立即守住房间的各道门,朝着那些入侵的人嘶叫、吐唾沫。不过,他不会逼着妹妹和他在一起,而是让她自愿地留在他身边。

这一处,还有别的地方,肉体欲望都导致思维不连贯。这些实例说明:肉体所具有的“伟大理性”(尼采的话)可以动摇存在于脑子里的渺小无力的心智。

从某些方面来讲,格列高尔的变形解放了他。他不必再受那个艰苦工作的控制,不必受逻辑和理性的束缚。变形使他更趋于文明开化前期的自我满足状态。如果说启蒙时期把“高尚的野蛮人”想象成文明人类的理想反面,那么,20 世纪里,在全球的开拓殖民阻碍了人们对原始人的种种想象之后，“高尚的野蛮人”形象已经被舍弃，代之以婴孩的形象——根据弗洛伊德的设想，它是一个完全受性欲支配的存在物，对它来说，所有的身体接触都是性快感的来源。格列高尔还没有达到这样的高度理想状态，但是当他困在自己房间时，确实也想出了点办法让自己开心。因为脚上有黏黏的护垫，于是他可以在房间的墙壁和天花板上爬来爬去，跌落到地板或者沙发上也不会受伤。相对地能不受重力作用的影响，卡夫卡的小说常抱有这样的幻想。例如《莫大的悲哀》中荡高秋千的杂技表演者，除非人在旅途，不然总是成天待在高高的秋千上；再比如那个想摆脱战时燃料短缺问题的叙述者①，他跨坐在煤桶上，上升到“冰山地区”，让自己永远消失；还有卡夫卡早期的一篇随笔《唯愿生为红皮肤印第安人》里的那个人，他梦想能自动而永不停歇地运动。

唯愿生为红皮肤印第安人

啊，我要是个红皮肤的印第安人就好了！一跃而上，跨坐马上，斜倚在风中，随马飞奔。大地在颤动，震动的马蹄在地上一掠而过，景色在眼里转瞬即逝。马刺掉落了，因为找不着马刺了；缰绳撒手了，因为找不着缰绳了；甚至看不见大地像修剪平整的石楠荒地那样在眼前一片片展开，因为马的头颈现在都看不见了。

格列高尔体验的解脱还有一种，即他不用进食了，不过这

① 短篇小说《煤桶骑士》的叙述者。

很值得怀疑。他的家人一旦接受了他的变形，就开始考虑怎么给他喂食。有一段时间，格列高尔吃的尽是让人恶心厌恶的东西。那块奶酪，前一天他还是人的时候说都发霉了，现在却吃得津津有味。但是，没多久他就对任何食物都没有胃口了，像个苦行僧或者厌食者那样，什么都不吃。他的胃口变了，想要的都是人们不知道的或者搞不到的东西。这天他妹妹正在为三个房客拉小提琴，房客则在吃着丰盛的晚饭，有土豆和肉，于是勾起了他的食欲。“我好想吃东西！”格列高尔伤心地自言自语，“但不想吃他们吃的那些东西。怎么会这样？这些房客们吃得饱饱的，而我就这样空耗下去。”房客们对音乐了无兴致，可是对格列高尔，音乐却能给他一种不明所以的满足感：“他要真是个甲虫，音乐还能这么感动他吗？他觉得，面前的路正通向他所渴望的那种自己也说不明白的食粮。”这一切看起来矛盾得让人奇怪：音乐这个最没有实体的艺术（格列高尔变形前也不喜欢），现在却为他指明养料之源——或许是种同样没有实体的精神食粮，且正好与房客们狼吞虎咽的肉相对照？

绝食

绝食在卡夫卡的创作想象中尤为关键。作为抛却物质世界并可能进入精神世界的手段之一，它让卡夫卡产生了浓厚的兴趣，同时也引起了他的怀疑态度。卡夫卡的作品里，最突出的绝食者是绝食表演者[①]，他在集市上展示自己超人的忍饥挨饿的能力。如此令人毛骨悚然的表演却真的曾风行一时。1880 年，美国人亨利·坦纳在纽约的克拉伦登会堂停食四十天，希望能对那些花二十美分去看他表演的观众有所教诲。表演成功了，

① 卡夫卡的作品《绝食表演者》中的主人公。

他身上也没有留下明显的不良后果。最著名的绝食表演者是乔瓦尼·苏齐，他在欧洲各大城市几乎都表演过，表演的时候总有一群农民在旁边看守着以防他偷吃。维也纳作家彼得·艾腾贝格记述过一个女绝食表演者，她表演时待在一个玻璃箱子里，旁边时刻有人监视。如卡夫卡所说，对这种消瘦表演的兴趣确实淡多了，不过这个潮流现在似乎又有回归。就在我写这本书的时候，一位美国“魔术师”正把自己悬挂在伦敦塔桥上一个大玻璃箱里，决心当众停食四十四天。卡夫卡笔下的绝食表演者一心为了这门艺术，于是，当他的经理人为了迎合大众趣味做出妥协，把他停食的时间控制在四十天以内从不超过时，他感到十分沮丧。只有在大众对这样的功夫失去兴趣之后，他才能自己想停食多久就停多久，但是这样一来，他非凡的忍饥本事就不会被记载下来，也得不到承认。卧榻临终时，绝食表演者向旁观者坦言：他的停食不值得为人称羡，他也是万不得已罢了，

> 因为我没有找到我喜欢的食粮。不瞒你们说，我要是找到了的话，我决不会惊动大家，我也会像你们、像其他任何人一样，吃得饱饱的。

所以很明显，绝食不是什么职业，他仅仅是因为厌恶平常的生活而操起了绝食表演。又或者，那只是因为他过分脆弱的艺术良心迫使自己贬低自己？

停食使人们脱开了平常的、生命吞噬生命的野蛮世界。卡夫卡以黑豹的形象来形容这个世界。在吸引观众方面，绝食表演者远不及马戏团里的黑豹。观众蜂拥而至，以一睹其貌。黑豹的“血盆大口所洋溢出来的生命之乐”让他们慑服。这是尼采及

其读者所理解的生命。尼采在《超越善恶之外》里写道："活的东西，最希望的是**迸发**其力量；生命本身就是强力意志。"在《道德系谱学》里，他又写道："生命运作的**基本方式**——也就是说，从其基本功能上来讲——是通过伤损、暴力、剥削和破坏，而不可能是其他任何方式。"格列高尔的家人在其利益受到威胁的时候，也会施以暴力，采用强制手段。格列高尔一死，他的父亲马上就把房客们赶出自家公寓。就在房客们慢腾腾地下楼梯时，碰到一个肉店的伙计端着一盘子肉上来——从而与饿死的格列高尔恰好形成对照。看着绝食表演者防他偷吃的人也都是屠夫。格列高尔的家人为了庆祝他终于从他们面前消失，决定休假一天，去乡下散心。老萨姆莎夫妇深爱着女儿，两人决定该给她找个郎君了。两人的意图在一家人行程快结束时得到证明：当时他们坐在电车上，女儿突然站起来，舒展开她年轻的身体——提前让人看到黑豹一般优美的形体。黑豹有很强的掠食能力，所以它的形象比苦行僧般的、反生命之道的绝食表演者好多了。在尼采看来，只有那些吹毛求疵的现代悲观主义者才会觉得生命是"讨厌的"。

然而，卡夫卡站在了苦行僧般的绝食者一边，将绝食者的自甘饥饿与那些食肉者依然故我的食欲进行对照。《狗做的研究》的叙述者是一只狗，它把自己与其他狗区别开来，停止进食，希望能发现狗的食物从何而来。就在它戒食的时候，一只猎狗激怒了它，并把它赶走。以美国为背景的小说《失踪的人》里讲到一个很不友好的权威人物格林先生，他食欲高涨，一边饕餮大餐，一边责备年轻的主人公卡尔竟然不吃。后来有一会儿，格林先生庞大的躯体甚至引得卡尔心里嘀咕他是不是把另一个客人整个儿吃了下去。《绝食表演者》里有一段略有不同，里面介绍了一个真正的食人的人，他是绝食表演者的老朋友,前来看望他。这个吃人的朋友不止行为孟浪,而且他的头上堆满红发。因此他看起来颇与众不同:“这样子看起来一点也不怪诞可笑,但很是吓人,仿佛这一头非常人的头发显示了他非常人的食欲以及满足食欲的能力。”当生命力体现于这样的野蛮人身上时,苦行僧一般消磨生命的愿望就更容易理解了。

卡夫卡笔下的那些主人公——通常是繁忙的职业人士——身上被压抑的肉体需要和性欲以恐怖或者令人作呕的形式表现出来，格列高尔的昆虫外形只是其中最极端的例子。《乡村医生》里描绘的动物意象兼具恶心与暴力两方面的特征。医生受请去为人看病,但他的马之前死掉了,可病人住在十英里远的地方,他怎么赶到病人那里呢?一不留神之间,医生朝废弃的猪圈踢了一脚。猪圈门开了,眼前出现的竟是个马厩,两匹大马出现在面前,“架子高大,腰身健壮……漂亮的头部像骆驼一样低垂下来”。马夫在他眼里也半像动物半像人。马夫叫这两匹马“弟弟”和“妹妹”。他抱住医生的女佣,在她的脸颊上咬了一口,医生见此立即拿鞭子威胁马夫,叫他“畜生”。马夫冲破屋门追赶他的“猎物”,他的身上也体现了肉体生命,即强力意志或者欲望。另一方面,医生并不是禁欲者,而是欲望衰退了。他工作认真,一心扑在这个给他带来不了什么好处的工作上(他曾发牢骚说,他给那些忘恩负义的病人看病如何辛苦)。他的肉体欲望和性欲都被摒弃了,最终却以恶心、暴力的形式表现出来(“猪圈”[Schweinestall]有明显的“脏臭”[Schweinerei]的含义)。直到性欲旺盛的马夫出现之前,医生都很少注意他的女佣。起初他说到女佣时,他用的词是“它”(卡夫卡利用了“女佣”[Dienstmädchen]是个中性名词这一点)。直到马夫叫她“罗莎”,医生才开始叫她的名字。此后，他脑子里一遍又一遍想象着马夫如何和女佣交欢，细节想象得很生动，但愿自己能把“她从那个马夫的身子下面拽出来”。一旦他的性欲被激起，就再难消除了，这不免让他大为痛苦。

一如上面故事中写到的，肉体需要有时候会以野蛮而吓人的方式侵入刻板重复、无法让人满意的日常生活。肉体需要还会表现为创伤——这是卡夫卡的想象里总会出现的一个意象。格列高尔被他父亲打伤，几乎送了命。小说告诉我们：“那个苹果还嵌在格列高尔的肉里面，成了个明显的提示。”提示什么呢？考虑到故事的基督教背景（老萨姆莎夫妇在听到格列高尔的死讯时在面前划十字），这让我们联想到折磨圣徒保罗的“肉中刺”（《哥林多后书》第12章第7节），而“肉中刺”经常被人解读为反复提示性欲的东西。在先前的故事《判决》里，格奥尔格父亲的大腿上（阴部）有个打仗时留下的伤疤。《致科学院的报告》里自称已经变成人的猿猴被猎人打伤，原来猎人在非洲捕捉他时开枪打中了他臀部以下的部位，结果他现在走起路来还是一瘸一拐的。但是最为奇异的伤，是召来乡村医生的小伙子身上的伤。起先，医生觉得小伙子身上似乎没有一点问题。他正要嘲笑小伙子装病逃避工作，忽然听到马的嘶鸣声，这使他仔细检查起来，终于看出了点东西——只要确实存在，他就绝对不能错过的东西：

在他身体的右侧靠近臀部的边上，有个巴掌那么大的伤口裂开了。伤口呈玫瑰红色，但色度深浅有所不同：伤口深处颜色较暗，而伤口边缘色调转淡，显出精细的纹路，还有血迹不均匀地渗出，表面张开如同矿井。远看是这样，近点看的话，情况更复杂。视线落到他伤口之后，有谁能不轻声惊叫？在伤口深处，有许多虫子，它们有我小指头这么粗长，也呈玫瑰红色，上面沾满血污，白色的头和无数只脚朝着光亮处蠕动着。可怜的小伙子，你无药可救了。我已经找到了你硕大的伤口，你身体侧面绽开的花朵正在要你的命。

这一段的含义很多，也让人不安，评论几乎都没有点到。伤口位于“臀部上”，从而和卡夫卡笔下的其他伤口一样，都和性联系起来，就如同它与女佣罗莎也有联系。描述伤口的红色深浅时手法如此细致，似乎它是个审美对象，结果与其明显的性的特征形成对照。身体上这个大得难以想象的、阴道般的裂口体现出男人对女性生殖器所产生的恐怖联想。犹如矿井里的坑道，它仿佛展开了大地母亲的身体，里面的血暗示落红或者月经（小伙子的姐姐手里挥动着的“被血浸透的手帕”也帮我们做如此理解）。小伙子似乎被阉割而女性化了，也许变成了个雌雄同体的人，或者说不能再对他做性别区分了。

不过伤口也包含着生命。有许多只脚的虫子（自然史尚未认识的）在里面蠕动，仿佛小伙子的身体已经在腐烂。伤口与玫瑰联系在一起，它被比喻成一朵花。小伙子的身体在死亡和腐烂之时，也绽放出新的生命——一个以肉体死亡为条件的新生命。这难道是在提醒我们：我们也是有机体，当我们重新化入物质宇宙时，将滋养未来的有机体生长？或者它指出了某个迥异于物质存在的现实？

卡夫卡经常显示出拒绝肉体存在的倾向，尤其是当肉体存在涉及性的时候。故事《塞壬的沉默》（1917）将神话故事加以改写。在这个故事中，真正危险的不是塞壬们的歌声，而是她们的沉默。可是奥德修斯不了解这个情况，他用蜡封住耳朵，把自己绑在桅杆上。尽管塞壬们没有出声，奥德修斯还是观察到"她们在喘气，脖子扭动着，眼睛里满含着泪，嘴巴半张开"。但是，他把这一切理解成唱歌的伴随状态，而不是性欲的极度呈现。因此，仅仅因为误解，奥德修斯安然躲过了物质世界的性诱惑。就在一两天前，在同一个笔记本里，卡夫卡以《一个生命》为题目，对物质世界做了甚为极端的描画：

> 一只臭烘烘的母狗，怀着许多孩子，它身上很多地方已经衰朽无用了。但是，在我童年的时候，这条狗可是我的一切，它时时忠诚地跟着我。我舍不得打它。现在，在它跟前，为了避开它的气息，我一步一步后退，如果不换种办法的话，眼看着它就要把我逼到墙角了。这样，在墙角里，它就可以在我身上和我一起腐烂、消失。它还尊敬我吗？它的舌头舔着我的手——舌头上到处流脓，蛆虫纷纷。

正如小伙子的伤口犹如被虫子噬咬的花朵，这段话里，生长和衰朽也形影不离。文中的母狗体现了女性特征，它拖着一群崽子，它和叙述者的童年联系在一起，还有叙述者难以抗拒的盛情，虽然它试图把叙述者拽进来，和它自己一样衰朽下去。于是，因为那残存的感情，因为曾经的喜爱，叙述者和母狗紧密相联，也和世界紧密相联。最终看来，是爱把我们变成了声色世界的奴隶。就像卡夫卡紧接着在格言里写的："性爱欺骗人们，让人们忽略了圣洁的爱；性爱本身不能欺骗，但是它之所以能，是因为它无意识地包含了圣洁的爱的元素。”性爱是圣洁的爱的翻版，它包含了足够多的纯正的爱，从而可以有效地让人们心神涣散，不去寻求圣洁的爱。

读读卡夫卡后来的故事和格言，人们有时候会感到自己被莫名其妙地拉回到古代的基督教神秘主义者、犹太神秘主义者与殉道者的世界。《一个生命》排斥肉体，这也许可以让我们想起当初诺斯替派教徒所持有的观念：肉体属于可憎的、可鄙的感官世界，而感官世界是恶魔造出来的，目的是让人类疏远善神所掌管的遥远得难以想象的纯洁王国。《城堡》中有一个奇特的片段就让人们不禁要这样来理解。K.在大雪中等候着城堡官员克拉姆来酒馆，克拉姆的雪橇夫叫 K.从雪橇上取瓶白兰地喝。K.想白兰地肯定是香气飘飘，可一尝之下味道并不如此：

> 他抽出一瓶，拧开盖子，闻了闻。他不禁笑了，味道真香，太亲切了，就像你听到你特别喜欢的人说赞美之词或者什么好听话，可你又不清楚人家说的是什么，也不想弄清楚，只晓得是喜欢的人说的，心里就很高兴。“真是白兰地吗？”K.心里想着，有一丝怀疑，于是好奇地尝了一口。没错，居然真是白兰地；它有点辣，跟着身子暖了起来。越喝感觉就越不一样，一开始觉得是香气四溢的东西，没想到成了雪橇夫喝的玩意儿。

埃里奇·海勒——早期解读卡夫卡作品的人当中引起争论最多的几个人之一——发现这段文字表现出诺斯替派的观念，即现象在最缥缈、最接近精神层面的时候是最美的，但是一旦以物质的形式体现出来，或者像上文里出现的在直接与身体接触的情况下,就变得稀松平常、粗劣不堪。

然而到后期,卡夫卡对身体所抱的态度变了,而且更复杂了。有条格言如此写道:“殉道者不排斥身体,他们在十字架上让身体升华。在这方面,殉道者和反对他们的人是一致的。”也就是说,殉道者钉在十字架上的残缺之体并非该抛弃的皮囊,而是精神胜利之不可或缺的标志。类似地,绝食表演者也不排斥身体。他并不试图消尽肉身,做个纯精神的存在者。相反,他的身体是其艺术的工具。他的忍耐力就记载于他日渐消瘦的过程中。没有身体,他就无以为继了。同样,彼得·布朗也证明了一个观点:古时候退隐到埃及大沙漠里的隐士们,他们不是要损害或者惩罚自己的肉体,而是要借困苦来改造身体,让身体臻于完善,成为复活的基督那样的精神体:

> 那些堕落的人们出于扭曲的意愿,在身体内塞进些不必要的食物,结果产生的能量多得可怕,这些能量以肉体欲望、愤怒和性欲的形式表现出来。通过减少习以为常的摄入物,禁欲者慢慢地改造自己的身体,将其变成刻度精确的仪器。经过若干年的苦修,那些极其明显的身体变化,以令人非常满意的精确度记录了完整的人(肉体和灵魂合而为一的人)回归到原始、自然、未堕落的状态所经历的漫长过程中那个关键、初步的阶段。
>
> 彼得·布朗:《身体与社会:
> 基督教发展早期的男人、女人与戒止性事》
> (纽约:哥伦比亚大学出版社,1988),第 233 页

绝食表演者为了艺术而吃的苦远甚于福楼拜或其他卡夫

卡欣赏的专一的艺术家。长时间颗粒不进，他对艺术的奉献从他的身体上显而易见，现在的身体比书本上的描述更接近他的自我。他的经理给他设定的四十天期限妨碍了他追求艺术的完美。当没有人注意他时，他可以在某个角落里无限期饿下去，可是没有人来欣赏他的艺术成就。

所有这些例子中，我们论及的都是个体的身体。但是，身体通常也可以用来指大的人类群体：公民团体、作为人民团体的国家等。身体意象的这一用法卡夫卡也运用过，尤其是在他后期的故事里面，而后期故事关注的焦点也逐渐从孤立的个体转为群体。《狗做的研究》里，那些狗“生活在一个群体中”，有着强烈的群体感。它们最大的快乐在于“温暖地聚在一起”，它们总是搞不懂为什么各自住得那么远，为什么要遵守一些不是它们自己制定的规则。故事里的那些狗不注意人类的存在。它们不知道自己的食物是它们的主人扔给它们的，还以为是靠它们自己在地上撒尿得来的。它们可以接受食物来自上面而不是下面这个看似矛盾的说法。唯独故事的叙述者例外，因为它有科学头脑，于是它忍饥不食以求解开谜团。但是，由于它的认知能力天生有限，因而始终无法发现是人类在养它们。故事含蓄地指出，它如果只是过着平常的、不去反思的、像其他狗一样的生活，会自在得多。卡夫卡的最后一个故事《女歌手约瑟芬妮，或耗子民族》里，那只会唱歌的耗子的才能令人生疑。她好像和其他耗子没什么两样，就是吱吱叫。但是人们纷纷赶来听她唱歌，他们拥在一起，“身体挤着身体，暖乎乎的”。他们照顾着她，仿佛将自己和她联系起来时，他们就成为一体了，“颇像父亲照料一个小孩一样”。她的歌声让听众感受到自己形同和别人全部合为一体：

仿佛每个人的四肢都放松开了，仿佛每一个焦虑的人得以在巨大的由人组成的温床上心满意足地舒展、放松一次。

全民族合为一体,而且连约瑟芬妮这样自私的个体也能容纳进去。故事的叙述者总结道:她错误地渴望着那个特殊的地位,她的死将让她从该特殊地位上解脱出来:

所以,最终我们也许根本就不会失去很多,约瑟芬妮则摆脱了尘世的烦恼。不过,在她看来,这种烦恼是出类拔萃者才能具备的。她将愉快地消失在她的民族不计其数的英雄群体中,而因为我们不喜欢探索历史,她会和她所有的兄弟一起,立即被遗忘,从而解脱得越来越彻底。

第四章

社会机构

卡夫卡对社会机构有浓厚的兴趣。社会机构是指各种起不同作用的社会组织，如家庭、公司、政府机关、学校、医院、监狱等等。这个词的意思有从笼统向具体转变的倾向，现在尤其指那些号称为了其成员利益，而违背他们的意愿对他们加以限制的机构，例如养老院、精神病院、监狱等。卡夫卡用的词是Anstalt，它的意义一样比较模糊。他用这个词来指他的工作单位Arbeiter-Unfall-Versicherungs-Anstalt für das Köngigreich Böhmen（波希米亚王国工人事故保险事务所）。但是在不同的情况下，它的意思可以是教育部门（Erziehungsanstalt）或者是疯人院（Irrenanstalt）。20世纪后期，社会学家对诸多社会机构，特别是那些对其内部人员控制得最严的机构，予以更多的关注。在其研究精神病院的著作《精神病院》（1961）中，欧文·戈夫曼研究了"绝对机构"中的一种，这类机构设法管制其中入住人员的一切行为。米歇尔·福柯在《规训与惩罚》（1975）中思考了一个问题：诸多关乎正义的机构（尤其是监狱），以及与训练相关的机构（如军队）如何影响、制约被迫进入其中的人。然而，卡夫卡对机构的关注比上述学者更早。他的作品对社会机构做了深入而敏锐的分析，不仅揭露出诸多机构对其中成员肉体和精神上的压迫，而且在后期作品中还探索了一些抵抗和逃避这些机构的可能的方式。

家规

家庭是人人最先面对的机构。对卡夫卡来说，家庭是压迫开始的地方。格列高尔·萨姆莎遭受的家庭压迫从他房间的摆设上就能明白地表现出来：房间有三扇门（格列高尔晚上把它们全部锁上），家里的其他成员——爸爸、妈妈、妹妹——分别会敲其中的一扇，催他起床去上班。卡夫卡的言谈之中，父母之爱是让人窒息的东西，家庭生活犹如战场。“我一向觉得我的爸妈是迫害者。”他1912年这样对菲莉斯说。

> 爸妈只想着把儿女拽到和他们一起，拽回到儿女避之唯恐不及的过去。当然，他们是因为爱才这样做，但是特别糟糕的也就是这一点。

八年后，他对密伦娜描述了“陷入这种关爱的圈套里”何其可怕，“你不晓得我写给父亲的信——我就像粘在棍子上的苍蝇那样拼命地挣扎”。但是他也补充说，即便如此，还是有好的方面：“这边有人在拼马拉松，那边却有人在餐厅狼吞虎咽——战神和胜利女神无处不在。”卡夫卡这么说，并非埋怨父母不仁慈或者虐待他。对他来说，难以抵抗的正是父母的亲情所造成的难以摆脱的束缚。在他写的两篇很出色的表现家庭冲突的故事《判决》和《变形记》中，主人公都因为爱他们的父母而下场凄惨。格奥尔格·本德曼确实是个自私、简慢的儿子，根本就不考虑自己结婚后父亲怎么过日子。他嘴上说爱父亲，但这显然是为了阻止父亲问些让他难堪的关于那个俄国朋友的问题，就像他父亲指责的——指责得当然对——是在“替那人隐瞒”。但是，当他按照父亲的“判决”去做，从桥上跳了下去，这时他的身份又回到了一个幼稚的小孩，一个“出色的体操运动员，曾经是爸妈的骄傲”。而他说的最后一句话是：“亲爱的爸爸妈妈，我确实一直都爱你们。”至于格列高尔·萨姆莎，他是个忠诚的儿子，从父亲破产以来一直单枪匹马奋力养家。等他变形之后，终于知道父母曾私藏了些钱，他们其实不需要他那样自我牺牲；家人对他失去了兴趣，不再给他吃的，拿他的房间堆存废品。最后，当格列高尔威胁到他们的经济利益，因为他快把房客吓跑了，他们做出结论——结论缺乏逻辑，这是卡夫卡笔下人物的典型特征：这只甲虫**绝不会**是格列高尔。他们的自欺欺人从混乱的代词使用上可以看出来：他的妹妹先是否认“它”会是格列高尔，然后她嚷道“他又到门边来了”。“它”与“他”交替使用否认了格列高尔人的身份，把他变成一堆有生命的垃圾。可是他没有感到气愤：

> 怀着一腔温情和爱，他的思绪又回到了他的家人。他自己都认为他必须消失，而且自己的意见甚至比他妹妹的还要坚决。

和格奥尔格一样，他告别了人间，死时心里依然低声下气地爱着家人——那些已经抛弃了他的家人。

卡夫卡一再抱怨成年人设法压制孩子的个性。卡夫卡小时候的一幅照片显示（引用瓦尔特·本雅明的描述就是），他“在一个温室般的环境里，穿着装饰有很多饰带、近乎难受的紧身童装西服”。照片上的小孩子伤心地看着相框外面，显然是想逃离到别的地方，看照片的人不免心有恻隐。也正是这个小孩——本雅明提醒我们注意——后来写出了《唯愿生为红皮肤印第安人》这样的幻想作品。回首从前，卡夫卡承认他是个被惯得很厉害的、难以对付的孩子。但是他的记忆里大多是如何深受各种权威人物之害，这些权威人物包括他的父亲和每天送他上学的仆人——仆人总是每天吓唬他，说要把他的淘气事告诉老师。卡夫卡明白，有许多孩子的遭遇比他倒霉多了。《失踪的人》讲的是一个在美国流浪、基本上少不更事的少年的故事。故事开头就直截了当地介绍“十七岁的卡尔·罗斯曼，他被狠心的父母赶到美国，原因是他被一个女佣勾引后有了个孩子”。卡尔依然爱着他的父母，虽然他们极其残酷地惩罚了他这个受害者。而后面的故事表明，卡尔还曾受到凌辱，因为女佣强迫他和她性交，性交的方式让他觉得“龌龊恶心”，让他感到“极其无助”，最后弄得他“泪流满面”。

卡夫卡激烈地批评当时抚养小孩的方式，其观点与众多开明的教育者颇为一致。他对激进的心理分析研究者奥托·格罗斯的印象尤其深刻。卡夫卡 1917 年通过布罗德结识格罗斯，他们讨论创办一家期刊，拟取名为《斗争权力意志记录》。格罗斯吸毒，交了很多情人(其中包括后来嫁给 D. H. 劳伦斯的弗里达·威克利)。他认为传统的家庭是男权的根源，应该发起革命来推翻它。格罗斯这番言论是以亲身经历为基础的：1913 年，他的父亲(一位刑法学教授，卡夫卡在大学时听过他的课)把他送到精神病院，理由是他的信条——想爱就爱——证明他已经精神错乱。在公众的强烈抗议下，他后来被放出来。格罗斯对父权的抨击无疑对卡夫卡写《致父亲的信》起到了促进作用。

卡夫卡密切关注教育。他说服菲莉斯去柏林的犹太儿童避难所服务，还给她写了许多封信，对如何对待少年提出建议。1921 年，卡夫卡还给他妹妹艾莉写了若干封信谈教养小孩的问题。当时艾莉正打算送十岁的儿子费利克斯上学，卡夫卡建议送他上赫勒劳一所由 A. S. 尼尔任校长的进步学校。他在信里引述了斯威夫特笔下的小人国里的人们是如何教养小孩的，同时强调并阐发了一个见解：教养孩子这件事，只有在万不得已的情况下才能交给父母来做。他解释道，父母之爱是种自私的表现。家长总是忍不住把自己的愿望强加到儿女身上，按照自己的意愿去影响、约束他们。因此，他们采取的教育方法不外两种：专制和奴役。

出于自私，家长们教育孩子就是这两种方式：所有意义上的专制和奴役。专制可以显得很温情（比如“你必须相信我，我是你妈妈”），而奴役也可以显得很自豪（比如“你是我儿子，所以我要让你成为我的救星”）。但是，两种方式都很可怕，两种都是反教育的方式，目的都是踩住孩子，压制他们，不让他们发展。

小人国的教育

他们关于家长和儿女各自责任的观点与我们的有天壤之别。因为男女的结合是建立在伟大的自然法则的基础上的，为了传宗接代，小人国的人也需要男女结合。他们认为，和其他动物一样，男人和女人结合的动机出于性欲，而对儿女的怜爱缘于同样的自然法则。所以，他们决不会同意说，一个孩子因为父亲生下他或者母亲把他带到这个世界上，就必须对父母尽什么义务。想想人生的苦难，父母生育儿女本身没有什么好处，做父母的也无意生儿育女。他们相遇恋爱时，心思并不在这个上面。根据这些，还有其他类似的推论，他们认为，子女的教育，若非万不得已，不能交给父母。因此，他们每个城镇都有公共的托儿所。除了村民和劳工以外，所有的父母都必须把满了二十个月的孩子，不论男女，送到公共托儿所去抚养、教育，因为满了二十个月就应该具有了一定的受教基础。

（斯威夫特：《格列佛游记》）

必须让孩子远离“摆设精致的客厅，那里面气氛憋闷，毒害泛滥，让孩子倍感饥渴”。

在卡夫卡看来，家庭也是权力、过失、法律和惩罚的发始之处。《致父亲的信》里描述到，赫尔曼·卡夫卡对什么是行为端正做了严格的规定，他自己却不遵守那些规定。因为这些经历，卡夫卡渐渐地把规则想作权力机制，这套权力机制可以追溯到家庭关系。儿女因为依赖于父母而受到父母之爱的束缚，于是默认了父母的权威，任由他们支配自己弱小的生命，并内化了各种行为标准，然后把这些标准传给自己的后代。默认父母的权威让家庭规则不至遭到破坏，可是默认父母权威这个行为会一直延续到成年后的生活中，继而表现为默认社会机构。马克思主义哲学家路易·阿尔都塞论述过一个观点，不过卡夫卡在他之前早就已经明白：社会权威在很大程度上不是依靠暴力压制，而是在于人们接受各种社会机构，甚至那些给他们带来危害的机构。

审判

一边是家庭规矩，一边是《审判》里侵入约瑟夫·K.个人生活的神秘规则，而介于两者之间、两方面都沾边的是以美国为故事场景的《失踪的人》。小说以一系列审判为脉络安排结构，故事的男主角卡尔·罗斯曼有着良好的用心，可是一再被判有罪。我们已经了解到他是遭到凌辱后被赶到美国去的。在船上，他结交了一个司炉工，司炉工含糊其辞地向他大倒苦水，说船上的轮机工如何不公正地对待他。卡尔急切地想帮司炉工，陪他一起去了船长办公室，没想到在船长办公室里碰到移民过来的舅舅——如今他已经凭着艰苦的努力成为富裕而受人尊敬的参议员。舅舅当场把他认了出来。司炉工的事情要等船长来裁定，情况看起来很不妙：

> "司炉工的事情，该怎样就怎样吧。"参议员说，"船长决定该怎样就怎样。[……]是要主持公道，但是同时也要维护纪律。"

卡尔提出些无力的抗议，因为他依然认为公道问题可以由思想公道的人客观地做出决断。然而，参议员却将公正和纪律等同起来，而公正和纪律又与船上拥有最高权力的船长的意志等同了起来。

卡尔在舅舅权威的笼罩下度着日子。一天晚上，朋友鲍伦德先生邀请卡尔去他纽约附近的乡村别墅，见见他的女儿克莱拉。舅舅同意他去，但是有点不情愿。他在乡村别墅遇到多起意外事故，不久收到舅舅寄来的一封短信，信里同时夹着一张去旧金山的三等客票。舅舅信里的意思是，卡尔做了件忤逆之事，性质极其严重，他因此永不再理卡尔了。这种冒犯和惩罚模式在卡夫卡的作品中反复出现。一个轻微的过失，其实小得几乎看不出来，或者是根据武断的标准定性的，结果却遭到严厉的惩罚，其严厉程度极其过分。《流放地见闻》里的犯人本是名士兵，他的责任是给军官站岗以及每小时起立对门敬礼，可是他值勤时睡着了，在脸上遭到鞭笞时还胆敢反抗。因为这个罪行，他被折磨致死。乡村医生在冻得要命的冬日，出了门来，兀自喟叹不已："一旦晚上有人按门铃，你不该应但还是应了的话，绝对不会有好下场。"《敲门》就为上述惩罚观念提供了范例。

敲门

那是个夏日，天气炎热。我和妹妹一道回家，路上经过一家庭院门前。我不知道，她当时是有意捣乱或者心不在焉敲了敲门，还是朝门挥了挥拳头，连敲都没敲。沿着路往前走一百步，路朝左拐，就到了村前。我们并不熟悉这个村子，但我们刚刚走过第一家，人们就纷纷走出来。有的和我们友好地打招呼，有的示意我们小心，有的甚至惊慌失措，慌得腰都弓了起来。他们指着我们经过的那家庭院，提醒我们曾敲过那家的门。他们说那家庭院的主人将控告我们，调查将会马上开始。我十分镇静，同时设法让妹妹镇静下来。她可能根本就没敲，就算她敲了，根本也找不出证据。我力图跟围着我们的人解释这一点，他们听归听，却不愿发表意见。后来他们说，不光我妹妹，连我这当哥哥的也将受到控告。我微笑着点了点头。我们全都回头望着那家庭院，就像观望远处的滚滚浓烟，等着看到大火。果不其然，我们立即就看见院门大开，几个骑马的人穿门而入。后面尘土飞扬，掩住了一切，但见长矛的尖头闪闪发光。这队人马消失在院子里没一会儿，似乎立刻就调转马头，朝我们直奔而来。我催妹妹赶紧离开，说我一个人会了结一切。她拒绝把我一个人丢下。我跟她说：你至少也该换换衣服，穿得好点儿去见那些先生。她终于同意了，踏上了漫漫的回家之路。骑马的人转眼已经到了我们身边，他们还没下马就打听我妹妹的去向。我小心地回答：她现在不在这里，不过待会儿就来。对我的回答，他们不理不睬，最重要的好像是他们找到了我。这群人当中为首的是两位先生：一位是个法官，活泼年轻；另一个是他的助手，沉默寡言，人们叫他阿斯曼。他们命令我进村里的小客栈。在诸位先生紧密的注视下，我一边摇头，一边拽弄裤子背带，慢慢地往前走。我仍然以为，只要一句话就足以让我这个城里人很光彩地摆脱这帮乡巴佬。可我一迈过客栈的门槛，法官这时已经赶到我的前面等着我，只听他说："我为这人感到惋惜。"毫无疑问，他这话指的不是我现在的处境，而是我后来的命运。屋子看上去哪像客栈的会客室，更像一间牢房。地面铺着大石板，墙壁黑漆漆的、光秃秃的，墙上有个地方嵌着一个铁环，屋当中放着个东西既像木板床又像手术台。

除了这监牢的空气，我现在还有别的能去忍受吗？这是个大问题，说得更确切点，问题就是我是否还有可能出去。

《失踪的人》里面，卡尔的第二次逃跑说明：审判不是要判定谁是罪犯，而是让一个既定的牺牲品永远翻不了案。在西方宾馆当电梯工时，卡尔遇到个很久以前的熟人、流浪汉罗宾逊，当时喝得烂醉如泥。为了扶他回屋睡觉，卡尔只得暂时离开自己的岗位，结果遭到领班的责难。领班出口伤人，说卡尔夜里在外面腐化堕落，罗宾逊的出现就是证明。卡尔所有的解释都被利用，成了指责他的理由，以至于原本支持他的人也觉得他在骗人，于是他又从那里被撵走了。被审判本身就是某人必然有错的证据。

《审判》里有同样的定律在起着作用，但其方式则更微妙。创作该小说的灵感部分来自于他与菲莉斯解除婚约时，菲莉斯和支持她的人们对他的"审判"。小说中并没有实际的庭审程序出现。约瑟夫·K.被捕之后，就被传讯到预审法官面前。未等预审法官质询他，他就开始咆哮，称自己如何无辜。后来，法院把他晾在那里，直到后来他在大教堂里等着一桩业务接洽时，听到教士（后来得知他是监狱神父）突然从小布道坛喊他。教士提醒他小心，说他已经被指有罪。法院即将采取的唯一的行动，就是派刽子手来执行他的死刑。

这些奇幻的事件，可以与卡夫卡所熟悉的实际的法律制度联系起来。卡夫卡生活的那个时代，在法理学家中间存在着两种矛盾的法律观念。其一是严格的源于康德思想的法律哲学，它被德意志帝国（1871）的法典奉若神圣。该法典假定罪犯应对自己的行动负道义责任，因此它只关注所做的行为，然后根据罪行的性质来决定如何施以惩罚（虽然可以根据情况予以减刑）。与之相反，在奥地利法典的定义中，犯罪不仅是行为，还要考虑被告的"犯罪企图"，因此被告的动机在定罪时至关重要。由此形成了奥地利法律中的一条公理，即没有违法行为一样可以有罪：某人可能有犯罪预谋，但是外在偶然事件阻止了犯罪行为的发生。在卡夫卡的小说里,约瑟夫·K.从没有问过,也没有人愿意告诉他,他到底因什么而遭起诉。逮捕他的两个看守说得振振有辞,有人犯罪了,法院就会行动,因此他肯定是犯罪了才会被逮捕:

> 就我所知,我们当局——当然我晓得的仅仅是最低层的——决不会在茫茫人海中找个罪名,而是像法律规定的,它在人们犯罪后采取行动,然后必须派我们看守出来。

虽然我们已经了解到K.的诉讼"不是普通法院里的审判",但是审判他所沿用的法律将奥地利的法律制度推到了极端,且极端得不无滑稽,其中重视的不是罪行而是罪犯其人。当局在乎的不是约瑟夫·K.可能有什么犯罪行为,而是他有罪。因而,有罪这个词的意思从"为某个行为承担责任"变成了"主观的负罪感"。遭起诉似乎意味着成了特殊的人,注定要遭受屈辱,直到最后被处死。

因此,《审判》中的叙事并没有围绕着法院的庭审过程,而是K.对于被捕的反应。抗议归抗议,两个看守说什么,他还是照着做了。因而甚至在他抗议的同时,实际上已经接受了那个他一无所知的法院的权威。他之所以接受,部分原因在于法院就是一个机构,他本能地知道在机构权威面前该如何反应。阿尔都塞提供了一个例子可以说明刚刚提到的接受权威的情形:当我们听到"喂,那谁"之后会马上转身,尽管发话者并没有直呼其名,我们承认了自己就是被叫唤的对象。也就是说,个体置身于一个社会、意识形态系统中,甘受别人的"质问"(阿尔都塞所用的词)。约瑟夫·K.一样也在法院被人质问,而监狱神父把他当成个体而直呼其名"约瑟夫·K."是之后很久的事了。

法院还利用了K.的不安全感。事实上,我们可以把小说《审判》理解为一系列花招:一方面法院伪善地声称不会干扰K.的生活,却让K.自感有罪,负罪感最终盘踞K.的心间,让他屈服于他的行刑者;另一方面,他辩称自己是无辜的,却不试图去弄清控告他的原因,这或许暗示他内心确实意识到自己的罪责。K.一直尽量压抑法院唤起的负罪感,可是越来越难。在监狱神父面前,K.也争辩说自己无罪,而且谁都没有罪:

> "但是,我没有罪,"K.说,"这是个错误,人怎么可能会有罪呢?毕竟,我们都是人啊,人和人全都一样。""没错,"神父说,"但凡有罪的人,总是这么说。"

故事到这里,"有罪"这个词的意思有了新的变化:从法律上的罪责和主观的负罪感变成有错——不是法律意义上的有错,而是道德,甚至神学意义上的有错,这也是不难想到的。K.的推理逻辑是:人都是软弱的,难免犯错,所以全人类均会犯下过错,凭什么单单逮捕、惩罚他呢?监狱神父的回答不容置疑:凡是有罪的人都这样说,来为自己开脱。言下之意是人人可能都有罪,仍然应该受惩罚。小说的前面,K.已经看到了一幅司法女神的画像:画上的女人脚生双翼,在快速飞行,她看起来更像胜利女神或正在追逐猎物的狩猎女神。法院追逐其牺牲品,毫不留情,恰如卡夫卡1917年的一条格言里描绘的那些猎狗:

> 猎狗仍然在庭院里玩耍,但是猎物在树林间跑得再

快，也还是逃不了。

法院既善于利用他人，又是更高权力的工具，监狱神父给约瑟夫·K.讲的寓言中至为清楚地表明了这一点。寓言说的是一个人想求见法律，但是守门人不让他进去；临终之时，那个人看到一束光芒从法律身上照射出来，于是问了一个他早就该问的问题：

> “每个人都千方百计想见到法律，”那个人说，“可是为什么这么多年来除我之外，没有任何人想进去求见呢？”守门人意识到那个人寿数将尽，听力也已经不行了，于是他只得高声吼道：“这道门是专为你开的，别人谁也进不去。现在我要去把它关上了。”

约瑟夫·K.被捕不仅是他的一大痛苦，而且，如果他事先知道的话，或许还是个机会。那是什么机会？约瑟夫·K.又为何对自己从被捕到审判独独做出如此负面的反应？要想略微搞清楚这些问题，我们需要考虑他是什么类型的人。

部门化的人

和卡夫卡笔下的其他主人公一样，约瑟夫·K.体现了现代工作、商务和政府机构要求和产生出的那类人。要了解卡夫卡的作品中如何描绘工作，我们可以翻回来再看看《变形记》中格列高尔·萨姆莎身为旅行推销员是如何看待自己的工作的：

> “我的老天哪，”他心里想，“我怎么选了个这么辛苦

图 9 卡夫卡，1923 或 1924 年。

的工作啊！日复一日地在路上奔波。这些业务上的事比起家里面的事情要烦心得多。最要命的是，要承受旅途劳累，担心赶不上联运火车，吃饭没有规律，伙食又差，时时要面对不同的面孔，不可能有个温馨、持久点的伙伴关系。真是倒霉透了！”

展示布料样品给潜在的顾客，不仅工作累人，让人难以满意，而且还受到雇主的密切监视。在办公室里，老板坐在办公桌上，高高在上地对手下人发话，手下人说话时则要凑到他身边，因为他的耳朵不好。格列高尔害怕要是称病告假，老板会带着医生亲自上门来，因为老板决不会接受生病的说法，以为肯定是装病逃工。事实上，他没有去车站，结果科长就亲自登门了，而且态度越来越吓人。他先是暗示格列高尔可能盗用现金了，然后警告他："你在公司里的职位并不是安稳无忧的……过去的一段时间里，你的工作表现让人太不满意了。"

现代人的工作，一如这里所表现的，既抽象又等级森严。格列高尔的工作无关体力劳动，也不是初级生产活动。他的任务是展示样品和收款，因而仅仅是商务过程的一个中间人。公司的等级差别，显示在老板夸张地高坐在办公桌上，员工明显受到密切的监视，行为稍有过错即遭到严厉得可怕的威胁。一个抽象、等级森严的世界要求行动于其中的须是特殊类型的人。格列高尔则属于不幸且不合时宜的那一类，卡夫卡笔下的若干主人公身上都体现了这类人的特征。从格列高尔、格奥尔格·本德曼、约瑟夫·K.、《城堡》里的K.和乡村医生，我们可以提炼出一个现代职业人士的理想模型。他应该如工作要求的那样，有条不紊、精明善算。格列高尔的工作由火车时刻表控制着。因为

5 点和 7 点的火车都错过了，他决心赶 8 点的火车。他醒来的时候看到时间是 6 点 30 分，他妈妈敲门的时候是 6 点 45，他决定 7 点 15 分前起床，不料 7 点 10 分时科长的到来把他惊醒。约瑟夫·K.每天 8 点在床上吃早饭，接着在办公室一直工作到晚上 9 点，然后和那些重要官员们公关活动到 11 点。甚至他的性生活也成了例行程序：每周去找一次那个“只在床上接待客人”的名叫艾尔莎的女子。格奥尔格·本德曼在算术方面得心应手：他回顾自己的业务额已经增加了五倍，而对他俄国朋友的交易数字那么少表示同情。《城堡》里的 K.是位土地测量员，干的尽是抽象的数学计算。

职业人士一般都服务于某个等级叠加的组织。格列高尔在公司里的地位很低，受到科长的欺压。约瑟夫·K.自己就是一位科长，他告诉预审法官自己的身份时不无自豪。他的傲慢态度，从他被捕后对待受派陪同他去银行的三个下级雇员的态度中就能明显看出。那三个人的地位太低，以至于他都不把他们当同事看待。他们个个让他心烦，其中一个尤甚，原因是他偶然笑起时，龇牙咧嘴导致面部表情整个僵了，那样子“有心肠的人都不忍心去笑话”。平日里，K.一遍又一遍地唤他们去办公室，空耗他们的时间，只是想观察他们的行为举止。然而，对他的上司，K.总是卑躬屈膝；对他的对手——级别和他不相上下的副经理，K.欺骗他，以牟取权力；那些晚上一起活动的官员都是些法官、律师，加上一些纯为陪玩的下级同事。乡村医生并非私人执业医师，而是“由区里聘任”担当“医疗官员”的。K.企图进入城堡里的那个组织，其实，城堡之前召他做土地测量员显然是偶然的差错造成的。他还想越过各级秘书，直接和一个最高官员联系。

男人在这些等级行列中的权威，在他们严整的军容、庞大的身躯和凶蛮的表情中得到了最好的体现。如其身着制服的照片所示，连格列高尔·萨姆莎都当过兵。K.的回忆中，服役的那几年是“快乐的时光”。老本德曼在战争中受过伤，现在身上还留有伤疤，他还没有起身时，殴打儿子的样子仍然像个“巨人”。老萨姆莎精力貌似恢复时，他腰杆笔直、眉毛浓密、身上穿着制服。“靴底奇大无比，让格列高尔大为吃惊”，因为它似乎能把畏缩的甲虫一下踩个稀巴烂。K.那个颇有影响的律师朋友哈斯特勒也有着高大的身材，“这个人身躯庞大，大衣都能把他（指K.）藏起来”。哈斯特勒是位律师，他恐吓对手的本事无人可及：“他的食指还没伸出来，许多人就惊慌得后退了。”《审判》中，我们没有看到一位法官在法庭上出现，K.倒是在辩护律师的厨房里看到一幅画上画了位法官：

> 画里的人穿着法袍。那人坐在一张像宝座一样的高脚椅子上，椅子上镀金的地方在画面上非常突出。奇怪的是，法官的坐姿并不宁静、威严，而是左臂撑在椅背和扶手上，右臂完全悬空，右手扶着椅子的另一扶手。看样子似乎正要站起来做决定性发言或者案件宣判，伴随的手势煞是凶狠甚至粗暴。我们必须设想被告站在台阶的最下面，因为台阶上面铺着黄地毯的部分已经画出来了。

不过K.被明确告知，现实里的法官个头矮小，他坐的不是宝座，而是一张盖着马毯子的厨房里用的椅子。他令人望而生畏的外貌是按照传统的画法画出来的。这里暗示了一个意思：权威是一方使弄权力，另一方相应地顺从默认的结果。前面提到的关于法律和守门人的寓言里，守门人同样用他庞大的身躯、毛皮上衣、高鼻子和络腮胡子把那个人着实吓唬了一通。但是,设若这个乡下人对守门人表示怀疑,结果会怎样呢？设若K. 挑战法庭的权威，而不是把所有的时间都耗在自己的案子上,从而顺从默认了该权威,那又是什么结果呢?

所有这些可能性都只是假设,因为卡夫卡知道:谁想在一个组织机构内取得成功,他就要接受其中的规则,包括其中的等级制度。于是,一切有违规则的东西都是无法容许的,甚至是难以想象的。约瑟夫·K.就是那些一心维护秩序的职业人士的最好例子。被捕在他自己看来主要是造成混乱无序,所以必须收拾整饬。“可是,一旦恢复了秩序,那些事件的一切痕迹都被抹去了,一切都回到过去的发展路子。”尽管如此,K.脑子里时时还是在琢磨着法院,他按照自己所在单位的样子去设想法院的样子,认为里面也有一大堆官员,旁人摸不清他们的级别组成。他还决定给法院提交一份长篇文件。然而,假如法院提出一些他的个人生活里没有过的事情，譬如提到道德层面的东西,这是他所没有的,那他就琢磨不透了。法庭画师向他描述了审判的三种可能结果:宣判完全无罪,不过这个结果只是传说中有过;暂缓无罪,这样可能马上又要重新逮捕起来;延期宣判,这意味着案件审理一直拖下去,结果是既没有判罪,诉讼也永远完结不了。K.不接受第一种结果,因为他从来就没有想过有这么好的事,所以他冲口而出:“仅仅是传说,我的想法怎么会变呢？”他摆脱不开的倒不是法院,而是自身意识的局限。如此境地在一段格言里有极致的描述:“他的额头骨架宽大,挡住了他的路。他跟自己的额头对撞,撞得鲜血横流。”我们或者可以拿他与乡村医生做比较:乡村医生陷于自己的日常琐事,结果猪圈里突然不知道是从天上还是地下冒出几匹马，载着他一眨眼就到了病人家时，他一开始竟然还看不出病人身上巨大的伤口在哪里，还是马嘶声让他察觉到伤口。

卡夫卡笔下的人物因身处某组织、机构而形成相应的习惯思维，惯于日常俗务致使他们认识不到现实中有悖他们习惯思维的事情。但是，卡夫卡的叙事一再显示：这些难以调和的现实情形强行突破了诸多不善领悟的主人公的心理防线，让他们为之困扰，为之心力消磨，最终毁了他们。格奥尔格·本德曼被恢复了神气的父亲逼得像个无助的小孩；乡村医生最终落得赤身裸体，受着雪寒；约瑟夫·K.的崩溃则是个漫长、乏味、微妙的过程，其中包括否定自己的问题，苦心寻求与人（他的女房东、布尔斯特纳小姐和监狱神父等）建立友好团结关系，以及在职业常规所赋予的"护身钢甲"被戳破后显露出贪婪性欲。他要寻求别人的支持，这在他对监狱神父说的话中表现得再明确不过：他跟绝大多数法院官员不一样，他觉得能信任他，跟他能敞开了说话。监狱神父回答约瑟夫·K.的话时谈起法律和守门人的寓言，其实是在含蓄地告诫他不能依赖别人——如同乡下人依赖守门人那样，而是要自己去做决定。类似地，辩护律师也告诉K.：法庭打算取消辩护律师，"被告必须自己想办法"。

卡夫卡表现现代职业人士的优点和弱点的方式，与当时社会学家马克斯·韦伯对现代职业人士的分析很接近。韦伯对"资本主义精神"的起源做了探究，认为其中包括谨慎、理性、长期的计划，而不是仓促的积累或鲁莽的投机。他在这种观念与早期新教所灌输的行为方式之间找到了"有选择的亲缘关系"，因为当时新教排斥一切不可思议的拯救方式，恳求信徒们努力工作，在他们心里埋下希望：现世的成功将证明上帝的恩泽。

然而，韦伯担心，如此模式下的自我正在被改造成“官僚化的人”，依赖于一个外在提供的秩序，而不能独立自主地、有原则地做出决定。这一说法适用于约瑟夫·K.。他全身心地投入到工作中，疏远了自己的家人（他没有去看望自己的母亲，顾不上在同一个城里上学的侄女），没有文娱活动，就是性爱也限制到了符合健康卫生原则的每周一次；对所有不熟悉的东西都缺乏心理准备，因而不善做出反应，而一旦做出反应，所采用的尽是那些曾在单位里给他带来职业成功的行为方式。

韦伯论职业人士

内心世界的禁欲主义有诸多明显的后果，这些后果是其他任何一个宗教中都没有的。这个宗教对信徒的要求不是像僧人那样独身，而是避免一切淫乐；不是固穷，而是消除一切游手好闲，不再剥削、享用不劳而获的财富与收入，避免一切封建主义的夸富取乐；不是修道院里过的那种身如槁木、心似寒灰般的禁欲生活，而是谨慎的、受理性控制的生活，避免贪恋尘世之繁华、艺术或者一己之情绪和情感。该禁欲主义有着明确、统一的目标，即严格约束行为，并使之有条不紊。其典型代表是“行业人士”或“职业人士”，其独特结果是社会关系可以理性地组织起来。

马克斯·韦伯：《经济与社会：解释社会学纲要》，
冈瑟·罗思、克劳斯·威蒂克编
（纽约：贝德敏斯特出版社，1968），第 556 页韦伯是研究官僚体制的理论家，卡夫卡则是官僚体制的嘲讽者。据韦伯分析，官僚体制要求的是等级化组织，其中每个官员的任务、职责有明确的分工。所有职责，必须按照既定的规则执行，执行时不带个人情绪，不问官员的个人性格(所以必须排除腐败和裙带关系)，而且要记录在案。按规则行事，意味着官僚机构的工作必须安排得可靠而且能够预知。粗糙马虎、难于处理的地方，必须代之以深奥、抽象的东西。小说《城堡》里对这样理想的官僚机构加以讽刺，小说里庞杂而且看上去完美无瑕的机构，却有着让其中的官员脱离现实生活的作用。如果有谁打电话给城堡，真正能有官员接电话的可能性微乎其微，即使接了，也纯粹是玩笑地拿起听筒而已；听到的蜂鸣音表明城堡里面电话永远在忙，这证明了城堡与外面世界互相隔绝。官员们永远是精疲力竭的，他们睡在办公室里，以勾引村里的姑娘们为乐。他们处理不了的，是各个来办事的人的具体现实情况。因此，他们所有的努力，都是为了阻止来办事的人与有能力处理他的事情的人联系上，就像克拉姆的秘书布吉尔给K.解释的那样：

> “好，先生，你想想在当事人身上发生这种事情的可能性吧。由于某些情况，或各种情况，尽管有刚刚跟你描述的种种难关，那些通常是实在已经够大的难关。但是，就在某天夜间，某人出其不意地来见一个有权负责该案件的相关秘书。或许以前你从来没有想到过这样的可能性，我没说错吧？我很肯定你没有想到过。不过既然这样的可能性几乎从来还没有过，你也没有必要去想到。这个人就像那过筛子的谷粒吧，他得要多么小、多么灵巧，形

状设计得多么奇特、多么特别，才能从那顶好的筛子里漏出来呀。你说它根本不可能发生吗？没错，是不可能。可是，就有那么一个晚上——谁敢什么都打包票呢？——它偏偏就发生了。”

布吉尔又说道：当本来不可能的事情发生了，当来咨询办事的人碰巧遇到一个有能力的官员，官员真的会开心得了不得，来办事的人想要什么他绝对会给什么。但是，就这样也无损于官僚机构。现在来办事的是K.，他好不容易才找到布吉尔的房间（这还是误打误撞地碰进来的），所以就在布吉尔给他解释情况时，他已经累得睡着了，根本没有意识到他碰到了一个确实可以帮他的官员。等K.醒过来时，布吉尔兀自一个人说个不停：“当然，有些机会好像太好了，结果没法利用；有的事情仅仅因为自身原因而实现不了。”这里，官僚体制不仅是讽刺的对象，还是一个更重要的问题的暗喻——暗喻人们试图与超出人类生活范围之外的一切所在交往、接触。

卡夫卡对官僚体制的描绘，抓住了现代社会机构的另一个特征：它们的管理者是看不见的。现代社会之前的机构靠仪式来确立其权威。J.H.赫伊津哈在谈到中世纪时这样写道：“生活中不论有何事情，大家都知道，这是让人自豪的事，但也很残酷。”即便是惩罚，也是在肃穆的公众仪式上进行，杀人凶手穿过人群，登上绞刑架，在劝告下忏悔一番以教育观众。卡夫卡的小说里，机构的领导是各种经理和主任。传统意义上的管理者不过是无用的傀儡，例如《往事一页》中的皇帝，他无法将侵犯自己城市的游牧民赶出去，只好无奈地从宫殿的窗户看着他们。《城堡》里，威斯特威斯特伯爵只是名义上的统治者。伯爵的旗子在城垛上飘扬，但是他从来没有露过面，而其中的干事，尤其是克拉姆，享受着之前只有皇室才能得到的那种迷信般的尊敬。

同样，惩罚也退入到私人空间里进行。《审判》里有个片段最是恐怖，逮捕K.的两个看守——之前K.曾向预审法官投诉他们行为不端——出现在K.的银行的旧物堆存室里，一个身着皮衣的男人正用鞭子抽打他们，惩罚他们的不端行为。这一幕暗含有同性恋间施虐的色彩，它证明惩罚是K.无意识欲望的间接实现。在意识层面，K.对如此明显的极度残酷的惩罚感到震惊，想出钱让那人别打了，可是没有成功，最后那人"砰"的一声把门关上，不顾被打的人的死活自己走了。被打的人高声哀嚎，那声音"不像是人发出来的，倒像是被折磨的乐器发出来的"。这里所揭露的暴力——它是法院权威的基础——为最后一章的情节埋下了伏笔。小说的最后一章里，K.被杀手带到遥远的采石场，一把刀拧着捅进了他的心脏。

卡夫卡明白，在现代文明世界里，暴力被赶到了警察局的密室与监狱里，或者距离欧洲很远的殖民地里。故事《流放地见闻》与《审判》里的鞭笞片段几乎写于同时，一个从未走出过欧洲的人能在故事里对殖民统治和暴力有如此深刻的描绘，着实让人惊叹。卡夫卡的这个故事不亚于康拉德的《黑暗的中心》，而康拉德写《黑暗的中心》的基础，是他对发生在比利时统治之下的刚果殖民地上的剥削压榨有第一手的了解。卡夫卡的一个舅舅名叫约瑟夫·略维，1891年到1902年期间曾在刚果工作过，负责管理一条强迫劳工修筑的铁路。卡夫卡的笔记里曾有只言片语提到"在刚果中部修筑铁路"，看来是源于舅舅的经历。舅舅的那段经历还被他融合成为《流放地见闻》中德莱弗斯上尉遭遇不公、被囚禁在法属流放地魔鬼岛的那一节故事。卡夫卡也应该通过报纸新闻对德国殖民当局种族灭绝式的镇压西南非洲(今天的纳米比亚)的赫雷罗人起义有所了解。《流放地见闻》的故事发生在一片殖民地上,那里的人们讲法语,一位军官带着一个欧洲旅行者参观一台惩罚用的"机器"(这个词的意思不仅指实体的机器,还指统治工具)。犯人被投进机器里面,之后的十二个小时里,机器上安的很多针扎进他的皮肤——他的罪行就这样刺在了皮肤上,直到最后犯人死去。对犯人的判决不会告诉他,他会"从身体上"知道。保罗·彼得斯曾指出,"从身体上"这个词组在德国人讨论如何处理侥幸活命的赫雷罗人时也经常用到:这些侥幸活命的人将"从身体上"感受他们反叛的后果。《流放地见闻》中,犯人因为一点轻微的渎职,脸上吃了马鞭子;1894 年,社会主义者的领袖奥古斯特·贝贝尔向德意志国民议会展示了德属殖民地里打人用的河马皮做的鞭子——尽管官员们否认曾经用过,但还是让议会倍感震惊。故事里的军官坚持穿着厚重的制服,因为它是祖国的象征,这是殖民思维的另一特征。类似地,19 世纪在印度的那些英国殖民地管理者们,就是在四十度的高温下还坚持穿着闷热的欧式服装,甚至每天晚餐时都穿着晚礼服,从而象征性地保持着与祖国的联系。

在卡夫卡笔下的流放地,压迫或许能在性质上有所改变,但是消除压迫似乎不太可能。在过去,各种惩罚都在众目睽睽之下。可是现在,惩罚人的时候都羞愧地在遥远的山谷里进行。前任司令官虽然已经死了,但是现在的军官不折不扣地奉行着他的极权主义传统,现任司令官没有勇气废除那些非人道的惩罚,而是忙着技术改良(扩建港口)。转机的唯一迹象只在旅行者身上，这个故事就是从他的角度讲述的。虽然军官极力劝他支持传统的惩罚方式，旅行者先是提出种种理由（诸如他是个外国人，不应该多管闲事，文化相对主义表明不能在热带地区使用欧洲标准等等），但是最后还是定下心坚决地说："不。"有了一颗勇敢的心和开明的胸怀，按理会有不同的结果。

故事中的惩罚机器残酷得病态，这引出关于卡夫卡的任何讨论都无法回避的问题：他的作品是否从某种意义上预见到了第三帝国以及20世纪中叶的残酷？简单化地理解，问题的答案显然是否定的。卡夫卡无法预知未来。但是，他对于权力、权威和暴力等机制的深入洞察，让我们不愿意把这个问题彻底打发掉。至少部分答案是——正如上文所示——卡夫卡对他那个时代的社会机构的运作有着卓异的认识。他让人们看到：各机构会为了其特殊目的宣扬一套价值观，工作于某机构中的人，对于超越其外的价值观，忽略起来是何其容易。卡夫卡这一看法不仅从约瑟夫·K.身上得到说明，《城堡》里挥鞭子打人的那位说的话也能说明："我是受派来鞭打你的，所以我才打你。"纳粹集中营里的工人们后来宣称他们只是在完成分配给自己的工作，工人的说法已经了无新意，他们纯粹是在贯彻卡夫卡已经探讨过的机构逻辑而已。

不仅如此，就像欧文·戈夫曼揭示的那样：不论各社会机构的目的是好是坏，它们的结构都是相似的。监狱、修道院、收容所、营所等都是绝对的组织。任何人一进入某个绝对的组织，就立即受到戈夫曼所说的种种形式的"屈辱"。从身体上来说，他脱离了外面的世界以及他在外部世界所扮演的角色，扮演该角色所赢得的尊重也没有了。他失去部分或者全部之所有，必须穿上该机构的服装。他要么以新的名头，要么以过分熟悉的个人面目与人交往。他必须敬重同僚，且敬重不仅表现在言语之间，还表现在身体的姿态上；必须经受无端的侮辱；必须自甘委屈，让自己的生活经历——尤其是那些不光彩的地方——统统让别人知道。面对有权势的人的虐待，他无能为力。约瑟夫·K.被捕后，刚刚说的不少事情都发生在他身上了。一位看守闯进他的卧室；人家把他支来唤去，嘲笑他，朝着他大嚷大叫。看守冲过来顶住他，于是他的身体空间被侵犯；他的内衣被没收，并被告知以后必须穿破旧些的睡衣；看守命令他穿上一件黑外套去见监察官；他还受到街对面几家邻居的监视。连社会地位没有他高的人，受到如此对待也会苦恼不堪。K.星期天去法院办公室时，碰到几个被告在等候。审判的长期后果从他们的身上就可以看出来：虽然他们都是中产阶级和上层社会人士，但是他们都穿得破破烂烂的；当他们站起来朝法庭的引导员敬礼时，站的时候统统都弯着腰屈着膝，形同街上的乞丐。我们可以设想：即使没有肉体上的虐待，单单审判中的道德压力就已经把他们整垮了。因为有自己的家庭做模板，卡夫卡对社会机构有清楚的了解，这让他能揭露出压迫与服从的若干模式。这些模式说到底都是以暴力为基础，一定程度上存在于所有的机构中，而且愈是绝对的机构，对暴力的依赖愈强。真正以帮助人为目的的社会机构（譬如医院），与那些以毁灭人为目的的组织机构（譬如集中营、死亡营）相比，两者有着极大的差别。介于二者之间，还有很多种机构，它们要么是以训练人为目的（比如学校、军队），要么纯粹以防止人们影响社会为目的。但是卡夫卡的作品显示：所有这些机构在结构上没有区别。确实，人们自愿进入的机构（譬如K.的办公室）的实际性质，在诸如《审判》中的法院之类的压迫性机构的等级结构里有显著反映。

这些听起来让人至为悲观。仿佛权力及其恶果无处不在。“这边有人在拼马拉松，那边却有人在餐厅狼吞虎咽——战神和胜利女神无处不在。”但是卡夫卡笔下的世界图景绝非一片惨淡。各种社会机构有一个特点最让人沮丧，那就是：它们有权威是因为其中的成员默许该权威。正如依赖父母爱护、抚养的小孩们毫不犹豫地接受了父母的控制并内化了他们的行为标准，成人们同样地也在内心里默许所在机构的权威，甚至于默许那些有损他们利益的机构的权威。由于这一事实，这些机构似乎牢不可破，但是这个事实也孕育着希望。理由是，如果人们不再默许权威，从理论上讲——起码是在理论上——他们就剥夺了机构的权威，当然在实践上要难得多。卡夫卡曾有几句格言谈到阿特拉斯——希腊神话里用肩膀扛着世界的巨人：“阿特拉斯曾经想，如果他愿意，他可以把地球放下来，然后悄悄溜走。但是，他也只能这么想想罢了。”也就是说，阿特拉斯只能在脑子里有自由的想法，这些想法绝不会对他的生活有什么实际影响。其实，即使是在卡夫卡早期的作品里，权威看起来也并非铜墙铁壁。给格奥尔格下了判决后，老本德曼跌倒在床上，仿佛他刚刚获得的力量一旦用到自家儿子身上，瞬间就消失了。在守门人与法律的寓言里，守门人的强大有力仅仅表现在他的一面之辞“我很强大”，他让人望而生畏的相貌，以及一个无法证实的说法：往里面进，还有很多守门人。乡下人默许这些站不住脚的权威，结果浪费了自己的生命，丧失了面见法律的机会。不仅如此，如果我们仔细地读文本（训练有素的律师工作时都应该如此）的话，我们可以发现，守门人给了一个自相矛盾的指令：“我是在阻拦你，但你要是很想进去，那就进去吧。”那意思差不多就是“不用听我的”，因此让乡下人陷入一个进退两难的境地。卡夫卡1917—1918年写的一段格言中描述了一个不同的两难情境：

> 他们可以选择是当皇帝还是当皇帝的信使。像孩子一样，他们都想做信使。于是，现在只有信使了。他们满世界乱闯，由于没有皇帝，只能互相之间叫嚷着一些毫无意义的讯息。他们可以很高兴地结束自己可怜的生命，可是他们又不敢，因为他们曾宣誓效忠皇帝。

这里没有权威，而不要权威，是人们自己决定的结果。不过，人们还是努力活着，似乎头上依然有权威存在，尽管他们的生活痛苦而无意义。

《城堡》为避免上述两难境地指出了一点希望。K.来自那个封闭社会之外，那个让全村屈服于城堡及其官员的权威体系，K.不是其中的一分子。村民们对他表示怀疑，那些小有权威的人，比如老师和房东，则讥讽他不懂当地的规矩和习俗。K.违反当地传统之举中最恶劣的一桩是他要求直接和克拉姆对话。对于村民来说，尤其是那些与克拉姆有过短暂性关系的妇女们，这样的高官是不能随便接近的，甚至于他的名字都不能随便叫。然而，在K.的诱导下，他们承认见见克拉姆，即使没有先例，起码是可能的。因此，K.这个外来人是在挑战、违抗城堡的传统秩序。麻烦在于，挑战城堡权威的过程中，他也把自己纳入城堡的权威结构了。所以，关键不是在于去挑战权威，而在于不理会它。于是，《城堡》的一大部分情节里面，K.都是在两种冲动之间挣扎：要么不服从城堡，突破其官僚体系的障碍，直接和高官对话；要么不理会城堡，避开它，与村里姑娘弗里达安家过日子。他对城堡怀有敌意,这也是他对城堡念念不忘的表现。为了追求那个让他念念不忘的东西,他抛下弗里达,与巴纳巴斯的家人度过了好几个钟头——他希图通过巴纳巴斯这个传信的能够达到目标,听听"城堡逸事"。其中许多逸事与小说中一个最有争议的片段有关:巴纳巴斯的妹妹阿玛丽亚收到一封信,信中言辞鄙俗。写信人是城堡官员索尔蒂尼,目的是叫她去陪他睡觉。村里的绝大多数姑娘会觉得有权的男人如此恩赐是一种荣誉,可是阿玛丽亚不同,她拒绝了。从此以后,她的家人就受到村民们的排斥,进而相信自己已经失宠于城堡了。他们在路边苦苦守候,希望能碰上哪个官员正好路过,然后向他乞求饶恕。阿玛丽亚的姐姐奥尔加与城堡的侍从在马厩里过了一夜又一夜,当他们的性玩物,希望他们好歹能说上一两句话,能对一家人争取恢复地位有那么一丁点儿帮助。在此期间,阿玛丽亚变得冷漠、孤僻。父母因为伤心家门耻辱,落得未老先衰,阿玛丽亚现在一心只顾着照顾父母。可是尽管如此,其实没有任何迹象显示城堡做过什么事情去伤害他们家,或者对阿玛丽亚违抗城堡有什么具体的不满。这一家人迷信城堡的权威,充当了自己迷信行为的受害者。迷信城堡权威的破坏性后果,从奥尔加肉体上出卖自己以及阿玛丽亚情感上变得孤独离群可见一斑。阿玛丽亚抗拒索尔蒂尼占有她,这确实算得上一个有尊严的自我肯定之举。但是,要是她反抗权威却导致她身陷于权力结构中逃脱不了的话,她的反抗就枉费了。一如尼采笔下的查拉图斯特拉所云:"和龙斗争的人,自己也变成了龙。"

自由?

人们如何避开权力结构的影响呢?卡夫卡笔下的多个人物

找到了短暂的和说不清道不明的自由。格列高尔变成甲虫后自己困在房间里不出来,不无讽刺的是,这倒可以让他避免了经济和社会压力。布采法卢斯博士在书房里静静地阅读法律书籍,借此回避了历史。《致科学院的报告》中的猿猴,一旦被抓获,就决不再期望享有任何“崇高的自由感”,而安心地在杂耍剧场里表演“以求出路”。《城堡》的第八章里面,K.把克拉姆挡在了雪橇外面,不让他进去,从而维护了自己的权利,结果却发现自己一个人被孤单单地丢在满地堆雪的院落里,自由是自由,可是已经空无意义了:“没有什么比这样的自由,这样的等待,这样无人能够侵害更无意义、更令人绝望了。”

卡夫卡想象中真正的不受权力束缚的自由,不是像K.那样去正面对抗权威,而是从权威边上悄悄走开。早在1911年,卡夫卡在日记里做了些少数族裔文学方面的笔记,这些笔记的灵感来自他对当时的意地绪文学和捷克文学的一定了解,日记为上文所述的自由提供了一个范例。少数族裔文学与德国文学这样的主流文学相反,它不是由某一个伟大作家(例如德国文学里的歌德)的权威所主导,因此,它为热烈的讨论和广泛的参与到文学生活留下很大余地。维系这样的文学,靠的是民族情感。少数族裔文学是“民族的日记”,是民族记忆的宝库。它既有政治化的一面,又保留了足够的自主性,从而能不受政治的破坏。它为那些小有才气的人写一些小题材提供了空间。这些文学笔记近年来吸引了许多人的注意,因为它们借哈布斯堡帝国由于民族主义矛盾而分裂为例,预示了殖民和后殖民格局。在这个格局下,新的文学不惧怕大都会的文化权威,同时又运用某种版本的大都会语言(例如印度或非洲作家用独特的英语形式创作),力图确立自己的地位。卡夫卡想象能有这样一个社会:这里的人们不会像他的家人对他那样,把对文学的专注视为性情古怪的标志,而是把对文学的热爱遍及国之全民;在这里,伟大作家的权威不会像歌德那样阻碍文学的进一步发展——因为在卡夫卡看来,歌德挡住了德国文学的发展道路。

这些关于少数族裔文学的笔记间接地提出了一个民主社会的设想。卡夫卡在多大程度上是从具体的政治角度思考的呢?还是个小学童的时候,他赞同社会主义,喜欢在纽扣眼里插一支红色康乃馨。英国与南非布尔人的战争(一次不对等的冲突,在当代被视为帝国主义恃强凌弱的绝佳例子)中,卡夫卡支持布尔人一方。1910年前后,他常阅读《时代报》——上面刊登的文章表达了托马斯·马萨里克(后来当上捷克斯洛伐克共和国的第一任总统)的见解,还参加了马萨里克的捷克人民党和其他捷克政治团体举行的集会。有传言说他参加过无政府主义者的集会,不过看来并不属实,而是把他与另外一个名字也叫卡夫卡的人搞混了。

卡夫卡的社会良心有翔实记载。据布罗德说,卡夫卡看到工人们因为机器不安全而受伤后说:“这些人太温和了!他们不是闯进事务所,见什么就砸个稀巴烂,而是进来提出请求。”有好几年,卡夫卡很不情愿地被卷入他妹夫开办的石棉工厂的事务中。他在日记里评论道,工厂里的女工因为机械的工作变得都不像人了(见方框内引文)。

卡夫卡描述工厂工人

昨天,在工厂。姑娘们穿着松松垮垮、脏得不能再脏的衣服,头发乱糟糟的,像刚睡醒时的样子。传送带的声音嘈杂不停，自动机器常莫名其妙地停下来，她们的表情因此变得僵硬。她们都不像人了：没有人跟她们打招呼问好，没有人撞了人后会道歉；不管谁被唤出去干点小事情，一完成了马上就回到机器旁边；命令她们做事情的人，只用头朝她们扭一下即可；她们站在那里，身上穿着衬裙，极小的权力就能管住她们，她们的头脑甚至不再镇静、清楚，不知道用表情和手势和有点小权的人打打招呼，跟他们套套近乎。

《失踪的人》里讲到美国正在用最新的技术对人进行严格和机械化的管理。在那套管理模式下，人的身体受到强化训练以达到最高效率。大家不能互相寒暄问候，从而完全破坏了人们之间的亲密团结关系。书里讲到卡尔本要去拜访鲍伦德的乡村别墅，但因为金属制造工人们的罢工示威阻碍了行程；还说到建筑工人们也在罢工；卡尔和一些流浪汉和妓女混在一起，在那个下层社会里越陷越深。然而，卡夫卡接触得最多的政治集团是犹太复国运动。当然，此时的犹太复国运动的目标不是占据近东领土（早期的犹太复国运动者曾乐观得近乎天真，以为阿拉伯人会欢迎他们在那里定居），而是帮助犹太人离开反犹情绪日益高涨的欧洲，并在平等、真诚和体力劳动的基础上建立犹太人社区。他曾谈到要和朵拉·笛亚芒一起移民巴勒斯坦，在那里做个图书装订工，或者在一家餐馆当个服务员，朵拉当厨师。然而，卡夫卡设想的不是犹太复国运动的实际细节，他是把犹太复国运动与新型社会群体联系起来。他在后来的小说中——最突出的是那篇对艺人的社会角色持讽刺态度的《女歌手约瑟芬妮，或耗子民族》——对该新型社会群体有想象性的描画。约瑟芬妮是只会唱歌的耗子，她极度相信自己的歌唱艺术，以为歌唱能为她赢得社会特权。但是在别的老鼠眼里，她的艺术根本没什么了不起，因为她唱歌的样子就不是唱歌，而是和其他老鼠一样吱吱叫。可是，人们还是蜂拥而至来看她的演出，这当然并非因为她的吱吱叫或者吹口哨般的演唱有什么艺术价值，而是因为它象征着他们的民族身份，从而能增强他们的亲密团结关系：

> 口哨声发出来，其他的人被吩咐必须保持沉默。口哨声几乎像个启示，从她传到每一个人。约瑟芬妮低低的口哨声与宣布的重大决定相比，几乎就是我们的人民在纷乱而有敌意的世界里活得如此可怜的写照。

《女歌手约瑟芬妮，或耗子民族》不是谈犹太复国运动，也不能把里面的老鼠明确看成是犹太人，虽然里面带有些许暗示。故事反复用到Volk（人民）这个词，借此提出一种社会群体观。Volk一词在德语里带有“以亲属关系为基础建立的高度亲密团结的关系”的含义，甚至有Volksgenosse（同志）的含义。Volksgenosse在1924年时尚无不良意义，但是之后由于被右翼意识形态理论者滥用而坏了名声。卡夫卡也使用这个词，但并不能因此就把他归为右翼人士，而是说明，他作品里时常表现出的对社会团结的憧憬，相对历来的左右翼之间的政治对立，显得颇不合实际。

《城堡》对社会的怀疑主义态度更甚。虽然村民们在K.那样的外来人面前是一副联合阵线的样子，其内部则是派系分立，一有人稍微违背传统习俗，譬如巴纳巴斯一家，就立即被排斥在外。对城堡——他们头上的封建大地主的府邸——及其官僚体系的代表,村民们既服从权威又屈服于权威。文本中对该双重关系提供的出路是婚姻。K.到达村庄的第二天就对桥头客栈的服务员弗里达产生了兴趣,和她一起过夜,接着对别人称她是自己的未婚妻。但是,这里面有个明显的危险存在:和弗里达结婚只会让熟悉的权力结构再生,即丈夫掌权,妻子默许他的权力,受他支配。卡夫卡已经在自己家里,在家庭这个社会最基本的机构里体验了该权力结构。按照卡夫卡日记和书信里的描述,他父亲说话是典型地叫来嚷去,母亲则是"嗫嚅啜泣"。然而,卡夫卡在生之年,女性获得独立及发挥自己潜力的机会已经明显地增加。20 世纪的前十年里,德国许多州的大学已经逐渐允许招录女生,其中最迟的普鲁士也于 1909 年招录女大学生。在奥地利,维也纳大学的艺术系 1897 年开始聘任女老师,医学系 1900 年开始招收女生。越来越多的女性开始在外面工作。卡夫卡的女性朋友是新女性的代表。菲莉斯一开始工作时是速记打字员,不到四年就当上公司的科长(约瑟夫·K.的位置)。菲莉斯的朋友格里特·布洛赫,就是有段时间曾在卡夫卡和菲莉斯之间说和、调停的那位,她的职业生涯与菲莉斯相似,甚至比她更成功。密伦娜·耶申斯卡是位名记者。卡夫卡最喜欢的妹妹奥特拉经营过乡村农庄,后来上了农业学院。

这些类型的女性在卡夫卡的小说里也有。《审判》中的布尔斯特纳小姐在一家律师事务所工作,她是个独立的职业女性。她的女房东和老派的约瑟夫·K.都怀疑她性生活不检点,很容易就能交上她。她抗拒 K.的骚扰,这使她与巴结 K.的那些妓女般主动诱惑的女人形成对比。例如法院雇工的妻子对 K.说话时极具挑逗性:"你想和我做什么都可以";又如女管家莱妮,K.和人讨论诉讼问题时她诱得他停止讨论。这样一来,《审判》里

图 10 朵拉·笛亚芒。

出现了一个人们熟悉的二元对立模式——贞洁女人对好色女人。不过《城堡》在刻画女性形象时比较注意将不同的人区别对待。《城堡》写到了一大批非常出色的女性角色，不仅反映出女性能拥有大量机会，也反映了卡夫卡生活的那个年代里妇女的形象。

《城堡》里代表新型女性的是个不太招人喜欢的教师吉莎。她态度傲慢，目光锐利，支配着情人施瓦泽。施瓦泽则是个软骨头，和她在一起时就帮她改学生作业。然而吉莎其实并不想和他谈恋爱，她觉得让猫陪着躺在沙发上舒展肢体是最开心不过的了。

较为传统的女性角色的代表是桥头客栈的老板娘加德娜，她对比她年纪稍小的丈夫不满意，很重要的原因是她十八年前与克拉姆有过短暂的关系，这段关系她至今仍念念不忘。对克拉姆的衷情反映出她心中有种浪漫情结，这一情结简直毁了她现在的生活，所以K.苦口婆心地劝她忘记它了事。伊丽莎白·布厄从女性主义角度解读了卡夫卡的作品，认为老板娘心中的浪漫渴望是一个卡子，它让女性陷在村庄的男权秩序及其二级系统——家庭内的女权秩序——之中解脱不了。实际情况是，这样的浪漫渴望似乎成了她接受日常生活的障碍。这个出现在女性身上的问题，与K.满脑子想的都是城堡而对他有破坏性后果，情形很相似。奥尔加与城堡侍从胡乱性交，阿玛丽亚照顾着年迈和日益衰弱的父母，同样是出于强迫观念。

最后，我们再看看与K.有过短暂婚约的弗里达。卡夫卡记述二人关系的方式最像通常小说中描述婚姻的方式。这里所想象的婚姻，颇具现代婚姻关系的特征：位于两个平等的人之间，既紧张又有挑战性；它犹如一个心理测验场，许多参加测试的

图 11 卡夫卡和他的妹妹奥特拉,1914 年。

人都无法过关,包括 K.和弗里达。这是个新的婚姻观念。较老的婚姻观念里,夫妻分工(包括职业上的和家庭里的)各自不同,这个观念在《包法利夫人》、《米德尔马奇》等 19 世纪的小说里依然大行其道。《包法利夫人》里,艾玛的丈夫没有生气,生活里机会有限,为此她感到厌烦不已。《米德尔马奇》里,多萝西娅给丈夫当抄写员,个人愿望无法实现,因此感到灰心沮丧。最早在作品里表现比较激进的婚姻观念的是易卜生,他的剧作颠覆了传统的男性形象特征,把男人描画成软弱、自私、自欺欺人的人，并把关注的重点转到女性以及她们对婚姻关系的不满上面。《玩偶之家》、《海达·高布乐》以及震撼人心的婚姻剧《小艾尔夫》表明：在婚姻舞台上，勇敢面对情感分歧的结果，要么是毁了婚姻，要么会经过一场危机，然后建立新的关系。易卜生的同时代人、作家斯特林堡——卡夫卡极为崇拜他的作品——也在自传、小说和戏剧里把婚姻形容为战场，女人在其中占着上风。在易卜生、斯特林堡，还有稍后的 D. H. 劳伦斯的作品里，婚姻取代了游侠浪漫故事里的冒险及 19 世纪小说里的工作，成为故事情节冲突中人物发展的背景。

书中对弗里达与 K.之间关系的描写，不乏尖刻、辛辣之味，这在卡夫卡的作品中并不多见。K.一开始确实想要通过弗里达接近克拉姆，后来却发现自己因为她本人而不是别的原因不知不觉地爱上了她。卡夫卡用大段的抒情文字——与之前作品不同的全新的笔触——叙述两人爱情发展、冷却的过程。出人意料的是，这第一段文字出现在 K.与弗里达两人发生性行为的时候。刚开始时弗里达的样子像新版的吸血鬼式的妖妇。她挥舞着鞭子，有点卡夫卡前期故事里那些女人的吓人味道（不过，她挥舞鞭子是为了控制城堡的几个禽兽侍从，他们当时正把奥尔加往马厩里拉），然后和《审判》里的莱妮一样，把 K.拽到了地上。虽然他们交欢的场地有点恶心，是在脏兮兮的酒吧地板上，可是一番云雨却使 K.的心思不至于全部放在跟城堡对抗上面，破除了他男人的防线，密切了他与弗里达的关系。文中一再重复说到“像一个”，突出了这次云雨的作用：

几个钟头过去了。这几个钟头里，两个人像一个人一样地呼吸，两颗心像一颗心一样地跳动。这几个钟头里，

K.始终觉得自己迷路了，或者进入了一个奇异的国度，比前人到过的任何国度都远。这个国度如此奇异，连空气都跟他家乡的毫不相同。在这儿，人们肯定会因为太过奇异而窒息死去，可是这种荒谬的诱惑力太大，让人只能继续勇往直前，越陷越深。

虽然K.与弗里达之间的关系没有持续多久，其中的各个片段——从相遇、在教室里同居、争吵到互相疏远——合起来犹如一篇讲述一段婚姻如何开始、如何破裂的简短叙事嵌于小说之中。描写两人关系的文字中表达出诸多感受，这表明卡夫卡既在反思自己的经验，又彻底地领会了斯特林堡对婚姻的种种描绘。弗里达的爱自然而然，所以她会把K.藏起来不让房东老板看到，而且在女房东对K.表示不满时为他辩护。但是她的爱里也有着极有害的、限制性的因素，这在她想象着和K.同寝一墓时显而易见：

[……]我做梦的时候梦到，确实梦到过，这个世界上没有一个安静的地方可以容纳我们的爱情，村子里没有，别的任何地方都没有。所以，我想象着有一个窄窄的、深深的坟墓，我们拥抱着躺在里面，就像用钳子夹紧在一起。我把脸贴在你的身上，你把脸贴在我的身上，我们再也不会叫人看见了。

而描写K.时，两人为婚姻争吵的过程中他的烦躁和以自我为中心都很巧妙地传达出来。弗里达开始责备他，她哀怨的声音没有感动他，倒让他心烦起来，“甚至觉得她含泪哀怨的声音不是感人，而是烦人”。后来有一次，弗里达告诉K.，她是多么需要他，少不了他。K.没有理会她动人的恳求，却提起了克拉姆：

> “你觉得我想念克拉姆是吧？”弗里达说道，“这里克拉姆的味道太浓了，太多的克拉姆气息。就是为了躲他我才想走的。我不想念他，我想念你。是因为你，我才想离开的；因为在这里，所有的人都拖着我，我无法好好拥有你。我倒宁愿脸上可爱的面具被撕掉，我宁愿我的身体很痛苦，只要我能和你静静地生活在一起就行了。”弗里达说了这么多，K.却只听到一件事。“克拉姆和你还有联系？”他马上问，“他派人来接你？”

两人的婚姻关系最终破裂了，弗里达占有欲强也许是个原因，但K.的自私肯定是个原因。婚姻作为两个抛开一己之私念的人之间建立的伴侣关系，现在看起来是个乌托邦，且这个乌托邦的模样只是在失败的时刻方得一瞥。但是，不管该乌托邦多么不可靠，在卡夫卡的作品里，它代表着一种理想的尝试。这个理想一反他所熟知的家庭模式，是新型社会，一个不以权威和屈从为基础的社会的潜在核心。

第五章

终极之事

当我尽力用一个短句概括一切，我说："人可以体现真理，但是他却无法明白真理。"

W. B. 叶芝

"上帝哪儿去了？"

我把下面两段话放到一起，或许能说明卡夫卡对宗教的态度。一段是收录于他的早期作品《沉思录》里面的一篇《树》，另一段出自尼采的著作，非常著名。

因为我们就像立于雪中的树干。表面上看起来，它们平稳地立在雪面上，我们轻轻一推就能移动它们。不，我们是移动不了它们的，因为它们和大地紧密连在一起。但是，你瞧，这也仅仅是看起来如此而已。

"上帝哪儿去了？"他大声问道，"我来告诉你们吧！我们杀死了他——你们和我！我们都是杀死上帝的人。但是，我们用什么办法杀死他的呢？我们何以能饮尽汪洋？谁给了我们擦去地平线的海绵？我们让地球挣脱太阳束缚的时候,我们到底在干什么?地球正在向何处去?我们正在走向何方?远离所有的太阳吗?我们不是时刻都在快速猛冲吗?向后,斜向一边,向前,向四面八方?还有上面与下面吗?难道我们不是在无穷无尽的虚无中飘移不定吗?难道我们没有感觉到茫茫宇宙的气息?它没有变冷吗?黑夜,还有更多的黑夜不是在不住地降临?难道早晨就不用点灯笼了吗?难道我们没有听到掘墓人埋葬上帝的声音吗?

尼采:《愉快的智慧》,第 125 页

这两段文字语气迥异。卡夫卡的沉思安静而神秘,尼采这段话则是借狂人之口所做的戏剧化的表述,以让心智健全的人意识到他们的严峻处境。但是二者都表示:世界是如何已经失去了其安全的根基。长在雪中的树似乎立在雪上面,很容易就能被挪走。事实上,它们不让我们挪动它们:它们似乎比我们的根基更扎实。但是,这扎实的根基——这个寓言一定程度上要我们自己补充——不过是虚幻的。连貌似最稳固的物体都缺乏摇撼不动的根基。在尼采的那段文字里,根基不稳缘于上帝之死:不仅因为人类不信上帝,而且因为人类叛逆了,决定自己掌握自己的命运。由于我们强拒上帝,结果世界已经失去了之前所具有的清晰的样子,失去了稳固的地平线,失去了稳定的根基。不再有参照点,不再有上下之分,我们无法阻挡地球冲入黑暗,一如我们无法控制也无法想象人类一旦拒绝上帝的看护会招致什么后果。

卡夫卡一再突出如此处境:权威的由来之处遥不可及,或者业已变得遥不可及。《圣旨》(收录在《乡村医生》里发表)里讲到，皇帝在临终时发出一道圣旨，可是传旨的钦差虽然身强力壮，甚至称得上“不知疲倦”，但是他必须艰难地穿越皇宫、内殿、台阶、宫院、外殿，每一处都是广阔无比，简直就无法穿过，因此永远无法把驾崩的皇帝的圣旨送到。“但是，”故事结尾说，“你坐在窗前，在夜色降临时虚构出那道圣旨。”即使上帝已死，我们也需要圣谕。如果我们听不到圣谕，我们就自己给自己虚构一道。

卡夫卡的小说里，那个式微或者缺席的权威往往用宗教意象表现出来。《失踪的人》里，超级现代的纽约依然有个大教堂，其轮廓在薄雾中若隐若现。而在鲍伦德的乡村别墅里，作为对建筑进行现代化改造的一部分，礼拜堂不要了。《审判》里的大教堂巨大、黑暗，几乎无人光顾，对约瑟夫·K.来说，它的作用主要是做个旅游景点。K.看到一幅油画，借着袖珍手电筒，他一点一点地看出上面画的是耶稣被放进坟墓。等他分辨出那油画是不久前画出来的，就对它失去了兴趣。大教堂的黑暗让人回想起尼采笔下的狂人的另一名句：“这些教堂若不是上帝的坟墓和纪念碑，又是什么呢？”卡夫卡的最后一部小说《城堡》将城堡与K.家乡的教堂明确加以对比：

> 他在心里将家乡教堂的塔楼与他头顶上的塔楼做了比较。家乡的塔楼屹然矗立，由下而上越来越细、越来越尖，匀整有致，下端是红瓦铺就的宽阔屋顶。这是一座人间的楼宇——我们还能建造别的什么吗？不过，它比那些杂乱无章的矮房子有更崇高的目标，它比枯燥乏味的日日劳作有更清晰的意义。

相比之下,城堡没什么特色,让人费解:

> 总体来说,从远处看,城堡与K.预想的差不多。它既不是一座样式古老的武士的堡垒,也不是现代的宫殿,而是一带延展开去的建筑群,挤挤挨挨的,里面有一些两层的小楼,但很多很多屋子没有两层高。要是你之前不知道它是城堡的话,你可能会以为它就是个小镇。K.只望见一座塔楼,但是分辨不出它到底是住宅楼还是教堂塔楼。

如果这个城堡看起来不像城堡,它何以跟K.预想的差不多?K.之前怎么得知它是个城堡?仔细观察之下,它的样子真的"不过是个破败的小镇,一堆乱七八糟的村舍"。它的位置虽然高出村庄许多,但是看起来和村庄没有什么分别。这或许是在暗示,如今众人臣服的权威是人们按照自己的形象设计出来的。

卡夫卡频繁提到教堂,这证明了他生活的基督教氛围——不是指他的犹太家庭里面,而是指布满了宏伟教堂的布拉格。卡夫卡记日记时,有时候会用基督教节日(如复活节、圣体节等)写日期,因为这些都是放公假的日子。基督教作为一个文化体系,其中的元素卡夫卡写作时可以信手拈来。然而,它在卡夫卡小说里究竟如何运用,解释起来并不容易。《判决》里的格奥尔格和他的朋友让人联想到回头的浪子和他在家的兄长[①]。"彼得堡",即彼得之城,让人想到圣徒彼得和罗马。由此,我们脑海里会浮现出一个鲜明的意象,而且这个意象乍一看起来自然而然,并无什么促发动机:神父来到了俄国,他站在高处,用

① 见《新约·路加福音》第15章。

力在手掌上划着十字，面前围着一大群人。判决宣布后，格奥尔格冲下楼去自杀，女佣则一边哭叫“天哪”，一边捂着脸，仿佛有人禁止她看他。格奥尔格吊在桥上的样子或许会让人联想到钉在十字架上的耶稣。《变形记》里，被父亲扔的苹果砸中后，格列高尔感到“仿佛被钉在那里”，也像是十字架上的基督。《流放地见闻》里，用惩罚机器处决的人会在“第六个钟头”觉悟。《乡村医生》里生病的小伙子，有两匹马看着他，似乎回到了耶稣在马厩出生时的样子。绝食表演者饿四十天不进食，颇像主基督在荒野的时候。

尽管上述典证幽而不明，它们往往都暗含着对基督教价值观的批评。卡夫卡读了尼采的作品，毋庸置疑，他熟悉尼采著述中一以贯之的对整个宗教，特别是基督教的批判。尼采否认基督教的道德和神学主张由神授而来。世上没有单一的道德，而是多样的道德体系，其起源可从历史和心理学角度进行解释。某些道德体系占据统治地位，不是因为它们自身的优点，而是因为拥护它们的人握有权力。基督教道德是体弱者对其主人们所怀愤恨的创造性表达，它里面充斥着报复和仇恨。犹太教和基督教中展现得最充分的是教士之流，他们尽是些受伤害、不健全的人，缺乏活力，用心理操纵维持着对病弱的教徒的管制。虽然耶稣为人们提供了有价值的启示，但是只有天生高贵的人才能理解它，而他的门徒都是平庸的人。圣徒保罗是个狂热的虚无主义者，他歪曲了耶稣的启示以满足自己的权力欲。不过，尼采也承认，奴隶们发起的道德反叛促使了基督教的诞生，也让人类更注重精神、更复杂、更有趣。而教士们身上体现的禁欲主义，也为艺术家和学者所信奉，因为这是他们取得成就的先决条件。从这个角度，我们或许可以把《判决》中自戕的教士看作尼采《道德系谱学》中描述的病弱教士的翻版,因为他之所以有能力影响他的教徒,是因为他和教徒们一样地病弱。《变形记》中自私的家人得知格列高尔死了后,他们终于舒心了,在胸前画着十字。《失踪的人》里的约翰娜·布鲁梅尔,即强奸卡尔的女佣,对着木十字架祈祷。乡村医生经过一番思考后发现,他的病人们在教父无用的情况下,转而迷信般地相信他了:

> 他们已经丧失了他们原有的信仰。教士闲坐家中,一件一件将他的法衣撕烂。可是,他们却希望医生能妙手回春、无所不能。

卡夫卡认识到,医疗和宗教狂热一样容易让人相信。卡夫卡曾听一个演讲者公开指摘人们迷信卢尔德的神发殿[①],之后他在日记里写下了他的思考:

> 卡尔斯巴德[一个有名的疗养胜地,现在的卡罗维发利]比卢尔德更骗人。卢尔德起码有一个优点:因为人们对它怀有极深的信仰才去。可是对手术、血清治疗、注射和用药等,严格说起来又如何呢?

卡夫卡生长于犹太家庭,大概是在1911年之后开始对犹太文化和宗教的许多方面重新发生了兴趣,有人可能料想这些在他的作品里会留下较深的痕迹。无可否认,他曾在他父亲面前抱怨,觉得自己对犹太教仅仅有些肤浅的了解,而且没有系统,这是随着犹太人从密集的农村社区迁往城市,以及人们之

---

① 法国的著名旅游胜地卢尔德的神殿。

间传统的忠诚关系淡化消释而反映出来的典型特点。他的父亲只在犹太历的新年时才去犹太教堂。卡夫卡十三岁的时候，参加了犹太少年的成人仪式，他的父母称之为“按手礼”。该叫法体现出他们对占统治地位的基督教做出了让步，这是被同化的犹太人的典型做法。他记得自己费力地背诵在犹太教堂朗诵的祈祷文，然后在家里经过准备后做讲演。逾越节的第一个夜晚卡夫卡一家人一起过，但后面就越来越不那么认真了。1911年，卡夫卡参加了他侄子的割礼后又做了一番思考。他认为，割礼仪式，虽然绝大多数在场的人看着都不懂，很显然是历史遗存，但它不久就能引起历史性的关注。卡夫卡的家人不喜欢波兰和俄国来的犹太人，他对此一直表示反对。1911 年到 1912 年间，他经常去观看犹太演员的演出，从他们那里，他大量了解到东部的犹太文化。后来，他与说捷克语的布拉格犹太人格奥尔格·兰格成了朋友，兰格给他讲了很多关于喀巴拉哲学（中世纪犹太神秘主义传统）的知识，以及有关巴尔·谢姆（18 世纪初一个名叫哈西德派的宗教复兴运动的创立者）的事情。兰格本人曾在靠近俄国边界的贝尔兹的哈西德派社区待过。1916 年，兰格和卡夫卡在马里昂巴德见到了贝尔兹的犹太教士，他和他的教徒们是为了逃避俄国军队而来到马里昂巴德的。卡夫卡阅读了马丁·布伯翻译、改写的哈西德派教徒的故事，自己还珍藏着一本《塔木德经选集》。

卡夫卡的小说在多大程度上利用了这些犹太知识尚难以说清。虽然教堂经常出现，但是犹太教堂只在一个小片段（《在塔慕尔犹太教堂》）里提到一次。有时他用到犹太意象，却更加谨慎。写《审判》前几个月，卡夫卡在柏林拜访了马丁·布伯，并向他请教了有关赞美诗第 82 首里“不公的法官”的问题。业已有人指出，小说《审判》中的意象（诸如法官、守门人之类）与喀巴拉哲学的意象之间有很多值得玩味的相似之处，不过卡夫卡本人在创作该小说的那个时期，对喀巴拉哲学究竟了解多少，还是个未知数。许多年前，伊夫琳·托顿·贝克注意到，希伯来语里表示K.的职业“土地测量员”的词，与表示“救世主”的词相同，这间接表明K.侵入村庄有另一方面的意思。《判决》写于犹太教赎罪日次日的夜里，这回卡夫卡没有去犹太教堂。而在此之前，他已经耳濡目染从华沙来布拉格访问的犹太演员们过的地地道道的犹太人生活达一年之久。人们猜测，《判决》中有很多《圣经》典故。“他父亲梦魇一般可怕的形象”使人联想到愤怒的耶和华——一个让人想起传统权威人物的形象，他惩罚格奥尔格放弃信仰、入世求功。格奥尔格和他的朋友因为格奥尔格父亲的一句话“他应该是一个正合我意的儿子”，间接地成了兄弟。这让人隐约想到《旧约》里一些成对出现又相互形成对比的人物：雅各与以扫，或者以法莲与玛拿西（见《创世纪》第48章）。然而，如此解读，就是认定卡夫卡一定程度上有意识地计划过如何使用典故，这不符合卡夫卡写故事的方式，与他本人对该故事感到困惑这个情况也有矛盾。如此解读还认定卡夫卡通晓犹太神学和犹太传统，这在现今有关卡夫卡的生平档案材料里找不到证明。

尽管困难重重，部分最知名的犹太解读者已经发现，卡夫卡作品里对若干明确的犹太主题做出了意义深刻的回应与修正。哲学家玛格丽特·萨斯曼（1872—1966）1929年指出，卡夫卡探讨的问题，是《圣经》中质疑上帝公正的约伯面临的问题，当然卡夫卡是在一个现代世俗化了的、似乎没有上帝的世界探讨该问题。

一个全是机械工作的世界，工作也纯粹是岗位工作，不需要感觉，不需要灵魂。如果这个世界突然受到上帝法则的干涉，如果众生自己要求享有权力，那么这个世界将会是卡夫卡所描绘的样子。

五年后，批评家瓦尔特·本雅明与学者、神学家格尔肖姆·肖勒姆（现在被认为不仅是喀巴拉哲学研究，而且是现代德国犹太思想研究方面的顶级人物）在通信中就《审判》的宗教角度的阐释有过一番论争。本雅明对马克斯·布罗德等人轻率随便的宗教阐释表示反感。他指出：卡夫卡的想象世界回到了宗教开始之前，从而与产生宗教的史前思想世界重新建立起联系。肖勒姆则提出反对意见，认为卡夫卡确实是按照神的启示描绘世界，但是他的启示无法实现，因为人们破译不了其中的信息。肖勒姆还在 1934 年 7 月 9 日的信中，用一首出色的诗歌表达了他对卡夫卡的理解，认为卡夫卡是否定神学的拥护者。遗憾得很，这首诗极难用韵文来翻译。它的开头如下：

我们是否与您隔绝万里？在这样一个夜晚，上帝啊，您不赐我们一丝平和之气，一毫启示吗？

您的圣训是否彻底消失于虚空的天国，抑或从未深入到表象的魔幻王国？

世界的大骗局几乎已经达到极点，十分彻底了。上帝啊，被您的虚空穿透的人们，让他们醒来吧。

只有这样，启示才能照亮拒绝您的时代。您的虚空是唯一能够借以认识您的方式。

不论卡夫卡与犹太思想有何联系，他越来越关心宗教问题，这一点无可否认。当然这并不意味着他信仰某一宗教，不论是犹太教、基督教还是其他种类的宗教。他广泛阅读宗教和哲学书籍，兼收并蓄，博采众长。从 1917 年开始，他很长时间不能上班，从而有了充足的时间阅读。他读了帕斯卡和叔本华的著作、圣·奥古斯丁的《忏悔录》、已故的托尔斯泰的信教日记，以及其他很多作品。克尔凯郭尔的作品他读得尤其认真，因此常有人以为这个丹麦宗教哲学家为理解卡夫卡的作品提供了敲门砖。特别是布罗德，他在《城堡》的后记里对这个见解表示支持。然而，从卡夫卡对克尔凯郭尔的接受来看，有些事实表明实际并非如此。

卡夫卡初次读克尔凯郭尔是在 1913 年。当时他读的是克尔凯郭尔的日记选《法官之书》，发现他自己所面对的矛盾，即是与菲莉斯结婚还是投身于写作，极像克尔凯郭尔曾面对的矛盾，即结婚还是投身宗教——这个矛盾导致克尔凯郭尔与雷吉娜·奥尔森解除婚约。1917 年至 1918 年间，卡夫卡又拾起了克尔凯郭尔的著作，还在与布罗德的信件往来中讨论他。卡夫卡似乎对克尔凯郭尔的《恐惧与颤栗》印象尤其深刻，因为这本书深入思考了亚伯拉罕与以撒的故事。克尔凯郭尔感兴趣的问题是：宗教生活何以不仅超越了道德伦理生活，而且还可能与之相抵触。人们在侍奉上帝时做的事情可能彻底违背道德。就像上帝命令亚伯拉罕把第一个儿子献祭于他，于是亚伯拉罕很顺从地带着儿子来到摩利亚的山上，准备把他杀了。在最后一刹那，他看到一只公羊困在灌木丛里，原来它是上帝动了恻隐之心，送给亚伯拉罕用来代替他的儿子的。亚伯拉罕把听从上帝的命令摆在道德感、父爱和他所处的社会的伦理标准之上。在卡夫卡看来，这一切表明宗教信仰纯属个人的、私人的事情，只有上帝能够对之做出判断。1918 年 3 月，卡夫卡给布罗德的信中如此写道："因为对于克尔凯郭尔而言，与上帝的关系不是其他任何人能够判断的，因此或许连耶稣也无从判断追随他的人到底有多么忠实于他。"

上述伦理方面的个人主义在《城堡》里有部分体现。布罗德认为，索尔蒂尼召阿玛丽亚去行苟且之事，与上帝命令亚伯拉罕献祭儿子这个明显不道德的做法性质相似，不过阿玛丽亚没有亚伯拉罕那么听话，她拒绝了索尔蒂尼，从而犯下错误。这一解读并非不言自明，而且找不到任何卡夫卡本人的意见来加以证明。相比之下，K.敢于挑战城堡、违反当地传统，是他的个人主义思想使然。在前面提到的卡夫卡给布罗德的信里，他摘录了一段《法官之书》中的话，K.的个人主义思想与这段话似乎不无关联：

> 一个简单直接的人出现，他不会说"人们必须接受现实……"而是说"不管世界什么样子，我都要保留点个人想法，而不会按照世人的愿望改变自己"。这话一说出口，存在就彻底改变了。就像童话故事里一样，只一句话，魔力笼罩了一百年的城堡，大门訇然洞开，一切都生动活跃起来。于是，存在引起了全部的注意。

一个保留了自己独特个性的人——卡夫卡曾抱怨父母和教育者总是企图扼杀"个性"——既引起了天使的注意，也引起了魔鬼的注意，因而各种极善和极恶的事情都有可能发生。

阅读克尔凯郭尔，让卡夫卡看待自己的经历时有更开阔的视野（开阔的视野至少是克尔凯郭尔所具备了的），也让他能从宗教的框架去看待自己的经历。本书前几章讨论的那种不安全感从人生之外的东西得到佐证，而他对写作的热爱已经超越了文学的范畴，也超越了自我治疗的范畴，成为了一种证明自我存在的方式。1913年，他向菲莉斯问起她对上帝的信仰是什么样子，然后对自己中意的观念做了发挥：

> 你有没有觉得——主要就是这里——在你和某个遥不可及，似乎没有极限而能让你感到安慰的高深的东西之间有着绵绵不绝的联系？常常有这感觉的人，就不用像迷路的小狗一样四处乱跑，默不作声，哀怜地看着四周。他就不会想跳进坟墓里面，把坟墓当成温暖的睡袋，把活着当作寒冷的冬夜。当他爬楼梯上办公室时，他就不用觉得自己同时在从楼梯上面一级一级飞快地滚下来，在模糊的光线中颤抖，在飞快的运动中旋转，不耐烦地摇着头。

这段话精彩地表现了生存的不安全感。类似地，卡夫卡写作的需要给他的存在提供了合理性证明，所以具有存在与宗教层面的意义。创作《审判》期间，他在日记里写道：

> 现在没有两年前[回顾写《判决》的时候]保护得那么充分，那时候几乎蜷缩在作品里，把自己裹藏起来。不过，我依然发现了意义所在，我那有规律的、空虚的、疯狂的、单身汉一般的生活有了合理性证明。

随着卡夫卡逐渐从宗教角度认识自己的生活情境，他拒绝了心理分析角度的解释。他对诸派心理分析颇为了解，这些知识大多来自他和别人的讨论，以及阅读《新评论》和别处刊登的有关心理分析的文章。卡夫卡提到，他在写《判决》的时候会“不由自主地想到弗洛伊德”。但是，他感觉心理分析者做出的解释失之轻率，这些解释一开始看起来让人极为满意，可是很快他又开始和看之前一样急着寻求解释。当然，心理分析本身能对何以出现这种反应做出解释：它是人们压抑不愿意看到的真实的结果。最重要的是，心理分析者声称能治疗神经官能症，卡夫卡认为这些说法会让人失去人性的一面。在给布罗德的一封信中，卡夫卡摘抄了克尔凯郭尔的一句话，这句话可以与弗洛伊德挂起钩来：“没有人既能有真正的精神生活，又能同时保持身心绝对健康。”密伦娜曾对卡夫卡的不安全感表示困惑，卡夫卡回答说：

> 不妨称之为生病吧，这样好理解点。心理分析者号称已经发现了许多种症状，它是其中之一。我不觉得它是病，我认为，说心理分析有治疗作用是个不可救药的错误。这种种所谓的疾病，不论看起来有多么难过，其实是信念的问题。因为这个信念，正在忍受痛苦的人仿佛回到了母体，精神上有了慰藉。

他又说道：一旦这般寻找慰藉的努力有了真正的基础，也不应该把这样的努力视为人们生活的偶然特征，而应该视为人性的一部分，因此它们并不是什么能“治愈”的东西。

“逐渐明白终极之事”

到了人生后期，卡夫卡要为自己的生活，也为别人的生活寻找稳定的基础和合理性证明。他渐渐觉得自己身上体现了那个时代的精神处境。日期标为1918年2月25日的一条笔记显示，卡夫卡认为自己面临着一项神秘的精神任务：

> 据我所知，生活要求的东西，我身上一样都没有，有的只是人类普遍存在的弱点。因为这个弱点，我大力吸取了我们这个时代消极的一面。如此看来，弱点倒是一个巨大的优点。这消极的方面与我非常接近，我没有权利与之斗争，只有从某种意义上把它体现出来。为数极少的积极的方面和消极到了极点、能够转化为积极的方面，我身上没有沾到一点点。基督教之手的力量越来越弱，它曾经把克尔凯郭尔引入生活，却没有把我一样也引入生活。犹太人祈祷用的披巾越飘越远，犹太复国运动者们抓住了一角，我却没有抓住。我是结局吧，或者是开端。

1917年进入1918年的那个冬天，卡夫卡和他妹妹一起在一个名为祖劳的波希米亚乡村度过。当时他已经被诊断出患有结核病，一度大出血，这时正在恢复。在此期间，他做了大部头的笔记。笔记里表达了这种个人危机感与个人使命感，这是卡夫卡那个时代的人特有的危机感与使命感。12月的时候，他去了趟布拉格，其间他跟布罗德说到了他的任务：“逐渐明白终极之事。西部犹太人不知道它们是什么，因此没有权利结婚。”脱离了那个飞速消逝进历史的宗教传统，西部犹太人对于“终极之事”(奇怪的是,这是基督教术语。通俗地理解,它指天堂、地狱、死亡、末日审判等,但是用在这里显然意义比较宽泛)缺乏指导。因此,他们缺少了承担结婚成家这样重大得可怕的责任之前必要的精神支撑。对卡夫卡来说,和菲莉斯结婚让他感到为难,这一为难处境具有典型性,体现了被同化的、世俗化了的西部犹太人所处的精神蒙昧状态。卡夫卡彻底全面地思考人类生活的精神基础的目的,不是为了他自己,而是为了他所属的那个社会群体。在祖劳时所做笔记中的格言,构成了一部前后连贯的宗教沉思录,生动、充满机锋,同时往往妙趣横生、无限发人深省。1921 年,卡夫卡从中选出一部分,用数字标了序。卡夫卡去世后,马克斯·布罗德发现了该自选格言集,给它起了个标题:“罪愆、苦难、希望及真途沉思录”。这些格言值得细致地讨论,从中能发现卡夫卡除了其他各种身份之外,作为一个宗教思想者的卓越之处。

这些格言首先是精神危机的表达。人们发现自己处于无法解决的困境中,之所以无法解决,不仅因为找个解决方案难于上青天,还因为无法想象能有什么解决方案。“你就是问题。你不是样样都通的学者”——在自我反思这个难以完成的行为中,人们需要解谜,需要做点功课,可待解之谜或待做之功课不是别的,就是人自身。如此一来,人们只得让危机更严重,严重到无以回头的地步。“从某个角度来说,不再有回头路了。必然要到这个程度。”当危机达到顶点,希望或许能出现,如另一格言说的:“真正的对手让你充满无限的勇气。”

卡夫卡所写的处境,从总体而不是个人来说,首先是自我疏离的一种。我们的意识即我们的认知工具,无法了解我们真正的存在,结果让我们自己与自己、与真实疏远开来。问题不是说人们无法了解真实，而是人们不能了解真实并同时成为真实："世事无非两类：真实与谎言。真实没有分身术，所以真实不能认识自身。任何人试图要认识真实，他必定是[个]假象。"

对卡夫卡来说，思考生活注定带有欺骗性。部分原因在于，世界的表象是模棱两可的。"欣喜若狂的人，溺水快死的人，他们都举起手来"：同样的手势可能表示相反的意思。"一切都是欺骗。"但是，这也是我们的认识能力不足所致。人们脱离了真实的自我，于是对任何事物的认识都不可靠了。人们无法认识自身。"只有魔鬼有自我认识。"人其实别的什么也认识不了，要不因为身在其中，所以会产生偏见，要不因为立场中立，所以茫然不知："只有与之有关的那一方才可以真正去判断，但是因为相关，他们做不出判断。因此，世上没有任何判断的可能性，有的只是假象。"

个人的任务，在卡夫卡看来，就是要抵制世界。但是，如果人们没有清楚地认识这个世界，又怎么去抵制呢？更糟糕的是，由于人脱离了自我，有可能人所脱离的自我和世界串通一气。其实，只要人的精神与肉体相脱离，情况就注定是刚才说的那样。因为有了身体，我们陷入感官的世界，而在卡夫卡心目中，感官世界往最好里说是虚幻的，往最坏里说是邪恶的。"只有精神世界，此外别无所有。我们所说的声色世界是精神[世界]的恶。"和感觉世界做斗争是做无用功，因为人的感觉，尤其是人的性欲，与感觉世界是共谋关系。"邪恶[因素]最有效的诱惑之一就是引起斗争。它就像和女人做斗争一样，结果是和女人上了床。"与世界的斗争更是一场与性欲的斗争：

有种生活，你必须与它做斗争。女人——更直截了当点，或许应该说是婚姻——是这种生活的代表。这个世界诱惑你的手段，与证明这个世界只是个过渡的标志，两者是相同的。情况确实如此，因为只有这样，世界才能诱惑我们，这符合实际。讨厌的是，等到我们被诱惑了，我们就忘记了证明物。所以，实际上是好的东西把我们带坏了，女人的凝视诱使我们上了她的床。

虽然爱——不仅仅是性爱，还有性爱中包含的圣洁之爱——让我们耽于声色的世界，但是卡夫卡认为灵魂是永恒的，它只是暂时被禁锢于物质世界。“我所标志的一切把我困得太死，甚至我的永恒存在也把我困得很死。”灵魂似乎被想象成一个脱离了形体、近乎抽象的东西。

人们如何逃离禁锢？首先，必须弄清楚自己的状况。这令人绝望：“认识开始的第一个标志是希望死去。此岸的生活似乎无法忍受，彼岸的[生活]却又不可企及。”但是，仅仅明白个人状况还不够，因为单单自我认识会让我们在完成战胜世界这个必要的任务时注意力分散。因此，人们的座右铭应该是：“不能认识自己？那就毁灭自己吧！”——然后，只有把腰弯得够低时，才能听到关键的部分：“这样才能变为真正的自己。”卡夫卡要求人们积极地毁灭自身。人们必须死去，但不是肉体上的死亡。“我们靠死亡得到拯救，但不是简单地死掉。”相反，人们必须经过灵魂的死亡。卡夫卡认为，人类历史上唯一的进步就是这种精神力量的提升：“人类的进步——死亡能力的增强。”卡夫卡用《出埃及记》第 3 章第 2 节里上帝在燃烧的灌木丛里对摩西说话的意象来表现灵魂的死亡。“荆棘丛是亘古以来的路障。只要你想往前走，它肯定着火。”必须通过火（这个意象让人想起

炼狱)来获得精神的进益。然而,卡夫卡没有用炼狱的意象,而用了犹太教堂中的至圣所这一犹太意象:

进入至圣所之前,必须先脱掉鞋子;不光鞋子,什么都要脱掉,路上穿的衣服,带的行李,然后是你的赤裸之身;接着是赤裸之身下面的东西,赤裸之身掩藏的东西;然后到了中心,以及中心的中心;然后是其余的东西,再剩下的东西,然后才是永不熄灭的火焰中发出的光芒。

经过这一番自我毁灭,这一番洗涤,净化的自我进入什么样的实在呢?卡夫卡说我们的生活只是过渡,这有点让人难以理解。我们需要进入精神世界,它是唯一的实在。

只有精神世界,此外别无所有。我们所说的声色世界是精神[世界]的恶,我们所说的恶,只是我们永恒发展过程中瞬间的要求。

我们的使命是"上升到高层次的生活",即获得永生。

有了认识之后,如果你希望获得永生——你只能希望,没有别的办法,因为认识就是这欲望,那么,你必须毁灭自己,毁灭你自己这个障碍。

到此为止,我们已经将两个世界截然区分开来:一个是我们肉体所在的感觉世界;另一个是永恒的精神世界,人们通过没有形体的内在自我、精神自我与之相联系。若干段落让我们很容易想到卡夫卡个人对性的厌恶。正是对性的厌恶导致他在笔记里将婚姻与殉难等而视之。然而，卡夫卡的思想里有股反向的潮流在涌动，他有一个想法：最终也许能让感官世界变得可以接受。他一开始考虑这种可能性时，得出的结论几近恐怖：

> 永恒观念中让人沮丧的地方：一是在永生中，时间必须永远接受的、无法理解的合理性证明；二是由此而来的关于我们何以如此存在的合理性证明。

假定我们最终的命运不是要脱离有形体的存在，进入高层次的、无形体的存在，而是要把我们有限的尘世生存当作永恒秩序的一部分，相信它在永恒秩序中有自己的合适位置，那会有什么结果呢？即使声色世界是精神世界里的恶，或许连这也能得到纠正。基督徒会说“得到赎救”，卡夫卡用的词是“合理性证明”。“合理性证明”是他的笔记里一个很重要的词，因此，这个概念值得注意。在《旧约》里面，这个词表示人与上帝之间的关系，证明正确的人在法庭上会被判无罪或得到辩护，如《赞美诗》第 119 章第 7 节所云：“我学了你公正的判语，就要以正直的心称谢你。”圣徒保罗将这一概念归为耶稣基督的功劳——不是我们自己的什么长处或行为，而是因为耶稣基督，我们得以在上帝面前被证实是正确的、正直的。虽然亚伯拉罕是因为他的信仰而得到证明（“所以，这就算为他的义”，《罗马书》第 4 章第 22 节），不过基督徒得证靠的是信仰耶稣基督，以及耶稣为他们殉难：“我们既因信称义，就藉着我们的主耶稣基督得与神相和”（《罗马书》第 5 章第 1 节）。

然而，按照卡夫卡的概念，合理性证明靠的不是外人之力，而是来自人们自己在世间的努力。人们不能有意识地寻求证明：

> 看起来，他好像就是为了自己吃饭穿衣等等而工作，这都没有关系。因为跟着每一口看得见的粮食，他还能得到一口看不见的；跟着每一件看得见的衣裳，他还得到一件看不见的。那就是每个人的证明。

集中精力工作以养活自己和家人的人，在自己还没意识到的时候已经得到合理性证明。在这个人身上，存在与意识和谐共处。这样的人，和那个让福楼拜嫉妒的家庭一样，“活得很实在”。我们可以把这个观念与《城堡》结合起来。小说里的K.为他自己在村庄的存在寻求合理性证明。他希望当局证明他的土地测量员身份。在要求授权的过程中，他变得满脑子只有城堡，一心想着和有权处理他的事情的官员直接对话。这个过程开始的时候，他与城堡官员克拉姆的女友弗里达来往，两人磕磕绊绊地发展起关系，都希望关系能够持久。K.找了个学校看门的工作，在教室里安起一个古怪又不合实际的家。导致他和弗里达关系终止的不是日常生活中的困难，而是城堡的诱惑。卡夫卡另有格言探讨了合理性证明的基础。它依靠信仰：不是有意识的相信，而是信任，是无意识的信念，它渗透到人的整个存在。

> 若没有对某个不可毁灭的东西的持久信任，人就没法活下去，即使一直对信任本身以及不可毁灭的东西一无所知也没有关系。这种隐蔽情形的可能表现之一是相信各人自己的上帝。

这里，卡夫卡肯定地表示，生活需要有个基础，即与自身之外的东西之间建立的关系。那个自身之外的东西是否应该设想成各人自己的上帝，他表示怀疑。但是，我们已经看到，1913 年到 1917 年之间，卡夫卡怎样从感到不安全发展到绝望的地步。在祖劳笔记里，他度过了那段危机。在笔记里，他阐述了“不可毁灭之物”这个概念。这个概念源自叔本华的《作为意志与表象的世界》，该书对死亡做了思考，非常有名(见方框内引文)。

相信“不可毁灭之物”不是表现在思想上，而是表现在行动上。“相信意味着将自己身上的不可毁灭之物释放出来，或者应该说释放自我，或者更应该说变得不可毁灭，又或者应该说存在。”它在意识与存在之间搭起桥梁。它也使卡夫卡毫不费力就能克服一个让许多思考宗教的人都担心的问题，这个问题是一个事实：大多数人都觉得没有必要去思考宗教。在《宗教经验之种种》一书里，作者威廉·詹姆斯借用一个天主教作者的看法，将人分成一次生成的和两次生成的。少数人属于后者，他们与自身之外的东西有着联系，并为此而忧心忡忡。前者不喜欢反思，不复杂，大多数满足于自己的生活。对卡夫卡来说，两类人其实是殊途同归于存在这个目标，不过像他这样两次生成的人，路途长得多也艰苦得多，而另一种人已经“活得很实在”了。

卡夫卡的“不可毁灭之物”这一概念有更深远的作用。它让相信的人不再孤立，因为从本质上讲，它是众人共有的东西。“不可毁灭之物自成一体。人人都是不可毁灭之物，与此同时，它是人人共有的特性。人类的一体性因此才极其稳固。”这里，卡夫卡又一次显示出他与基督教的区别：

我们周遭的所有苦难，我们必须忍受。基督为人类受苦了，但是人类必须为基督受苦。我们并非共有同一个躯体，但有着同样的成长过程，它带领我们度过所有的，这种或那种形式的苦痛。儿童在成长中经历人生的各个阶段直到年老死去，而且向往也罢畏惧也罢，每一个阶段在上一个阶段看来几乎都是达不到的。与此相似，我们和所有其他同类一起，在成长中经历这个世界的各种苦难，而且与人类的关系和与我们自己的关系一样深。这种情况下，正义没有容身之地，但是也不容许畏惧苦难，或者将苦难理解成什么好处。

叔本华论死亡

所有哲学家都认为人身上形而上的、不可毁灭的、永恒的元素在**思想**里面，他们全错了。它只在**意志**里面，意志和思想迥然不同，它本身就有独创力。[……]意志本身是决定因素，是整个现象的核心，因此它不受现象(时间属于它)的各种形式的束缚，因此也是不可毁灭的。这样一来，意识当然会跟死亡一起失去，但是产生、维持意识的东西不会失去。生命消亡了，但是显现于生命当中的生命原则不会随之消亡。因此，所有人都必定会有这种感觉：他身上有着绝对永存不朽、不可毁灭的东西。

亚瑟·叔本华：《论死亡与我们不可毁灭的真实本性之间的关系》，选自《作为意志与表象的世界》，
R. B. 霍尔丹、J. 肯普译
(伦敦：鲁特利奇和基根保罗出版公司，1883)，
第 3 卷，第 291 页

这里，卡夫卡相对地看待基督受难。每个人都有责任承担耶稣的角色，来替其他人分担苦难。这种伦理个人主义让人联想起卡夫卡从克尔凯郭尔那里学到的东西，它要由个人与其他所有人一起共同来实现。卡夫卡间接地否定了圣徒保罗的主张，即我们人人都是一个身体的组成部分（《罗马书》第12章第5节）。相反，是一个共同的成长过程克服了个人的孤立状态，从而让救世主时代来临。但是，卡夫卡颠覆了犹太教和基督教赋予救世主形象的诸多意义，转而告诉人们：救世主是多余无用的：

> 一旦人们的信仰可以完全任由个人，毫无约束，救世主就会降临。没有人破坏这个可能性，没有人会任其破坏，因此，坟墓打开了。那或许也是基督教教义，既靠榜样的实际展现，又靠中保之复活在个体身上的象征式展现。

那么，就没有必要有基督这样的中保在上帝和人之间调停。卡夫卡所说的非个人的神性，即不可毁灭之物，潜藏于每一个人身上。人类的任务，就是要与该不朽的本质建立联系，而当人人都建立了联系，人生就美化改观了。所以，苦难作为实现上述目标的途径，是必需的、有价值的：

> 苦难是这个世界的正面因素，实际上它是这个世界与正面事物之间唯一的联系物。只有在这个世界，苦难才叫苦难。这意思不是说，好像那些在这个世界受难的人，到别的地方因为这样的受难就变得高贵了。而是说，在这个世界叫作苦难，到另一个世界它不会改变，只不过摆脱

了其反面，成了极乐。

在这个可憎的、充满了痛苦的、监狱般的世界上，苦难使我们与更高的实在联系起来。理由是，我们受难是因为我们被人推下了这个世界。我们在这个世上感到的不安提醒我们：我们属于永生。情况不是一些基督徒们想的那样：我们在这个世界受难，到了另一个世界会被酬以相当程度的幸福。而是说，让我们在这个世界受难的精神潜能，在另一个世界能得到释放，从而让我们幸福。

卡夫卡的思想在好几种可能性之间游移不定。这里，他似乎是在思考一种精神复生——这不免让人想到喀巴拉哲学中的精神复生，因为它的信条是解放禁锢在物质世界里的神圣火花。但是，卡夫卡所想象的复生不是发生在一个迥然不同的世界，而是一个和现世非常相近的世界。在《城堡》中，K.设法与城堡中难以捉摸的高层次现实联系上，却在过程中误入歧途，城堡的主人则没有出现，代表他的是各等级的官僚。结果表明，K.的探寻对他自己和别人都有毁灭性的后果。它破坏了在村庄中寻求一个位置的可能性——不论那是一个多么边缘、多么不可靠的位置，它毁了他与弗里达的关系。因此，他想过普通日常生活的机会也彻底毁了，而普通的日常生活，不需要由城堡的官方准许就可以臻于实在（即福楼拜所说的"活得很实在"）。

承认卡夫卡作为一个宗教思想者的重要地位是必须的，但是也会产生误导。他的宗教思想虽然前后一致，但是缺乏系统性。和克尔凯郭尔一样，他没有打算建立一套系统的思想——系统的思想能给人一个思想完整的假象，却失去了和个别的实际经验的联系。因此，他选择了格言这样不系统的形式。重要的是，卡夫卡的宗教思想与其作为小说作家的想象活动紧密结合在一起。这当然不是说可以把他的小说作品当作抽象思想的寓言式表达来读。卡夫卡的意象不是为表达既有的概念。更应该说，他的格言和他的小说都重在探讨。它们探讨的情境和主题是宗教经验的部分原型：犯罪、绝望、审判、希望、救赎、爱情。其探讨的方式，靠的是一种意象式思维，它和概念式思维一样都必须严谨、严格。它遵循的是想象的逻辑，既引起读者思考，又激发他们的情感。这也许就是它们魅力的源泉，以及卡夫卡的小说——生动而又抽象得古怪，费脑筋而又不至于引发枯燥的脑力劳动——好几十年以来一直为无数读者乐道的原因。

索 引

（条目后的数字为原文页码）

A

B

C

D

L

M

N

O

P

R

S

T

Ritchie Robertson

KAFKA

A Very Short Introduction

Contents

Acknowledgements

I am very grateful to Nicholas Murray, for letting me read his new biography on Kafka in manuscript while working on this book, and to Tony Phelan (Keble College, Oxford) for reading my own manuscript and making generous and incisive comments.

Some passages are adapted from 'Kafka as anti-Christian: "Das Urteil", "Die Verwandlung" and the aphorisms', in James Rolleston (ed.), *A Companion to the Works of Franz Kafka* (Rochester, NY: Camden House, 2002), pp. 101–22, and from 'Scandinavian modernism and the battle of the sexes: Strindberg, Kafka and *The Castle*', the Spring 2003 Rodig Maxwell Lecture, published by the Department of German Studies, Rutgers University. I am grateful to Camden House and Rutgers University for permission to reuse them.

List of illustrations

The publisher and the author apologize for any errors or omissions in the above list. If contacted they will be pleased to rectify these at the earliest opportunity.

Chapter 1
Life and myth

The bare facts of Franz Kafka's life seem ordinary, even banal. He was born on 3 July 1883 in Prague, where his parents, Hermann and Julie Kafka, kept a small shop selling fancy goods, umbrellas and the like. He was the eldest of six children, including two brothers who died in infancy and three sisters who all outlived him. He studied law at university and after a year of practice started work, first for his local branch of an insurance firm based in Trieste, then after a year for the state-run Workers' Accident Insurance Institute, where his job was not only to handle claims for injury at work but to forestall such accidents by visiting factories and examining their equipment and their safety precautions. In his spare time he was writing prose sketches and stories, which were published in magazines and as small books, beginning with *Meditation* in 1912.

In August 1912 he met Felice Bauer, four years his junior, who was visiting from Berlin, where she worked in a firm making office equipment. Their relationship, including two engagements, was carried on largely by letter (they met only on 17 occasions, far the longest being a ten-day stay in a hotel in July 1916) and finally ended when in August 1917 Kafka had a haemorrhage which proved tubercular; he had to convalesce in the country, uncertain how much longer he could expect to live. Thereafter brief returns to work alternated with stays in sanatoria until he took early retirement in 1922. In 1919 he was briefly engaged to Julie Wohryzek, a 28-year-old clerk, but that relationship dissolved after Kafka met the married Milena Polak (née Jesenská), a spirited journalist, unhappy with her neglectful husband, who translated some of Kafka's work into Czech. As Milena lived in Vienna, their meetings were few, and the relationship ended early in 1921. Two years later Kafka at last left Prague and settled in Berlin with Dora Diamant, a young woman who had broken away from her ultra-orthodox Jewish family in Poland. However, Kafka's health declined so sharply that after moving through several clinics and sanatoria around Vienna, he died on 3 June 1924. During his lifetime he published seven small books, but he left three unfinished novels and a huge mass of notebooks and diaries, which we possess only because his friend Max Brod ignored Kafka's instructions to burn them.

It is from these materials that Kafka the cultural icon has somehow been constructed. This mythic Kafka is typified by the morbid recluse in Peter Capaldi's short film *Franz Kafka's It's a Wonderful Life* (1994). After struggling to write the first line of *The Transformation*, this 'Mr K' is eventually drawn into Christmas festivities and unbends enough to say 'Call me F'. The tormented Kafka is for the 20th (and so far the 21st) century what the sombre figure of Byron was for the 19th. 'Kafkaesque' is as potent an adjective as 'Byronic' used to be. But while the image of Byron was that of a sinister and sexy aristocrat scorning social and religious taboos, the image of Kafka, by contrast, is a democratic one. The very mundanity of his biography confirms that Kafka was one of us: rooted in ordinary life, he experienced or imagined ordinary fear, distress, frustration, to an extent that we can all empathize with because it corresponds, if not to our actual experience, then to our apprehensions, even our nightmares.

The myth of Kafka, like the myth of Byron, was founded by the author himself. It is based, if not in the author's experience, then in the way he shaped and elaborated that experience in thinking and

1. Kafka at the age of four.

writing about it, first for his own and then for the public's consumption. In both cases, the author himself is hard to distinguish from his fictional self-projections. Byron's readers imagined the man himself as being as disillusioned and gloomy as his heroes Childe Harold and Manfred. It is equally difficult to separate Kafka from the protagonists of his novels, whose names are progressively reduced (Karl Rossmann, Josef K., and the mere K. of *The Castle*). Kafka himself encountered this difficulty. In January 1922, checking in at a mountain hotel, he found that the staff had misread his booking and written his name down as 'Josef K[afka]'. 'Shall I set them right or shall I let them set me right?' he asked his diary.

Since Kafka the cultural icon is ultimately of Kafka's own making, there is no way of going back beyond it to unearth the real Kafka. The anxious diarist and the author of interminable, often agonized and agonizing letters to Felice Bauer and Milena Jesenská are as much the real Kafka as the highly competent professional man, the keen amateur sportsman, and the novelist who did occasionally lose himself blissfully in successful writing. The point is not to correct the iconic image of Kafka, but to go back to Kafka's own writings and see how he made his experience, and the circumstances of his life, into this image. At the same time, there are many factual errors about Kafka in circulation, some going back to the distortions of early biographers and memoirists, and these can be amended by suggesting an accurate and rounded picture of his life and its historical setting. But let us begin with Kafka himself.

Kafka was a very self-analytic, sometimes a self-obsessed, writer. His diaries and letters contain many reflections on his own life and how it has gone wrong. His fictional writing was a less direct way of shaping and comprehending his experience. On 15 October 1914, after taking a break from work to concentrate on *The Trial*, he records: 'A fortnight's good work, partially complete [!] understanding of my situation.' Although innumerable threads connect his experience and his fiction, and there is some value in identifying them, his work cannot, any more than that of other writers, be reduced to its presumable biographical origin. It is because his fiction so infinitely outgrows its occasions that Kafka compels our attention.

The 'Letter to his Father'

To gain some sense of Kafka's own experience, and to see how he began fictionalizing it in the process of reflecting on it, let us look at his longest piece of self-analysis, the famous 'Letter to his Father'. Kafka wrote this letter, analysing his relationship with his father, in November 1919. He seems to have intended to send it to his father in the hope that it would clear the air between them, but his sister Ottla, to whom he showed it, and his mother, to whom he apparently gave it first, dissuaded him, and he kept it as a personal document, which he could show in 1920 to Milena in order to help her understand him.

The letter is first and foremost an attempt at self-therapy. Kafka is trying to make sense of his relationship with his father as a means of distancing himself from his father. Since it serves a purpose in Kafka's own development, we must not take it as a balanced or complete portrait of Hermann Kafka. Nevertheless, there is no reason to suppose that anything in the Letter is actually false, and it presents a plausible picture of a powerful personality. Hermann Kafka was a self-made man, brought up in the southern Bohemian village of Osek in extreme poverty. At the age of seven he had to wheel a pedlar's barrow through the villages. These youthful hardships were such a vivid memory that he used to bore his children by constantly recounting them and complaining that the young generation did not realize how well off they were. By incessant work and by marrying Julie Löwy, the daughter of a well-to-do brewer, Hermann managed to open a shop in the centre of Prague. He evidently had much more self-assurance than sensitivity. He reared his son with rough playfulness (chasing the boy round the table) and exaggerated threats which could terrify an imaginative child ('I'll tear you apart like a fish!'). Kafka recalls an incident when he, as a small child, woke his parents by wailing in the middle of the night, whereupon his father lifted him out of bed and deposited him on the back porch of their house, making Kafka feel, at least in retrospect, as if he were nothing at all, compared to his father. Hermann Kafka dominated both the household and his shop with what his son calls 'tyranny', criticizing the children with heavy sarcasm, and speaking brutally to and about his employees. That he treated the latter high-handedly is corroborated by the occasion when they all gave notice and Franz had to visit them individually and persuade them to return. We get a consistent picture of someone whose skills in dealing with people, whether at home or at work, would not rate highly by today's standards. What Kafka does not and cannot convey, of course, is the frustration Hermann Kafka must have felt at people's failure to obey his self-evidently sensible orders, and his sense of estrangement from his own children, especially from Franz and his unconventional youngest daughter, Ottla. Nor does Franz's letter acknowledge the emotional investment Hermann and Julie Kafka must have made in their only surviving son (the other two having died aged 15 months and 6 months, respectively), which helps to explain their disappointment with him. They had a standard of success in Franz's first cousin Bruno Kafka, a distinguished professor of law and later a prominent political figure. Instead, Franz grew up with eccentric interests, indifferent professional success, and no apparent ability to marry and found a household.

Kafka, by his own account, felt overwhelmed by his father. Hermann Kafka's massive body (which would seem huge to a child), noisy self-confidence, and absolute authority made him seem like a giant. 'I was oppressed by your sheer corporeality', Kafka writes, recalling how, when they changed at the swimming baths, his father's bulk made him seem 'a little skeleton, uncertain, barefoot on the planks, afraid of the water, unable to imitate your strokes'. At table Hermann Kafka would devour the food, piping hot, in large mouthfuls, crunching the bones while forbidding the others to

2. Kafka's father, Hermann Kafka.

do so. (We can see here the origin of the many brutal flesh-eating characters in Kafka's fiction, from the gluttonous Green in *The Man Who Disappeared* to the cannibal in a draft of 'A Fasting Artist'.) As he grew older, Kafka found his body growing too tall and thin, and he felt uncomfortable in his gangling frame. His lack of physical self-confidence, compared with his father, was only part of a wider insecurity. His father offered a model of adult self-assurance which could never be emulated. Franz started to stutter in his presence, and eventually tried to avoid speaking to him at all. In issuing commands but himself disregarding them, his father seemed to exercise an absolute authority based ultimately on personal charisma. Thanks to this power, Hermann Kafka could denounce everyone, regardless of consistency or logic, and remain unchallengeable. 'For me you acquired the mysterious quality possessed by all tyrants whose rights are founded on their person and not on their ideas. At least that was how it seemed to me.' His father seemed to occupy the whole of life, like a figure sprawled across the map of the world, leaving no room for Franz. Unable to imitate his father, Kafka was left blaming himself for his inability, according to his own summary: 'Because of you, I lost my self-confidence and acquired a boundless feeling of guilt in exchange.'

The area where Hermann Kafka dominated most securely was marriage. He was married, Franz was not but was expected to marry. The adult Kafka interprets this situation as a double bind.

> If I want to attain independence in the particular unhappy relationship I have with you, I need to do something that has the least possible connection with you; marrying is the greatest thing and gives the most creditable independence, but at the same time it is most closely connected with you.

What Kafka formulates here is the classic Oedipal relationship as described by Freud. To become adult, a male has to become like his father, a sexually mature being; but he must also resist his father by displacing him from the position of sole, or supreme, sexually mature male in the household. To emulate his father, he must oppose his father. Franz had the added difficulty that as a boy he was, by his own account, so uninterested in sex as to be prudishly offended by any mention of it, whereas Hermann Kafka called a spade a spade: a hint by his father that he ought to visit a brothel seemed to the teenage Franz 'the dirtiest thing there was'. So, according to Kafka, his own wish to find a partner was blocked by the negative forces – weakness, insecurity, guilt, low self-esteem – implanted in him by his father.

How else could Kafka, according to himself, have escaped from his father's influence? One possibility was a career, and Kafka does acknowledge that his parents allowed him to study whatever he wanted. (That was not trivial. University study meant continuing to live at home, without earning, for a minimum of four years, followed by a considerable period before he would earn enough to help his parents or set up house himself.) But the freedom implied in this permission, according to Kafka, was nullified in advance. For his overwhelming sense of guilt prevented him from enjoying his school studies, so convinced was he that he would fail the exam at the end of each year. And though he always passed, he could be interested in his studies only (as he puts it) to the extent that a bank official who has defrauded his employers can be interested in day-to-day transactions while he waits to be found out. So, since every subject was unattractive, he might as well study one – law – which was completely repellent. 'In the months before the exams', Kafka recalls bitterly, 'I suffered great nervous tension and lived on an intellectual diet of sawdust, which, moreover, had been previously chewed by a thousand mouths.' Although Kafka presents his choice with such perverse and masochistic reasoning, for anyone without definite plans or interests the study of law was the obvious university course to choose, since it admitted one to a wide range of careers in the courts, industry, commerce, finance, and the public services.

An obvious way to escape from Hermann's world seemed to be through literature. And writing, Kafka admits, did bring some relief. But it did not bring freedom, because what had he to write about? 'All my writing was about you; I only lamented there the things I couldn't lament on your breast.' This is of course an exaggeration. Overwhelming fathers do appear in *The Judgement* and *The Transformation*. One condemns his son to death by drowning, the other pelts his son (now in insect form) with apples and causes him a fatal wound. Even so, creating such figures, half-terrifying and half-ridiculous, is clearly Kafka's way of gaining distance from and control of his own situation. In the Letter, however, Kafka, without citing specific passages, chooses to present all his writing as another form of dependence. The flight

3. Kafka as a university student with one of his college flames, Hansi Szokoll, who was a waitress, c. 1906–8.

from life into literature must fail because literature has to be about life.

How does the 'Letter to his Father' rate as self-analysis? It presents the writer, in a highly dramatic but broadly plausible way, as someone whose self-esteem has been severely damaged by an insensitive upbringing and by a sense of disappointing his parents' expectations. That he feels his failure so strongly, of course, shows just how much Kafka has internalized his parents' expectations. He too feels that he ought to marry and start a family, but he wants to because his parents want him to. Kafka is astute in identifying the double bind in which his relationship with his father has placed him. He charges his father with expecting him to marry, yet shaping his character in such a way that he could not marry. But he may not quite see how far his whole letter expresses and confirms this double bind. The letter may have been written to free himself from his father's influence, but Kafka portrays himself as so utterly his father's creation that escape from his father is unthinkable.

We may be surprised by the tiny role that Kafka's mother plays in this letter. She appears only as an assistant to the father, too close to him ever to afford the children any protection from his authority, but nevertheless as an unhappy mediator, oppressed by her husband and by the children. 'We hammered at her ruthlessly, you from your side, we from ours.' In the two stories that bear the clearest relation to Kafka's own domestic life, the mother in *The Judgement* is dead, and her counterpart in *The Transformation*, though devoted to her 'unfortunate son', is ineffectual and can be relied upon only to faint in a crisis. It is, however, likely, in the view of psychoanalysts, that Kafka's emotional vulnerability resulted not only from his father's dominance but also from his mother's early withdrawal of affection from him. His diaries present Julie Kafka as 'whimpering' about her son's oddities, arousing his irritation, and entirely failing to understand him: he complains that she took him for an ordinary young man who would presently put aside his whims and marry and found a family like everyone else. Their

4. Kafka's mother, Julie Kafka.

estrangement, and their underlying affection, emerge from a touching moment recorded in a postscript to a letter to Felice:

> I was just going to get undressed when my mother came in because of something trivial and, as she was leaving, offered me a good-night kiss, which hasn't happened for many years. 'That's right,' I said. 'I never dared,' said my mother, 'I thought you didn't like it. But if you like it, so do I.'

The 'Letter' is not to be dismissed. It contains a great deal of actual experience and perceptive self-analysis. But in large measure it is a story – a story such as Kafka told himself about his own life. That is no objection: perhaps the best that even psychoanalysis can provide is a satisfying story of how we became who we are. Still, it does bring the 'Letter' closer to Kafka's fictional narratives about guilt, from *The Man Who Disappeared* onwards. Indeed, we can see Kafka's imagination inventing the comparison with the fraudulent banker, which sounds like the germ of another novel like *The Trial*.

Getting married

Two matters that bulk hugely in Kafka's life are touched on in the 'Letter' but deserve further exploration. One is his fruitless wish to marry; the other is the importance his writing had for him.

Kafka talked and behaved as if getting married were the central project of his life.

> To marry, to found a family, to accept all the children that arrive, support them in this uncertain world and even guide them a little, is in my belief the utmost that anybody can possibly achieve.

Yet this sentence from the 'Letter to his Father' is curiously impersonal. It describes not Kafka's own, personally chosen ambition, but 'anybody's'. When he tried to achieve it, he not only found himself in the familial double bind that he himself recognized; he also replicated this double bind by his choice of partner. Felice Bauer, four years his junior, was an intelligent, well-read, extremely able professional woman. Kafka admired her, but sexual attraction, or even pleasure in her company, seem hardly to have existed. After spending time with her in January 1915, Kafka wrote in his diary: 'Except in letters, I never felt with F. the sweetness of a relationship with a beloved woman, as in Zuckmantel and Riva, only boundless admiration.' The relationships he had had when on holiday in the resorts of Zuckmantel in 1905 and Riva in 1913 were casual, untroubled affairs. The prospect of marriage to the supremely competent Felice, however, confirmed Kafka's sense of inadequacy. It also meant replicating the stifling family life in which he had grown up. Felice took him shopping for furniture, which made him think of tombstones, and insisted that their flat must have a 'personal touch', a phrase Kafka hated. At the official engagement, he felt 'bound like a criminal'. His more than 500 letters and postcards to her betray an immense emotional neediness, a desire to know about her life which suggests a wish for control, and a strange lack of intimacy. He seems not to have known about the problems in the Bauer family with which Felice had to cope: her parents had been estranged for several years during which her father lived with his mistress; her brother was a swindler who eventually fled to America; and only Felice knew that her unmarried elder sister was pregnant. Although Felice's letters have not survived, it is safe to assume that she found Kafka, though attractive and interesting, also exasperating; she broke off the engagement on 12 July 1914, though they stayed in touch and got engaged again in July 1917.

Of Kafka's other relationships, that with Milena shows a similar pattern of casting himself as inadequate, though Milena was intellectually far more in sympathy with him, and his letters to her are far more confiding than those to Felice. Their keynote is insecurity, fear, and an extraordinary self-denigration. He compares himself to a man dying on a filthy bed who receives a visit from the Angel of Death, 'the most beatific of all angels'. This time, though,

5. Milena Jesenská.

we also have the woman's view of the relationship. Both during and after the relationship, she wrote about Kafka to Max Brod, complaining of his impracticality in small things like going to a post office counter, and of his naive admiration for other people just because they were competent (including Felice and even Milena's husband, the expert seducer Ernst Polak), but she also credited Kafka with a mystical apprehension of the world as infinitely strange, and paid tribute to his exceptional character:

> He also thinks he is the one who is guilty and weak, and yet there is nobody else in the world with his immense strength: this absolute, unchallengeable need for perfection, for purity and for truth.

A different pattern in Kafka's emotional life is his attraction to younger women who did not invite the helpless idealization that Felice and Milena did. Not much is known about Julie Wohryzek, whom he met on holiday in 1919. It was his father's disapproval of their brief engagement that provoked Kafka's 'Letter'. Once he was involved with Milena, Kafka ended things with Julie, to her distress: 'Are you really sending me away?' she said. Much more promising was Kafka's relationship with Dora Diamant, whom we now know to be as remarkable a person as Felice and Milena. Kafka met her on holiday in August 1923. Dora was then 25, 15 years younger than Kafka, and living independently in Berlin. She shared his increasing interest in Zionism and Jewish culture, and they planned to emigrate to Palestine, where they might open a restaurant, with Dora as cook and Kafka as waiter. It never happened, but she did help Kafka to break away from his family and from Prague, and to spend perhaps the happiest period of his life in Berlin before his tuberculosis caught up with him. Afterwards Dora became a noted actress and an active Communist (as did Milena), who emigrated first to the Soviet Union and then to Britain, dying in London in 1952.

Kafka's difficulties with relationships, documented in lengthy, often obsessive letters and diary entries, naturally bulk large in posterity's image of him. Some facile explanations have been suggested, including the claim that he was really homosexual. While this presupposes a rather crude notion of gender identity, there is no doubt that Kafka's imagination does have a homoerotic dimension. In life, he enjoyed literary and sporting meetings with all-male groups including his friends Max Brod and Franz Werfel (the portly boy wonder of Prague German literature). He was aware of the widespread celebration of male physical culture which found expression in the Wandervogel movement, which sent young people hiking across Germany, and he read with enthusiasm the book on male bonding by the Wandervogel leader Hans Blüher. On 20 November 1917 he writes merrily to Brod: 'If I add that recently I kissed Werfel in a dream, I shall fall right into Blüher's book.' In this circle, affection between men could be expressed, verbally at least, without embarrassment: thus in several letters Kafka thanks Brod for presents by saying 'I kiss you'. Homoerotic friendship clearly binds Karl Rossmann and the Stoker in the first chapter of *The Man Who Disappeared* (which Kafka had no scruples about publishing separately as *The Stoker*); the fragment 'On the Kalda Railway' places its protagonist in the centre of Russia in an isolation broken only by occasional visits from the Inspector which include homosexual embraces; and the culminating scene of *The Castle* includes K.'s dream in which a Castle secretary appears naked as a Greek god ('Greek' being a standard code for male homosexuality). Conversely, Kafka's fiction portrays heterosexual intercourse as frightening and nasty. In *The Man Who Disappeared*, the thuggish Klara makes sexual advances to Karl and then throws him down by 'ju-jitsu'. The animal-like Leni in *The Trial*, with her webbed fingers, seduces Josef K. by dragging him down to the floor and proclaiming: 'Now you belong to me.' Worst of all, in *The Castle* K. and Frieda make love among the puddles on the bar-room floor, and yet the latter encounter is described in lyrical language, suggesting that sex, though dirty, can also express love and self-loss. Kafka told Milena that his sexual drive made him feel like the Wandering Jew, 'senselessly drawn, senselessly wandering through a senselessly dirty world', but also that sex had 'something of the air that was breathed in Paradise before the Fall'. Passages like these show how pointless it is to put a label on Kafka's sexual imagination. Instead, one should read and re-read his writings on the subject, to appreciate the emotional honesty with which he holds together a range of feelings that are singularly hard to articulate.

'I consist of literature'

When Kafka contemplated marriage, the main obstacle was his devotion to writing. It is hardly possible to exaggerate how important writing was for him. He barely does so when he tells Felice (after she had shown his handwriting to a graphologist who had detected 'literary interests'): 'I do not have literary interests, I consist of literature, I am nothing else and cannot be anything else.' He feared that marriage would destroy the solitude he needed for writing. When she suggested that she could sit beside him while he wrote, he replied by fantasizing a life at a writing-desk in the innermost room of an extensive cellar, interrupted only by walks to fetch his meals from outside the cellar door. Even when solitude was available, writing was difficult and frustrating. Kafka's diaries are full of stories that peter out after a page or less, and of lamentations and self-reproaches at his inability to write. Only occasionally did he manage to write successfully and without conscious effort. The greatest such occasion was the night of 22–23 September 1912, when from 10.00 p.m. to 6.00 a.m. he sat at his desk writing *The Judgement* in a single sitting. 'That is the *only* way to write,' he told his diary next day, 'only with such coherence, with such complete opening of body and soul.' This literary breakthrough occurred a month after he first met Felice, and he told Brod that while finishing the story he thought of a powerful ejaculation; the story's last word is '*Verkehr*', which in the context means 'road traffic' but can also mean '(sexual) intercourse'. Was his sexuality, aroused by Felice, diverted into his writing?

Not only was successful writing an intensely pleasurable experience, but writing enabled Kafka to gain distance from the painful events

6. Kafka and Felice Bauer, 1917.

in his life. Often, an unpleasant experience spurred his creativity. Thus he wrote *The Trial* and *In the Penal Colony* in the months following the dissolution of his engagement, in a scene which he described in his diary as a 'tribunal' (anticipating the metaphor of justice which structures both stories), and began *The Castle* when his relationship with Milena was reaching its end. By writing, he could escape futile self-analysis through assuming a higher perspective. The consolation of writing, he noted in 1922, was that it enabled him to leap out of the 'line of killers', in which every action was immediately nullified by self-observation, and to create 'a higher kind of observation, a higher, not a sharper one, and the higher it is, the more inaccessible from the "line", the more it follows its own laws of motion, the more incalculable, joyous and ascending is its path'. In addition, he felt that his writing was more than self-therapy. It expressed its epoch. Admitting to his publisher in 1916 that *In the Penal Colony* was a 'painful' story, he explained 'that our epoch, and my time in particular, are very painful'. Latterly he interpreted his writing as an enigmatic mission. 'I can still have temporary satisfaction from works like *A Country Doctor*', he noted in 1917, 'assuming I achieve anything more of the sort (very unlikely); but happiness only if I can raise the world into the pure, the true, the unchangeable.' Whatever this means, it is clear that he attached more than personal importance to his writing.

In his devotion to writing, Kafka acknowledged a number of models and heroes. His literary blood-relatives, he said, were Flaubert, Dostoevsky, Kleist, and Grillparzer. He read them avidly, including their personal writings, and often identified with aspects of their lives. In the case of Grillparzer, Kafka was not interested in the plays that made him Austria's greatest dramatist, but in his story *The Poor Minstrel* (1846) about a sincere but misguided devotion to art, and in his long relationship with a woman whom he could never bring himself to marry. Dostoevsky's exile in Siberia contributed to the imagery of penal servitude and bound criminals that occurred to Kafka when he became engaged. As for Flaubert, two quotations seemed particularly applicable to Kafka himself. One was Flaubert's statement in a letter to George Sand on 9 September 1868 when he was struggling to finish *L'Education sentimentale*, Kafka's favourite among his works, 'My novel is the rock to which I cling, and I know nothing of what is happening in the world', which matched Kafka's own needy devotion to writing. The other is a remark recorded by Flaubert's niece Caroline Commanville (who visited Prague in 1909 and was interviewed by Brod). After Caroline had taken him to visit a married friend with a large family, Flaubert said ruefully: '*Ils sont dans le vrai*' – 'They are in the truth'. This perfectly conveyed Kafka's feeling of the immeasurable loss, as well as the gain, involved in his devotion to literature.

More generally, Kafka was an avid reader, and kept up with contemporary literature by subscribing to the *Neue Rundschau* (*New Review*), the leading literary periodical of its day. The *Review*'s taste was mildly conservative, like Kafka's. He did not care for the stridency of the young Expressionist writers. He admired precision, economy, and understatement, especially in short prose sketches such as those by Peter Altenberg and Robert Walser, and in short fiction like that of Chekhov and the early Thomas Mann. It may be surprising that he also enjoyed Dickens, but he was impressed by sheer overflowing energy, especially since he felt its lack. And his favourite books included boys' adventure stories, available in the series called *Schaffstein's Little Green Books*, including narratives by a German sugar planter and by a soldier who witnessed Napoleon's campaigns in Russia. He was also a keen cinema-goer who enjoyed a Western (*Slaves of Gold*), a thriller about prostitution (*The White Slave*), and a tear-jerker (*Little Lolotte*). A reference in a letter of January 1924 to Chaplin's *The Kid*, then showing in Berlin, leaves it tantalizingly uncertain whether Kafka knew at first hand the master of straight-faced slapstick whose work has so often been compared to his.

It is often thought that, spending almost all his life in Prague, Kafka was isolated from the European literary scene, whether

7. The Old Town Square in Prague.

geographically or linguistically. As a Jew whose native language was German, in a city and province where the majority language was Czech, he is sometimes said to have inhabited a threefold ghetto. That is not accurate. The German-speaking, largely middle-class minority in Prague had their own schools, theatres, and newspapers, and in 1882 the ancient Charles University had been divided into a German-speaking and a Czech-speaking institution, but the German-speakers, far from living in a single ghetto-like area, were interspersed with Czech-speakers, and one could not even have gone shopping without a working knowledge of Czech. Their numbers were dwindling: between 1880 and 1910 the population of Prague rose from 260,000 to 442,000, but the number of German-speakers (that is, of people who identified themselves thus on census forms) sank from 38,600 (14.6%) to 32,300 (7.3%). Kafka spoke, read, and wrote Czech fluently, though not perfectly, and sometimes attended the Czech National Theatre. His German had some peculiarities of the southern German language zone (such as 'mittagmahlen' and 'nachtmahlen' for having lunch and dinner), and some features peculiar to Prague (like 'paar' for 'ein Paar', a few), but he neither spoke nor wrote 'Prague German', a dialect imagined a century ago by German nationalists who thought that only country-dwellers, being close to the soil, could speak an authentic language and that city-dwellers must speak an etiolated and impoverished tongue. The German of his published texts is precise, correct, and modelled on classic German prose.

Kafka belonged to an important generation of German-language writers from Prague, including his friends Brod and Werfel, and the somewhat older Rainer Maria Rilke. Though they were citizens of the Austro-Hungarian Empire, the cultural centres that interested them were not Vienna, but Berlin and the publishing capital Leipzig. Rilke, considering Austria a backwater, moved to Berlin in 1897; Werfel moved to Leipzig in 1912. Brod's first novel, *Schloss Nornepygge* (1908), appeared in Leipzig and gained him a high reputation (now hard to understand) among the Berlin avant-garde. Kafka's first book, *Meditation* (1912), was published in Leipzig by Ernst Rowohlt, whose publishing house was then taken over by the young and enterprising Kurt Wolff, who specialized in promoting avant-garde writers, especially those from Prague. During his lifetime Kafka published seven small books: *Meditation*, *The Stoker*, *The Judgement*, *The Transformation*, *In the Penal Colony*, *A Country Doctor: Little Stories*, and *A Fasting Artist: Four Stories*. They brought him modest fame. Robert Musil, later well known for *The Man Without Qualities* (1930–43), wrote an appreciative review of *Meditation* and *The Stoker* in the *New Review*, of which he had just become editor, and invited Kafka to contribute, an invitation that Kafka had to decline because he had nothing suitable to hand. In 1915 the prestigious Fontane Prize for prose fiction was awarded to Carl Sternheim (now best remembered for his hilarious comedy *The Knickers*, 1911), who, being already a millionaire, was easily persuaded to pass the prize on to Kafka, whose work he admired. Authors often publicize their work by public readings: Kafka seems to have read from his own work only twice, presenting *The Judgement* on 4 December 1912 to a literary society in Prague, and on 10 November 1916 reading *In the Penal Colony* in the Goltz Art Gallery in Munich; the latter occasion was attended by Rilke, who complimented Kafka afterwards. So he was far from obscure during his lifetime, and the posthumous publication of his novels in the 1920s did not radically change his reputation. Although his books are popularly supposed to have been burnt by the Nazis in 1933, I can find no evidence that they paid any attention to him.

Kafka's international reputation began when Willa and Edwin Muir translated his works into English, beginning with *The Castle* in 1930. It took off more slowly in France: Alexandre Vialatte's translation of *The Trial*, *Le Procès*, appeared in 1933, his *Le Château* in 1938. The surge in his reputation as quintessential expositor of the spiritual plight of modern man is especially an Anglo-American phenomenon. It was famously formulated by W. H. Auden in 1941:

> Had one to name the artist who comes nearest to bearing the same kind of relation to our age that Dante, Shakespeare and Goethe bore to theirs, Kafka is the first one would think of.

Such a view is easy to criticize. It was encouraged by Max Brod's hagiographic memoir, first published in 1937 and translated into English in 1947, which portrayed Kafka as having a constructive spiritual message for distressed moderns, and it was exploited by Gustav Janouch in his *Conversations with Kafka*, first published in 1951, which are so shameless in making Kafka pontificate on modern ills that the few possibly authentic materials are submerged; Janouch's book, though often credulously cited as evidence of what Kafka really thought, is best regarded as spurious.

Nevertheless, Kafka's slender oeuvre has proved to be a modern classic. It can be read and re-read, always disclosing something new, and it offers material for every school of criticism, from existentialism and structuralism down to postcolonialism. The apparent versatility of his work confirms its greatness, for a classic work is precisely one that can be viewed afresh from every new angle. How Kafka's literary work shapes and articulates matters of pressing concern to his readers will be the subject of the following chapters. But it is not my aim to decode Kafka or say baldly what Kafka's work is 'about'. There is no way into Kafka except by reading Kafka and puzzling over Kafka. The next chapter will therefore consider, not so much what Kafka's texts mean, but rather how they ask to be read.

Chapter 2
Reading Kafka

Kafka as conservative modernist

Reading Kafka is a puzzling experience. Impossible events occur with an air of inevitability, and no explanation is forthcoming. Gregor Samsa is turned into an insect, without knowing how or why. Josef K. never learns the reason for his arrest. The other K. never reaches the Castle and does not understand why he cannot meet the official who (perhaps) summoned him there as a land surveyor.

Not only are the characters bewildered: so is the reader. As in the cinema, events are shown only from the viewpoint of the main character. With very rare exceptions, we see only what he sees. As early as 1934 Theodor Adorno wrote that Kafka's novels read like texts accompanying silent films. The reader's knowledge is similarly limited. We learn no more than the central character knows about his situation, and therefore share his bewilderment. When Josef K. has his bedroom invaded by a strange man apparently in uniform, or when he discovers that the Court offices are situated in attics, the reader is as surprised as he is. Nor (with very rare exceptions) is the reader given any additional information about the characters or their experiences. When we are told that Josef K. was 'inclined to take everything as easily as possible', we see, if we look closely, that this is actually part of Josef K.'s thoughts, not information given by the narrator, and therefore it is to be regarded with the same distrust as everything else that the defendant Josef K. says about himself.

Why does Kafka disorient the reader in this way? In part, he is taking to an extreme a widespread tendency of modern literature. Many years ago Roland Barthes distinguished modern from earlier literature by asserting that the former produces writerly texts (*textes scriptibles*), the latter readerly texts (*textes lisibles*). By a 'readerly text' Barthes meant one for which an authoritative interpretation already exists and has simply to be accepted by the reader, whereas a 'writerly text' has no definite interpretation and invites the reader to participate actively in making sense of the text. Barthes in turn adapted this distinction from Brecht, who claimed that all theatre before his own was 'culinary', requiring the spectator simply to sit back and consume the drama in a passive emotional trance, whereas Brecht's own theatre demanded active involvement from a spectator who should be critical or even outraged. Of course, both Brecht and Barthes were indulging in polemical over-simplifications. Nineteenth-century realism, the target of Barthes's enmity, demands a much more alert and attentive reading than he was willing to admit. But one can see the point of his distinction if one thinks of Dickens or Trollope, in whose writing good and bad characters are for the most part easy to identify. In such a modernist text as Conrad's *Lord Jim*, however, character and motivation are ambiguous. The question why Jim jumped ship, abandoning the passengers to likely death, cannot be explained by any simple moral or psychological scheme, and to explore it Conrad needs his narrator, Marlow, who mediates between the enigmatic Jim and the puzzled reader.

Kafka may be compared to Conrad in that both are conservative modernists, indebted to 19th-century models, providing superficially readable narratives, but perplexing the attentive reader with psychological and epistemological enigmas. Kafka, like Conrad, focuses on uncertainty, ambiguity, perplexity. Unlike

Conrad, however, he has no Marlow figure, no narrator to conduct inquiries on behalf of the reader. If one is puzzled by Kafka, it is not because one has somehow missed the point: Kafka's texts *are* puzzling. And they are so because uncertainty and perplexity are essential features of the reality Kafka is writing about. His first book, the collection of short prose sketches entitled *Meditation*, includes 'The Passenger', the first paragraph of which runs:

> I am standing on the platform of the tram and am entirely uncertain with regard to my place in this world, in this town, in my family. Not even approximately could I state what claims I might justifiably advance in any direction. I am quite unable to defend the fact that I am standing on this platform, holding on to this strap, letting myself be carried along by this tram, and that people are getting out of the tram's way or walking along quietly or pausing in front of the shop windows. – Not that anyone asks me to, but that is immaterial. [translation modified]

The juddering platform of the moving tram provides a metaphor for the lack of any fixed reference point either in the immediate setting of the family or the outermost horizon represented by 'the world'. And as the German original specifies that it is an electric tram (in contrast to the earlier horse-drawn trams), this uncertainty appears to be something new, characteristic of modernity. Beside his lack of bearings and his deficient sense of belonging, the speaker feels a strange need for justification, expressed in oddly official, legal language: 'in regard to', 'approximately', 'advance claims', 'defend'. He cannot 'defend' the most casual action, like strap-hanging in the tram. Nor can he 'defend' the casual behaviour of the people in the streets. Why should such things need defending? We are not told, but it is typical of Kafka that by using a word that seems inappropriate to its context he should evoke a different way of looking at the familiar world. Perhaps the world is not just an assemblage of people and objects, but also an entity requiring some – moral? legal? religious? – justification for its existence, and that justification has now vanished, or become impossible to find. In this unassuming paragraph we can find the seeds of *The Trial*, in which an average professional man is called to account before a mysterious Court, and of *The Castle*, in which another professional man tries vainly to obtain assurance about his place in society.

The sketches in *Meditation* evoke a mood rather than tell a story. Kafka's task was to give this uncertainty a narrative equivalent, and he managed it in the text that for him marked a literary breakthrough, *The Judgement*, written in September 1912. At first, the story appears to be a realist text, set in a world that obeys familiar rules of time, space, causality, and coherence. A young man, already a successful businessman, is writing to a friend in Russia about his engagement. Nothing extraordinary there, though we might wonder about the emotional block that has prevented Georg from breaking the news to his friend until now. Having finished the letter, Georg goes to the back of the flat to show the letter to his old and infirm father. Although his father's responses seem slightly off the point, there is nothing really surprising until he asks Georg the question: 'Have you really got this friend in St Petersburg?' Instead of giving a straight answer, Georg seems to interpret this question as a reproach for neglecting his father by planning to get married. With every appearance of loving care, he picks up his father, carries him to bed, and tucks him up. Then comes the change: Georg's father, previously decrepit, leaps upright on the bed, towers over Georg, and accuses him of all manner of selfish and ruthless behaviour towards his parents and his friend. Finally he sentences the increasingly helpless Georg to death by drowning, and Georg rushes out of the flat to the nearby river and jumps off a bridge. By now realism has been left behind. The father's recovery of strength is realistically impossible; the behaviour he ascribes to Georg sounds like a paranoid fantasy; the very existence of the friend in Russia is in doubt; and the death sentence, and its execution, defy belief. Yet the events, as they unfold rapidly, carry absolute conviction. When old resentments suddenly surface, any material, irrespective of its factual truth, will serve to express their emotional passion. We are now in the territory of Expressionism, the German variant of modernism, which sought not to depict familiar reality but to disrupt it in order to portray forces underlying it through powerful images. The image of the father in his night-shirt, at once accuser and judge, too terrifying to be ridiculous, is as memorable as anything the Expressionists invented. And the verdict he pronounces on his son explicitly distinguishes between surface reality and a deeper truth: 'You were an innocent child, it's true, but it's even more true that you've been a devilish human being!'

To explain how Kafka puzzles the reader in *The Judgement*, we could think of a fictional contract. Normally a writer enters into an implicit contract with the reader about the kind of text that will be supplied. The title and the opening sentences usually indicate whether we are getting (for example) an autobiographical tale, a romance, a mystery, or an adventure story, and what laws will govern its fictional reality: whether it will stick to our normal standards of plausibility, or whether it will include ghosts, fairies, or aliens. The expectations thus established are what we call the genre and mode of a literary work. Kafka breaks his fictional contract. He first makes us think that *The Judgement* is a realist text, then turns it into an Expressionist nightmare. And this breach of faith with the reader is not merely wanton. It corresponds to a real uncertainty about what sort of world we are living in. Can the world be adequately represented by the realism of the opening, with the businessman's reflections on his marriage plans and his financial success ('the turnover had increased fivefold')? Are there not aspects of reality that cannot be calculated in this way, and cannot be represented by this surface realism – passion, envy, hatred? The reality of passions needs Expressionist images of power and conflict. And beyond that, there may be another aspect of reality, signalled by the father's godlike role as judge and by such textual hints as the maidservant's cry 'Jesus!' when Georg rushes downstairs on his way to execute himself. But the religious element in the story is not expressed in any coherent way. A mode of writing that coherently relates earthly events to the timeless realities of religion is called allegory. But Kafka does not write allegory. It would be impossible, for example, to read *The Judgement* as an allegory in which Georg stands for Jesus. Yet even if literature no longer has any coherent way of representing such realities, that does not mean that they no longer exist or no longer have any claim on our attention. They therefore appear in Kafka's writing as a series of hints and allusions which fracture the surface of the text and remind us yet again that any literary mode is only a provisional and inadequate way of representing reality.

In *The Judgement*, then, Kafka defies the expectations of readers that a text will have a stable relation to reality – that it will stay in the same literary mode throughout. Instead, Kafka begins in the realist mode and moves to the Expressionist mode, with hints of a further reality that neither can accommodate. The resulting bafflement corresponds to a perplexity about the kind of world we do in fact live in. Can the world be calculated and predicted, as is assumed by the young capitalist Georg (and by the realist novel, which developed together with capitalism)? Is the world ruled by powerful, unpredictable emotions, based in the biological realities of family life? Is our world connected to another, timeless reality which can be represented by the language and symbols of religion? Anyone might be puzzled by these questions, especially as the answer to all three may be yes. Kafka has not supplied an answer; he has found a fictional means of keeping all three questions open.

Realism and/or Expressionism

Two months after completing *The Judgement*, Kafka set to work on *The Transformation*. While the earlier story began in the realist mode and moved into the Expressionist mode, *The Transformation* deploys both simultaneously.

> When Gregor Samsa awoke one morning from troubled dreams he found himself transformed in his bed into a monstrous insect. He was lying on his hard shell-like back and by lifting his head a little he

could see his curved brown belly, divided by stiff arching ribs, on top of which the bed-quilt was precariously poised and seemed about to slide off completely. His numerous legs, which were pathetically thin compared to the rest of his body, danced helplessly before his eyes.

The huge insect is as striking an image as those devised by Expressionist painters, poets, and playwrights. Franz Marc's blue horses, the savage gods in Georg Heym's poems 'War' and 'The God of the City', or the dictatorial Engineer in Georg Kaiser's play *Gas* all demand that we look through the familiar surface of reality to discern the forces churning beneath it. The insect image may similarly suggest that, just as Georg Bendemann was truly 'a devilish human being', Gregor is truly an insect – disgusting to himself and others, despised, in constant danger of being crushed by his oppressive family and employers. But while Expressionist writers convey their visions through strident verbal violence, Kafka's language is remarkably sober and descriptive. Even the word 'monstrous' primarily denotes the insect's size. Its back, belly, and legs are described in such meticulous, almost scientific detail that some readers – notably Vladimir Nabokov, who was an entomologist as well as a novelist and critic – have been moved to draw the insect and to speculate about its species. So we have an Expressionist image conveyed in realistic detail. Similarly, the reactions of Gregor's family to the impossible but undeniable transformation of their son and brother are remarkably matter-of-fact. They confine him to his room, swear the servants to secrecy, try to find out what he will now eat, and use his room to store junk. And finally, with an all-too-human illogic, they conclude that the insect is not, or no longer, Gregor and collude in its/his death.

However, Kafka's compromise between realism and Expressionism is tilted a little further away from realism. In calling the transformed Gregor an 'insect', the translator and I have been cheating. The word Kafka uses is *Ungeziefer*, a much vaguer term meaning 'vermin' or a 'pest', connoting harmfulness and nastiness rather than identifying any actual creature. The description, if we read it attentively, does not quite make sense. If his belly is arched, then, when he crawls, how do his little legs reach the ground? Moreover, Kafka insisted to his publisher that the 'insect' (as he did call it in a letter) could not and must not be depicted. The cover illustration for *The Transformation* instead shows a young man staggering away from the door that leads into a dark room, an image that does not actually match any event in the text. Unlike Conrad, who famously wrote (in the Preface to *The Nigger of the 'Narcissus'*, 1897) 'My task [. . .] is, before all, to make you *see*', Kafka does not want to make us see but to bewilder us in our attempts at fictional visualization.

Moreover, the description of Gregor's invertebrate body is less neutral than the term 'realism' might imply. His little legs look 'helpless' and 'pathetic'. The bed-quilt is comically poised atop his belly, about to slide off – a cartoon-like detail, recalling how the transformed father in *The Judgement* 'flung back the blanket with such force that for an instant it unfurled flat in the air'. So the description is charged with emotions of a sort difficult to reconcile. Pathos and comedy together point towards a subdued black humour. It is not so much *what* you see, but *how* you see it, that concerns Kafka. And that too is a complex matter. Gregor registers his transformation without being able to assimilate such a revolution in his existence. His next action is to look out of the window, notice the rain, and feel quite melancholy, as if the weather were his worst problem. The following pages recount in minute detail how Gregor, summoned to work, promises (in an unintelligible animal-like voice) to get up, and struggles out of bed and to the door, manipulating his unfamiliar body without consciously realizing what he is doing. The focus of the story is not so much the transformation as Gregor's delayed response to his transformation.

This focus confirms Kafka's distance from realism. Realism presupposes an agreement on what reality is. Even though, as

George Eliot says in *Middlemarch*, it is always seen from 'an equivalent centre of self, whence the lights and shadows must always fall with a certain difference', a consensus exists on the nature of the world that is seen. In Kafka, that consensus has vanished, and seeing becomes problematic. There is no longer a stable reality out there, on which the realist text can offer a window. There are only versions of reality, which may be profoundly inadequate or mistaken, and the narrative focuses on the protagonist's consciousness and his or her attempts to make sense of the world.

Kafka shows his distance from mimetic realism by his treatment of pictures and photographs. In *The Trial*, Josef K. is shown a portrait of a judge, a powerful, bushy-browed figure half rising from his throne as though in denunciation, but then learns that the portrait merely follows convention, the actual judge being a tiny man who sits on a kitchen chair covered with a horse-blanket. K. in *The Castle* sees a photograph showing a Castle messenger: at first the young man appears to be lying immobile on a couch; closer inspection reveals that he is leaping over a high horizontal bar in his haste to deliver his message. Even the camera provides no reliable account of the world. Its pictures need to be interpreted as much as any other message.

How much is at stake in this epistemological uncertainty can be seen from the humorous tale 'The New Advocate', written in January 1917 and published in the modestly titled collection *A Country Doctor: Little Tales* (1919).

This is another tale of transformation, only Bucephalus has moved in the opposite direction from Gregor. While Gregor has regressed from human to insect form, Bucephalus has advanced from being a war-horse to being a human lawyer. Or has he? There is 'little to recall' his career as a charger; only 'a thing or two' distinguishes Bucephalus from a human; yet he raises his

The New Advocate

We have a new advocate, Dr Bucephalus. In his outward appearance there is little to recall the time when he was still the war-horse of Alexander of Macedon. Anyone who is familiar with the circumstances will notice a thing or two, of course. But the other day, on the forecourt steps, I even saw a quite simple usher lost in admiration as he watched the advocate, with the expert eye of the regular racegoer, climbing up with a high-stepping tread that made each of his steps ring out on the marble.

On the whole the admission of Bucephalus meets with the approval of the Bar. With remarkable insight people tell themselves that Bucephalus is, given the present order of society, in a difficult position, and that he deserves for that reason, as well as on account of his historical importance, at least a sympathetic reception. Today – it cannot be denied – there is no Alexander the Great. There are indeed plenty of those who know how to murder; even the skill required to spear a friend across the banqueting table is not lacking; and many find Macedonia too constricting, so that they curse Philip the father – but no one, no one can lead the way to India. Even in those days the gates of India were beyond reach, but the royal sword pointed to where they stood. Today the gates have been carried off to some quite other, remoter and loftier places; no one shows the direction; many hold swords in their hands, but only to brandish them, and the eye that tries to follow them grows confused.

So perhaps it really is best to do what Bucephalus has done, and immerse oneself in the books of the law. Free, his flanks unconstrained by the grip of his rider, in the still light of the lamp, far from the din of the Battle of Issus, he reads and turns the pages of our ancient books.

legs high like a horse, his steps 'ring' as though his hooves are still shod, and a regular racegoer is able to admire his equine qualities. As he sits studying his legal tomes, he feels his 'flanks' free from 'the grip of his rider'. To inquire further – to ask, for example, how he turns the pages with his hooves – would spoil the joke.

The serious questions underlying the joke become apparent as the story's tone moves from fussy officialese to elegiac regret. First, the impossibility of visualizing Bucephalus corresponds to the impossibility, since Darwin, of distinguishing finally between human beings and animals, and hence of defining what it is to be human. Gregor may have slid down the evolutionary ladder, Bucephalus may have mounted up it: for both it is a continuum, with no line marking off humanity as distinct. Kafka grew up with the assumptions of modern evolutionary science, which asserted the unity of nature as a realm dominated not by a divine plan but by immanent natural laws. At the age of 16, Kafka read Darwin's *The Origin of Species* and Haeckel's *The Riddle of the Universe*. Ernst Haeckel was one of the chief exponents of Darwinism in Germany, grafting it onto a well-established body of evolutionary assumptions that went back to the Romantic alliance between science and philosophy. These assumptions were shared with Nietzsche, who polemicized against Darwin's particular version of evolutionism. Nietzsche maintained that the motor driving evolution was not the individual's relation with its environment but an innate will to power which set one organism in conflict with another. While Haeckel gave a relatively mild, progressivist version of evolutionary theory, Nietzsche emphasized conflict, struggle, and mastery. Nietzsche also explores the consequences of evolutionary monism: if the physical universe is a single unit, there can be no categorical division between humanity and the rest of nature. Man is just another animal. He differs from the others in being fluid, malleable, imperfectly adapted to his environment, and hence without the health that characterizes all other animals:

> For man is more sick, more uncertain, more mutable, less defined than any other animal, there is no doubt about that – he is *the* sick animal.
>
> (*The Genealogy of Morals*, III 13, emphasis in original)

Second, Bucephalus is a survivor from a more heroic past. In 'the present order of society' there is no room for heroes. Only the base or commonplace aspects of the heroic age have survived, like 'the skill required to spear a friend across the banqueting table', as Alexander did his friend Cleitus, and the wish to escape from Macedonia (Alexander's kingdom, here used in a half-metaphorical way). This historical pessimism is an increasingly frequent motif in Kafka. At the end of 'A Country Doctor', the doctor is alone and unprotected in a desolate snow-covered landscape, 'naked, exposed to the frost of this unhappiest of ages'. We hear repeatedly of decline: in 'A Fasting Artist', the great age of starvation-artists is past; in 'Investigations of a Dog', the dogs have forgotten the true world they once knew; and the story *In the Penal Colony* shows the Officer recalling a glorious past under the Old Commandant.

Third, Alexander the Great is missed because, though his personal greatness was flawed, he could at least give a clear direction to reality by pointing his sword at the gates of India. The 'gates of India' are here a metaphor for another reality, beyond and outside our familiar world. Nowadays we do not know even where to look for it. In a democratic age, many people try to assume Alexander's leadership role by pointing their swords, but they cannot agree where to point and only wave their swords about aimlessly, presenting a spectacle which the eye cannot take in – 'the eye that tries to follow them grows confused'. As in 'The Passenger', the modern world provides no steady point of reference.

In representing Dr Bucephalus as unrepresentable, Kafka intimates a deep scepticism about whether words can ever represent the world, whether art can express the truth. 'Art flies round the truth,

The Top

A philosopher always hung about where children were playing. And as soon as he spotted a boy with a top, he lay in wait. Scarcely had the top begun to spin than the philosopher would follow it in order to catch it. He was not troubled by the children's shouts and their attempts to keep him away from their toy; if he caught the top while it was still spinning, he was happy, but only for a moment, then he would throw it onto the ground and go away. For he believed that the knowledge of any detail, such as a spinning top, would suffice for knowledge of the universal. Therefore he did not spend his time with the great problems: that struck him as uneconomical. If the tiniest detail could really be known, then everything would be known, and therefore he spent his time only with the spinning top. And whenever the preparations had been made for spinning the top, he hoped it would now work, and when the top was spinning, he ran after it breathlessly, his hope became certainty, but when he held the stupid piece of wood in his hand, he would feel sick, and the shouting of the children, which he had not heard before and which now suddenly assailed his ears, chased him away, he reeled like a top spun by an unskilful whip.

determined not to get burnt', runs one of his aphorisms. His scepticism finds expression in the little story 'The Top'.

The philosopher seeks knowledge of the world. The tiniest part of the world will suffice to give him knowledge of the whole. The trouble is, the world does not stand still. It is in constant motion, like the spinning top, and will not stop for the philosopher to scrutinize it. If you stop the world, as the philosopher does the top, it no longer tells you anything. So the philosopher can never obtain the knowledge he seeks, and is driven away by the children, who with their noise and play are closer to ever-moving life than he is.

Kafka's verbal art

As these examples show, Kafka was an artist in words, and his texts need careful reading. Reading them in translation is like seeing a painting reproduced in black and white. Translation inevitably obscures key words that gather associations each time they recur. One such word, already mentioned, is *Verkehr*, which occurs at significant points in *The Judgement*. We are first told that Georg Bendemann's friend in Russia has '*keinen gesellschaftlichen Verkehr*' (no social intercourse) with the locals. Later we learn that Georg has not needed to go to his father's room for months, '*denn er verkehrte mit seinem Vater ständig im Geschäft*' (for he had constant dealings with his father in the business). This implies that Georg's 'dealings' with his father are no different from his social and business contacts, makes him sound cold, and begins to erode the contrast previously implied between the sociable Georg and his isolated friend. Finally, as he falls to his death, '*ein geradezu unendlicher Verkehr*' crosses the bridge. Here '*Verkehr*' primarily means 'traffic'; accumulating references to Georg's sexual greed make one think of another possible meaning, 'sexual intercourse'; and from its previous occurrences it has acquired the implication of a whole world of social intercourse from which Georg is excluded, by his death and earlier perhaps by his egotism.

Though Kafka rewards close reading, critics have sometimes tried to use his word-play as a crude key to his meaning, or have imagined word-play that is not there. A cliché of Kafka interpretation finds puns in such words as *Verfahren*, which in *The Trial* has its usual sense of 'legal procedure', but which is supposed also to suggest *ver-fahren*, 'to go awry'. In *The Castle*, K.'s profession of land surveyor (*Landvermesser*) is said also to suggest *Vermessenheit*, 'presumption'. However, these are at most potential puns. Kafka does nothing to call them to the reader's attention. I suspect that the critics who discern them are familiar with the etymologizing practised by the philosopher Heidegger, who loved to extract new meaning from German words by separating their components (for example *er-innern*, 'to remember', suggests also 'to internalize'), and that they have mistakenly attributed this technique also to Kafka.

Likewise, there has been much speculation about characters' names. Kafka himself noted that 'Bende-' and 'Samsa' had the same pattern of vowels and consonants as Kafka. Given Kafka's knowledge of Czech, it is tempting to associate Samsa with the Czech *sám*, 'oneself'; Klamm in *The Castle* with *klam*, 'illusion'; and Lasemann with *lázen*, 'bath', though these meanings only reinforce what the text already conveys. Names taken from the classics (Momus) or the Bible (Galater, a Castle official whose name comes from St Paul's epistle to the Galatians) have encouraged elaborate but inconclusive interpretations. Some may just be jokes. Momus was the Greek god of mirth; but when Kafka's Momus solemnly announces his name, 'everyone suddenly became very serious'. There is certainly a vulgar joke in *The Trial* in the name Fräulein Bürstner, which can be rendered in English as 'Miss Scrubber'.

Finally, Kafka indulges in private allusions, which the reader need not understand. Knowing that his surname meant 'jackdaw' (*kavka* in Czech), he introduces many allusions to jackdaws, crows, and ravens. The hero of the early fragment *Wedding Preparations in the Country* is called Eduard Raban (German *Rabe*, 'raven'). The hunter Gracchus, who has been trapped between life and death since the 4th century, bears the name of a famous Roman family meaning 'jackdaw'. When K. first glimpses the Castle, it is surrounded by crows.

Even when plausible, these allusions do little to help us understand Kafka's texts. Critics who rely on them often seem to want a key which will give immediate access to Kafka's texts without needing to read and appreciate Kafka's written words. They seek to decode Kafka's texts rather than to understand them. Understanding should be envisaged, not as the discovery of a meaning which can be summed up in a sentence, but rather as Conrad describes Marlow's stories in *Heart of Darkness* (1902): 'to him the meaning of an episode was not inside like a kernel but outside, enveloping the tale which brought it out only as a glow brings out a haze'.

Some of Kafka's work is incomplete. He was dissatisfied with his three novels because they were unfinished. But they are incomplete in different ways. In *The Man Who Disappeared* the action breaks down into episodes, the most substantial being the 'Theatre of Oklahoma' chapter (Kafka spelt it 'Oklahama'). With *The Trial*, Kafka, knowing his tendency to digress, began by writing the first and last chapters, dealing with Josef K.'s arrest and his execution, and then wrote the rest, putting each chapter into a folder and indicating its contents but not its place in the sequence. Several chapters are unfinished, some of them incompatible with the action in the main body of the novel. English translations of *The Trial* that omit these fragmentary chapters make the novel seem more coherent than it really is. The order even of the completed chapters cannot be finally determined because the available indications contradict one another. *The Castle*, by contrast, has a continuous, though very expansive, narrative line, but does not reach a clear conclusion. Kafka was not content to leave his novels as fragments. He regarded them as failures. There is no reason to doubt Kafka's sincerity in instructing Brod to burn them, but if Brod had obeyed, instead of publishing them and taking the manuscripts with him on the last train to leave Prague before the Nazi occupation of Czechoslovakia in 1939, 20th-century literature would look very different.

Kafka relies on hints and suggestions. In revising *The Castle*, he excised sentences that showed K. clearly aware of his own motives. Thus Kafka originally made K. perceive the futility of his conflict with the Castle by reflecting: 'In this way I was fighting not the others but rather myself.' Going over the manuscript, however, Kafka deleted this sentence, leaving this conclusion to be drawn by the reader and thus, as usual in modernist literature, assigning the reader a more active role.

The reader of Kafka often catches characters betraying themselves out of their own mouths. Thus the Village Mayor in *The Castle* explains to K. that though he has been summoned as a land surveyor when the village has no need for one, this may be a misunderstanding, but it can scarcely be an error. The excellent organization of the Castle bureaucracy does not allow for the possibility of error. The authorities have 'control authorities' to monitor their work.

> Are there control authorities? There are nothing but control authorities. Of course, their purpose is not to uncover errors in the ordinary meaning of the word, since errors do not occur and even when an error does in fact occur, as in your case, who can say conclusively that it is an error?

Moreover, since each control bureau is monitored by others, the first may acknowledge an error,

> but who is to say that the second control bureaux will form the same judgement and then the third and subsequently the others?

We have a picture of innumerable offices so busy monitoring one another that no actual work gets done.

In *The Trial*, the Advocate explains to his client Josef K. that the Court does not admit defence lawyers to its hearings, but denies that this makes defence lawyers redundant:

> The aim was to eliminate all defence, the accused man must be left to his own devices. Basically not a bad principle, but nothing would

> be more mistaken than to infer from this that advocates for the defence were not necessary at this court.

When Josef K.'s landlady says she thinks his arrest is 'something scholarly', K. hastens to agree with her, but in doing so he twists her words:

> I too share your opinion to some extent, but I judge the whole thing more strictly than you and I consider it to be not even scholarly but nothing at all.

In these cases, the illogic is not just intellectual folly: it is increasingly self-serving. The Village Mayor cannot admit the fallibility of the authorities on whom his position depends; the Advocate wants to gain power over clients, even though he can do nothing for them; and Josef K., in denying that his arrest means anything, is repressing his latent sense of guilt.

The above examples also illustrate Kafka's humour, something for which he receives too little credit. Sometimes, as here, his humour consists in the exposure of self-serving illogic. Sometimes it circles around a paradox, as in the description of the indescribable Bucephalus. Kafka's love of paradox often issues in wit; most devastatingly, on his deathbed he asked for euthanasia, saying: 'If you don't kill me, you're a murderer.' Sometimes Kafka exploits the figure of regress, as when the Village Mayor asserts that not only are the authorities monitored, the authorities do nothing but monitor one another; or in the diary entry in which Kafka, feeling he has to build up his life from the beginning, compares himself to a theatre director:

> A theatre director who has to create everything from scratch, he even has to father the actors. A visitor is denied admittance on the grounds that the director is engaged in important theatre business. What is it? He is changing the nappies on a future actor.

Often his humour takes the form of the gratuitously specific detail, as when Gregor Samsa recalls his love life:

> a chambermaid in one of the provincial hotels – a sweet and fleeting memory–, a cashier in a hat shop, whose affections he had earnestly but too leisurely courted.

Kafka also has some knockabout humour, as in Karl's misadventures in *The Man Who Disappeared*, the antics of the assistants in *The Castle*, or the first chapter of *The Trial*, in which the guards keep bumping into the increasingly flustered Josef K. as he searches for his papers and can find at first only a bicycle licence. Max Brod reports that when Kafka read this chapter aloud, he and his listeners were convulsed with laughter, and if one reads it as the discomfiture of a pompous official, it is not hard to understand this reaction.

However, *Humor* (humour) in German denotes neither comedy nor wit, but a resigned acceptance of life's imperfections. Such a gentle, playful humour pervades Kafka's letters, especially those to Brod and other male friends, and is frequent also in his tales. Thus in 'A Problem for the Father of the Family', the narrator is mildly worried about the mysterious creature named Odradek who haunts his house, laughing with 'the sort of laughter that can be produced without lungs [. . .] like the rustling of fallen leaves'. Here, as so often, humour comes at the expense of the humourless. Just as the stuffy Josef K. and the authoritarian K. are discomposed by the two guards and the two assistants, so the conventional father of the family is worried by having a being in his house for whom he cannot account. A story Kafka never published, 'Blumfeld, an Elderly Bachelor', shows the lonely, grouchy Blumfeld being disconcerted one evening when he returns from work to his normally empty flat and finds it occupied by two celluloid balls that persist in bouncing. In order to get some sleep, Blumfeld has to trap them in his wardrobe. Although the story is incomplete, one can discern some connection between the two balls and the two irrepressible clerks in

Blumfeld's office who keep larking about despite his scowls. In all these cases, humour comes from the reluctance of the main character to admit something alien into his life.

A related type of humour comes from a change of perspective. From the perspective of the Court, Josef K. is far less important than he is in his own eyes. He is even asked, humiliatingly, whether he is an interior decorator, to which he replies with indignation: 'No, I am senior administrator in a large bank', thus provoking inexplicable laughter. In Kafka's last story, 'Josefine, the Songstress or: The Mouse People', the pretensions of an artist (of *the* artist?) are satirized by a reflective narrator who broods over the paradox that the admired singer Josefine does not sing but only squeaks like all the other mice. Though she thinks herself the saviour of her people, she is only the mouthpiece through which the spirit of the mouse nation reaches each individual. 'May Josefine be spared the awareness that the fact that we listen to her is a proof that she is no true singer', concludes the narrator, revealing a perspective from which the would-be artist Josefine is self-deluded, childish, and indulged by the generosity of her fellow mice. The narrator's grave humour thus gradually strips away Josefine's pretensions. This strange mixture of gentle humour, relentless questioning, and sadness forms an emotional tone much more characteristic of Kafka than the horror and bafflement usually associated with the term 'Kafkaesque'. Through his humour, Kafka has introduced a new tone into literature, like a new mixture of colours or a new musical note.

Chapter 3
Bodies

The modern body

'When Gregor Samsa awoke one morning from troubled dreams he found himself transformed in his bed into a monstrous insect.' This must be Kafka's most famous sentence. But, like many Kafka sentences, it is full of puzzles. Gregor's body is transformed, but his mind remains human: is 'himself' synonymous with his body, as opposed to his mind? And Gregor does not exactly 'find' himself transformed: rather, although he sees his brown belly and numerous legs, he fails to register this incomprehensible fact. After briefly wondering 'What has happened to me?', he reverts to the consciousness of a busy commercial traveller who has to get up early on a wet morning to catch the 5 o'clock train.

By inserting the mind of a harassed employee into the body of a huge insect, Kafka has dramatized the division between the mind and the body which is a central theme of Western culture. Building on the long-standing Christian dualism of soul and body, the philosophical tradition of rationalism, whose best-known landmark is Descartes, distinguished sharply between the mind, the disembodied site of reason, and the body, the domain of sensations and feelings. The body had to be subordinated to the mind, reshaped by an intellectual discipline, and feeling had to be subject to reason. The authority of the mind over the body was externalized by clothes: by the stiff collars that forced the Victorian man to keep his head firmly upright, and the corsets that constrained his wife's body. In the late 19th century, however, the body found its philosophical spokesman in Nietzsche, whose work the younger generation throughout Europe, including Kafka, read avidly from the 1890s onwards. In his prophetic book *Thus Spoke Zarathustra* (1884), Nietzsche proclaimed that the faculty known as mind or intelligence was merely a small part of the great, instinctive intelligence residing in the body (see box overleaf).

Following Nietzsche's summons, much modern literature explores our bodily existence. The greatest such undertaking is Thomas Mann's *The Magic Mountain* (1924), an epic of illness, in which Hans Castorp explores, among much else, the wonders of medical science during his seven-year stay in a Swiss sanatorium. Allowed to see the X-ray image of his own hand, he is at once alienated from his own body, seeing it as a skeleton whose flesh has been dissolved away, and reconciled to it, for the sight convinces him that he will die and enables him to accept his own mortality.

The modern sensibility that Kafka shares, however, not only accepts the body's death but, by so doing, finds new value in the body's life. Many of Kafka's contemporaries opposed the 19th-century tendency to conceal the body under layers of clothing and distort its shape by corsetry. They advocated the frank and unashamed acceptance of the naked body as genuine and natural. The nudity of Greek sculpture need not be confined to museums but could be a practical ideal for modern man, though the modern body should not have the whiteness of marble but be bronzed by the sun. Nudism, though only possible in limited spaces, was presented as the highest form of healthy living. Reformers also recommended practical and comfortable clothing that allowed the body to breathe, and urged people to flee from insanitary cities to specially designed garden suburbs like Hellerau near Dresden (where Kafka's sister Elli considered sending her son to a progressive school). The cult of the natural also inspired the Wandervogel movement, by virtue of

Of the despisers of the body

I wish to speak to the despisers of the body. Let them not learn differently nor teach differently, but only bid farewell to their own bodies – and so become dumb.

'I am body and soul' – so speaks the child. And why should one not speak like children?

But the awakened, the enlightened man says: I am body entirely, and nothing beside; and soul is only a word for something in the body.

The body is a great intelligence, a multiplicity with one sense, a war and a peace, a herd and a herdsman.

Your little intelligence, my brother, which you call 'spirit', is also an instrument of your body, a little instrument and toy of your great intelligence.

You say 'I' and you are proud of this word. But greater than this – although you will not believe in it – is your body and its great intelligence, which does not say 'I' but performs 'I'.

Nietzsche, *Thus Spoke Zarathustra*, tr. R. J. Hollingdale (Harmondsworth: Penguin, 1961)

which thousands of young men and women went hiking through Germany, sleeping in the open air. Kafka himself was keen on rowing, swimming, and hiking. His friend Brod recalls:

> Kafka and I were keen hikers. Every Sunday, often Saturdays as well, we were in the forests surrounding Prague whose beauty

encouraged a cult of innocence and enthusiasm. [. . .] We swam in the forest streams, for Kafka and I lived then in the strange belief that we had not possessed a countryside until a nearly physical bond had been forged by swimming in its living, streaming waters.

(Max Brod, *Streitbares Leben*, quoted in Mark Anderson, *Kafka's Clothes* (Oxford: Clarendon Press, 1992), p. 76

Kafka did gymnastic exercises twice daily, naked, in front of an open window. He urged his fiancée Felice to exercise as well, and to learn to swim. In his pursuit of healthy living he became a vegetarian (something far more eccentric then than it is now), and even followed a special method of chewing his food known as '*fletschern*' after its American propagator Horace Fletcher. In the summer of 1912 Kafka spent two weeks at the nudist colony Jungborn in the Harz Mountains in Germany. At Jungborn, nudity was part of a programme of physical and spiritual renewal, with group exercises, lectures on vegetarianism and clothing reform, and open-air Christian religious services. Harmony was sought between the body and the soul. In its programme of renewal through the body, the Jungborn colony anticipated the cult of the body that spread across Europe in the 1920s and is now central to modern culture. Throughout North America and Western Europe, it has been argued, the care of the body through dieting and sunbathing has replaced the attention formerly given to the soul, and regular workouts at the gym or health club occupy the ritual space vacated by the practice of church-going.

In Kafka's case, however, this physical activity does not indicate an untroubled acceptance of his body. It is one side of a deep ambivalence. The other side finds expression in constant complaints in his diary about his thin, unhealthy body, which he fears is too long for his weak heart to be able to pump blood through it. Some alarming diary entries imagine a hideous punishment being inflicted on his body. Thus on 4 May 1913 he compulsively imagines the kind of circular blade that cuts meat into strips rapidly slicing into his body. A letter he wrote to Milena in September 1920

8. Kafka and Ernst Weiss on the beach at Marielyst, Denmark, in 1914.

is illustrated with a picture of a man tied by his hands and feet to two poles which are being moved so as to tear him apart. If for Kafka the body is capable of redemption through healthy living, it is also the supreme site of punishment.

Gregor's transformation into an insect drastically expresses Kafka's ambivalence towards his body and towards the body in general. His transformation and his failure to notice it convey the degree to which Gregor is alienated from his own body. He has to cope with the concrete task of getting a large and unwieldy insect body out of bed, still believing that he must and will catch his train. His obsession with his job reveals the self-estrangement imposed on him by its demands. 'That boy thinks of nothing but his work,' his mother assures the chief clerk of Gregor's firm, who, exercising an implausibly but alarmingly thorough surveillance, has come to see why he wasn't at the station. Even so, mind and body are linked by the language of the unconscious, which can involuntarily reveal the truth. Still lying in bed, Gregor reflects that one of his colleagues is 'a mere creature [*Kreatur*] of the chief, spineless and stupid'. The word 'spineless' betrays Gregor's unconscious awareness that he himself is now an invertebrate. This commerce between the body and the unconscious mind blurs the contrast between Gregor's human mind and animal body.

As Gregor struggles out of bed, Kafka recounts his manoeuvres in a minutely detailed, deadpan style, ironically mimicking how Gregor concentrates on the immediate task as a way of repressing awareness of his grotesque situation. But, since Kafka's prose is always surrounded by a penumbra of further suggestion, Gregor's laborious antics – getting upright by clinging to the wardrobe, leaning on the back of a chair and pushing it towards the door – may evoke the experience of someone unexpectedly disabled who has to use the body in new ways to perform previously straightforward tasks. And Gregor's new physicality makes him more exposed to pain. Not only does he hurt his head in falling out of bed, but when he unlocks the door by turning the key with his jaws, he injures himself in a way that causes a brown fluid to drip from his mouth. However much he may endorse the modern ideal of the healthy body, Kafka keeps reminding us that the body is also fragile and vulnerable.

Other characters too are presented in bodily terms. We first encounter Gregor's father, mother, and sister as they knock at the three doors of his bedroom, urging him to get up. When he emerges from his room, their reactions, and that of the chief clerk, are conveyed by gestures. The chief clerk, putting his hand to his open mouth, 'started slowly backing away, as if he were being driven by the steady pressure of some invisible force', while Gregor's mother faints, and:

> His father clenched a fist with a menacing expression, as if he meant to beat Gregor back to his room, then he looked uncertainly round the living-room, covered his eyes with his hands and fell into a sobbing that shook his mighty chest.

As here, Kafka frequently describes people through gesture and expression, often leaving it obscure what the gestures and expressions actually mean. In his fiction, people's bodies are opaque, in need of an interpretation that can never be conclusive. The 'as if' formulation illustrated here may well have been encouraged by Kafka's reading of Dickens. But what in Dickens was a device for humorous exaggeration has in Kafka become a basic means of representing the inscrutable world of other people. In so far as other people can be understood at all, it is through their bodily self-expression.

The hints of violence in the just-quoted description of Gregor's father are fulfilled later. The second time Gregor leaves his room, he finds that his father has also been transformed: not from a human into an insect, but from a decrepit old man into a vigorous, upright one, with bushy eyebrows, well-combed hair, and sharp eyes. Advancing towards Gregor, he lifts his feet high, astonishing Gregor with 'the gigantic size of the soles of his boots', and suggesting to the reader that he may squash Gregor like an ordinary insect. Instead, his father drives Gregor back to his room by bombarding him with apples from the fruit-bowl, one of which lodges in his back, causing him 'shocking, unbelievable pain'. Eventually the apple becomes the centre of a festering wound that contributes to Gregor's death.

The gendered body

The body's potential for violence is closely linked, here and elsewhere in Kafka, to sexuality. A hard-pressed commercial traveller, obliged to support his parents and sister, Gregor's sexual life has been limited to a few brief encounters and to the pin-up that hangs opposite his bed, showing 'a lady complete with fur hat and fur stole, who was sitting upright and extending to view a thick fur muff into which the whole of her forearm had vanished'. Clearly Kafka kept an eye on the fashion magazines, for such fur costumes were especially in vogue in autumn 1912, when Kafka wrote this story. The blatant sexuality of this image, enhanced by the hint of coition in the description, lets us guess what Gregor's 'troubled dreams' were about, and suggest too that the 'mass of little white spots which he was unable to interpret' covering his belly may result from a nocturnal emission.

Kafka's bodies are gendered, not just in the banal sense that some are male and others female, but also in that certain cultural behaviours are associated with male bodies, others with female bodies, and thus are coded as masculine or feminine. The masculine body in Kafka is firm, upright, soldierly, like the body of Herr Samsa after his seeming rejuvenation, or like the body of Herr Bendemann when he leaps upright to confront his cowering son. Josef K. blustering to an assembly and K. in *The Castle* assaulting his assistant with his stick similarly show masculine authoritarianism. This masculinity is often supported by a tight uniform, like Herr Samsa's 'tight-fitting blue uniform with gilt buttons', the heavy military uniform of the Officer from *In the Penal Colony*, or the uncomfortably stiff uniform into which the unfortunate Karl Rossmann is thrust when working as a lift-boy in *The Man Who Disappeared*. While the uniform insulates the masculine body from nature, the feminine body is coded as natural by its animal traits, as with the lady in furs, or Leni, the Advocate's housekeeper in *The Trial* – like a strange evolutionary throwback, Leni has webs between her fingers, and K. says of her hand: 'What a pretty claw!'

The feminine body may also be defined by its sheer bulk. Brunelda in *The Man Who Disappeared* is a mass of flesh, unable to walk downstairs without support. Her description recalls a diary entry (23 July 1913) conveying Kafka's fascinated disgust with women's bodies, their 'exploding sexuality' and 'natural uncleanliness'.

Bodies in Kafka's fiction, however, cross gender boundaries. Some women become masculinized as hypersexual, threatening figures, like the lady in furs, the athletic Klara in *The Man Who Disappeared*, or Gregor's sister, who increasingly threatens her insect-brother with her fist. Men, conversely, are feminized. Georg is reduced to passive obedience before his father. Gregor exchanges the upright masculine posture for a horizontal posture, crawling on the floor, like the degraded prisoner from *In the Penal Settlement* who crawls on all fours like a dog, or Josef K. as he lies down to be executed 'like a dog'. Not only does Gregor lie flat, like his mother when she faints, but he is further feminized by acquiring a large curved belly, like a pregnant woman. A fantasy of becoming a woman is also suggested when he expresses envy for his colleagues who 'live like harem women'. In later texts, the protagonist's masculinity is eroded more relentlessly by a process of bodily attrition. Josef K. pursuing his case, and K. trying to reach the Castle, succumb to ever-increasing exhaustion. Josef K.'s weariness is expressed by his gestures:

> But instead of working he shuffled about in his chair, slowly pushed some objects around on his desk, and then, without being conscious of it, left his arm outstretched on the desk-top and sat motionless with his head bowed.

The bowed head expresses submission, as it did when Josef K. earlier saw other litigants sitting in a row with bowed heads and bent backs. K., similarly, manages to reach an official's room, only to fall asleep on the bed and miss the message the official is giving him.

Kafka's feminized men lose out in an Oedipal struggle with father figures. Josef K. is easily seduced away from pursuing his case, and futilely plans to avenge himself on the Examining Magistrate by taking away the latter's mistress. K. envies the sexual potency ascribed to Castle officials, especially Klamm, who is said to be desired by all the village women. And in *The Transformation*, active sexuality is the domain of the parents, from which Gregor is excluded. Just before he loses consciousness from the pain caused by the apple his father throws at him, he almost witnesses a primal scene:

> With his last conscious look he saw the door of his room being flung open and his mother rushing out ahead of his screaming sister; in her chemise, for his sister had taken off her dress to help her breathe when she fainted; he saw his mother running towards his father, shedding her loosened petticoats one by one on the floor behind her; and how she stumbled over her skirts to fling herself upon him, and embraced him, quite united with him – but here Gregor's sight went dim – imploring him, with her hands clasped round his father's neck, to spare Gregor's life.

Gregor's sight goes dim to prevent him seeing what he must not see, an act of parental coition which, in sparing his life, re-enacts the one that gave him life. But his own sexuality reappears later when, hearing his sister play the violin, he fantasizes about inviting her into his room, keeping her there permanently, and kissing her on her bare neck. Under pressure from unconscious desire, his language becomes illogical:

> He would never let her out of his room again, at least not for so long as he lived; his terrible shape would be of service to him for the first time; at every door of his room he would stand guard at once, hissing and spitting at all intruders; his sister, however, should not be forced to stay with him, but should do so freely.

Here and elsewhere in Kafka, bodily desire reduces the mind to incoherence, illustrating the sway of the body's 'great intelligence', as Nietzsche called it, over the small and powerless intellect lodged in the brain.

In some ways Gregor's transformation is liberating. It frees him from the tyranny of a demanding job and from the constraints of logic and rationality. It brings him closer to a pre-cultural state of self-gratification. If the Enlightenment set up the 'noble savage' as the imagined ideal antithesis to civilized humanity, the 20th century, debarred by the colonization of the globe from fantasizing about primitive peoples, replaced this image with that of the young child, supposed by Freud to be a totally sexualized being for whom all physical contact is a source of sexual pleasure. Gregor does not reach this Utopia, but when confined to his room he does manage to enjoy himself. With the sticky pads on his feet, he crawls over the walls and ceiling of his room and falls onto the floor or sofa without hurting himself. This relative freedom from gravity represents a fantasy often indulged in Kafka's fiction. We have the trapeze artist of 'First Sorrow', who spends all his time, except when travelling, aloft on his trapeze; the speaker who escapes from wartime fuel shortages by sitting astride a coal-scuttle and ascending 'into the regions of the ice mountains', never to be seen again; and the fantasy of endless, autonomous movement formulated in the early sketch 'Longing to be a Red Indian'.

Longing to be a Red Indian

Oh to be a Red Indian, instantly prepared, and astride one's galloping mount, leaning into the wind, to skim with each fleeting quivering touch over the quivering ground, till one shed the spurs, for there were no spurs, till one flung off the reins, for there were no reins, and could barely see the land unfurl as a smooth-shorn heath before one, now that horse's neck and horse's head were gone.

Another, more questionable liberation that Gregor experiences is from eating. Once his family have accepted his transformation, they wonder how to feed him. For some time Gregor eats food that humans find disgusting. He eagerly consumes a cheese which the day before, in human form, he had declared to be mouldy. But soon he loses his appetite for any available food, and survives without eating, like an ascetic or an anorexic. His appetite becomes a desire for something unknown and unattainable. It is aroused when he hears his sister playing the violin to entertain the three lodgers as they eat a hearty dinner of meat and potatoes: '"I've got appetite enough," said Gregor sadly to himself, "but not for things of that kind. How these lodgers feed themselves up, while I waste away!"' The lodgers show no appreciation of the music, yet for Gregor it seems to point towards an unknown source of satisfaction: 'Was he an animal, that music could move him so? It seemed to him as if the way were opening towards the unknown nourishment he craved.' By a strange paradox, music, the most disembodied of the arts (and one that Gregor did not appreciate before his transformation), seems now to be pointing him towards a source of nourishment – perhaps an equally bodiless, spiritual nourishment, contrasting with the meat on which the lodgers gorge themselves?

Fasting

Fasting is central to Kafka's imagination. As a means of abandoning the physical world, and possibly entering a spiritual one, it fascinated Kafka, but also aroused his scepticism. Its supreme exponent in his writings is the Fasting Artist, whose superhuman powers of starvation are displayed to the public at fairs. There was a real fashion for such gruesome displays. In 1880 the American Henry Tanner undertook to starve for 40 days in New York's Clarendon Hall for the edification of visitors who each paid 20 cents to see him. He accomplished this feat without apparent ill effects. The most famous starvation artist was Giovanni Succi, who performed in all Europe's major cities, with a team of farmers watching in case he nibbled on the sly. The Viennese author Peter

Altenberg reports on a female starvation artist who fasted in a glass box under constant surveillance. Interest in such feats of emaciation did decline, as Kafka says, though the fashion seems to be returning: as I write, an American 'magician' is suspended in a glass case above Tower Bridge in London, resolved to starve publicly for 44 days. Kafka's Fasting Artist is dedicated to his art and frustrated by the compromises with public taste forced on him by his manager, who will never allow him to starve for more than 40 days. Only after the public has lost interest in such feats is the Fasting Artist able to starve for as long as he likes, yet his prodigies of starving are unrecorded and unrecognized. On his death-bed, he confesses to the overseer that his fasting deserves no admiration: he could not help doing it,

> because I could never find the nourishment I liked. Had I found it, believe me, I would never have caused any stir, and would have eaten my fill just like you and everyone else.

So apparently it is not a vocation, but simply a distaste for ordinary living, that made him into an artist. Or is that just the self-deprecation forced on him by his too-tender artistic conscience?

Refusing to eat places one outside the ordinary bestial world in which life feeds on other lives. Kafka figures this world by the image of the panther, which proves far more popular as a circus attraction than the starvation artist. Visitors flock to see it, almost overwhelmed by 'the joy of life [that] glowed so fiercely from the furnace of its throat'. This is life as Nietzsche and his readers understood it: 'A living thing wants above all else to *release* its strength; life itself is the will to power', wrote Nietzsche in *Beyond Good and Evil*; and in *The Genealogy of Morals*, 'life operates *essentially* – that is, in terms of its basic functions – through injury, violation, exploitation, and destruction, and cannot be conceived in any other way'. Gregor's family too can be violent and coercive when their interests are threatened. Once Gregor is dead, his father ejects the lodgers from the family flat, and as the lodgers trail down the stairs, up comes a butcher's boy carrying a tray of meat – the antithesis to the starved Gregor. The guards who ensure that the Fasting Artist does not eat on the sly are also butchers. To celebrate their liberation from Gregor's presence, all three family members take the day off work and go out to the country. Admiring their daughter, the Samsa parents decide that it is time to find a husband for her, and their intentions seem confirmed when, at the end of their tram journey, she rises and stretches her young body – anticipating the physical grace of the panther. The panther, with its predatory energy, is a better image of life than the ascetic, life-denying artist. It is only the fastidious modern pessimist, according to Nietzsche, who finds life 'distasteful'.

Kafka, however, takes the side of the ascetic, contrasting his self-starving with the untroubled appetites of flesh-eaters. In 'Investigations of a Dog', the narrator dog separates himself from the canine community and starves in the hope of discovering where the dogs' food comes from. He is roused from his fast by a hunting dog who drives him away. In the novel set in America, *The Man Who Disappeared*, one of the hostile authority figures, Mr Green, eats a huge dinner with undiminishing appetite, and censures the young protagonist Karl for not eating; later, Mr Green's huge size makes Karl briefly wonder whether he may have eaten up another of the guests. In a variant passage of 'A Fasting Artist', Kafka introduces an actual cannibal, an old friend of the Fasting Artist who pays him a visit. Besides his rough manners, the cannibal is distinguished by his huge shock of red hair: 'The sight was not at all ridiculous, but was terrifying, as though this superhuman head of hair indicated superhuman appetites and the strength to satisfy them.' When life is embodied in such brutes, the ascetic wish to die away from life becomes more understandable.

The physicality and sexuality repressed by Kafka's protagonists, usually busy professional men, returns in frightening or disgusting forms of which Gregor's insect guise is only the most drastic example. Both disgust and violence attend the animal imagery evoked in the story 'A Country Doctor'. The doctor has been summoned by a patient who lives ten miles away, but his horse has died: how can he get there? He accidentally kicks an abandoned pig-sty, and it opens to reveal a stable, from which emerge two huge horses, 'mighty creatures with powerful flanks [. . .] dipping their shapely heads like camels', and a groom who himself seems half-animal: he calls the horses 'brother' and 'sister'; he embraces the doctor's servant girl and bites her in the cheek, whereupon the doctor, threatening him with a whip, calls him 'you brute'. Breaking down doors in pursuit of his victim, the groom is another embodiment of physical life as will to power and appetite. The doctor, on the other hand, is not an ascetic, but a diminished person. He is conscientious, obsessed with his unrewarding job (he complains how hard he works for his ungrateful patients); his corporeality, his sexuality, has been banished, only to re-emerge as disgusting and violent (the pig-sty, *Schweinestall*, has strong connotations of filth (*Schweinerei*)). Until the emergence of the hypersexual groom, the doctor scarcely noticed his maidservant; initially he refers to her as 'it' (Kafka is exploiting the fact that *Dienstmädchen*, 'maidservant', is a neuter noun). Only after the groom names her as Rosa does the doctor also use her name. Thereafter he repeatedly and graphically imagines the groom's copulation with her, wishing he could 'drag her out from under that groom'. Once his sexuality has been aroused, it persists as a painful obsession.

Corporeality sometimes appears, as in this story, as a brutal and frightening irruption into a life that has become an unsatisfying routine. It can also appear as a wound, an image that preoccupies Kafka's imagination. Gregor is wounded, perhaps fatally, by his father, and we are told that 'the apple remained embedded in his flesh as a visible reminder'. A reminder of what? Given the story's Christian context (the Samsa parents cross themselves on learning of Gregor's death), it recalls the 'thorn in the flesh' which afflicted St Paul (2 Cor. 12:7) and which has often been read as a nagging reminder of sexuality. In the earlier story *The Judgement* the father bears the scar of a war wound on his thigh (the genital area). The ape in 'A Report to an Academy', who claims to have become human, was wounded by the hunters who, when capturing him in Africa, shot him below the hip, so that he still limps. But the most remarkable wound is the one displayed by the boy to whom the Country Doctor has been summoned. At first the boy seems to have nothing wrong with him, and the doctor is about to chide him for malingering, when a whinny from the horses makes him look closer and see something which, if it were literally there, he could never have missed:

> On his right side, in the region of the hip, a wound has opened up as big as the palm of my hand. Rose-red, in various shades, dark in the depths, paler towards the edges, finely grained, with blood welling unevenly, open like a mine at the surface. Thus from the distance. A closer look reveals a further complication. Who can set his eyes on that without whistling softly? Worms, as thick and long as my little finger, rose-red themselves and blood-spattered in addition, held fast in the depths of the wound, are wriggling with their little white heads and their numerous legs towards the light. Poor boy, you are past helping. I have found your great wound, this flower in your side is destroying you.

Commentary can barely hint at the diverse and disturbing suggestions of this passage. Its situation 'in the region of the hip' relates the wound, like other wounds in Kafka, to sexuality, as does its association with the maidservant Rosa. The minute care with which the wound's red shading is described, almost as though it were an aesthetic object, stands in contrast to its blatant sexual character. This impossibly huge, vaginal gash in the body incarnates the terrors associated by men with the female genitals. Like a mine-shaft, it seems to open up the body of Mother Earth, and its blood suggests defloration and menstruation (assisted by the 'blood-soaked handkerchief' the boy's sister is waving). The boy seems to have been castrated and feminized, perhaps rendered androgynous or removed from sexual differentiation.

Yet the wound also contains life. Many-legged worms (unknown to natural history) are wriggling in it, as though the boy's body were already decaying. And the wound, associated with roses, is now compared to a flower. In dying and decaying, the boy's body is also flowering into new life – a life conditional on the death of the body. Is this a reminder that we are organisms, whose reabsorption into the material universe will nourish future organisms? Or does it point to a reality quite different from material existence?

Often Kafka shows an inclination to reject bodily existence, especially in so far as it is sexual. His story 'The Silence of the Sirens' (1917) retells the myth by explaining that it is not the song of the Sirens that is really dangerous, but their silence. Not knowing this, Odysseus stuffs wax in his ears and has himself tied to the mast. Although the Sirens keep silent, Odysseus observes 'the twistings of their necks, their panting, their tear-filled eyes, their half-open mouths', but interprets this as the gestures accompanying song, not as the extravagant display of erotic desire. Thus, by a mere misunderstanding, he remains secure from the sexual temptations of the physical world. A day or two earlier, Kafka wrote in the same notebook a drastic portrayal of the physical world, under the heading 'A Life':

> A stinking bitch, bearer of many children, already rotting in places, but which was everything to me in my childhood, which incessantly follows me faithfully, which I cannot bring myself to strike and before which, avoiding her breath, I move back step by step, and which, if I don't make a different decision, will force me into the already visible angle of the wall, so that there she may completely decay on me and with me, to the last – does it honour me? – the pus- and worm-filled flesh of her tongue on my hand.

Just as the boy's wound was a flower devoured by worms, so fertility here accompanies decay. The dog is an embodiment of femininity, with its many puppies, its association with the speaker's childhood, and its overpowering affection which the speaker can hardly bear to resist, even though it seeks to drag him down into its own physical corruption. The speaker is tied to it, and thus to the world, by residual affection, by what used to be love. It is ultimately love that enslaves us to the sensual world, as Kafka soon afterwards wrote in an aphorism: 'Sensual love deceives one into ignoring heavenly love; it could not do so by itself, but as it unconsciously contains the element of heavenly love, it can.' Sensual love is a version of heavenly love; it contains enough that is genuine to distract us effectively from seeking after heavenly love.

Reading Kafka's later stories and aphorisms, one sometimes feels strangely transported back to the world of early Christian and Jewish mystics and martyrs. The rejection of the body seen in 'A Life' may remind us of the belief attributed to the early Gnostics that the flesh belonged to the hateful and despicable world of the senses which had been created by an evil god to estrange humanity from the unimaginably remote realm of purity governed by the good deity. A curious episode in *The Castle* seems to invite such an interpretation. Waiting in the snow for the Castle official Klamm to emerge from the inn, K. is encouraged by the driver of Klamm's sledge to drink from one of the brandy bottles kept there. The exquisite promise of the brandy's aroma is not borne out by its actual taste:

> He pulled one out, unscrewed the cap, and took a sniff, he had to smile, it smelled so sweet, so caressing, as when you hear praise and fine words from someone of whom you are very fond and you are not at all sure what it is about and do not wish to know and are simply happy in the knowledge that it is the loved one speaking. 'That's brandy?' K. wondered in some doubt, and tasted it out of curiosity. Yes, it was brandy, astonishingly, it burned and it warmed. The way it changed as you drank it, from something that was little more than a source of fragrance into a drink for a sledge-driver.

One of Kafka's most provocative early interpreters, Erich Heller, found here a Gnostic outlook, according to which phenomena are most beautiful when most ethereal, most nearly spiritual, but become gross and commonplace when embodied in matter, or, as in this case, by making direct contact with the body.

The late Kafka, however, develops a new, complex attitude towards the body. An aphorism runs: 'The martyrs do not reject the body; they elevate it on the cross. In this they agree with their opponents.' That is, the broken body of the crucified martyr is not a mere vessel to be discarded, but the indispensable sign of spiritual triumph. Similarly, the Fasting Artist does not reject his body. He is not seeking to waste away and become a purely spiritual being. Rather, his body is the instrument of his art. His powers of endurance are recorded in its progressive emaciation. He would be nothing without it. Likewise, as Peter Brown has argued, the early hermits who retreated to the Egyptian desert were trying, not to damage or punish their bodies, but to transform their bodies by privation into a semblance of the spiritual body of the Resurrection:

> It was only the twisted will of fallen men that had crammed the body with unnecessary food, thereby generating in it the dire surplus of energy that showed itself in physical appetite, in anger, and in the sexual urge. In reducing the intake to which he had become accustomed, the ascetic slowly remade his body. He turned it into an exactly calibrated instrument. Its drastic physical changes, after years of ascetic discipline, registered with satisfying precision the essential, preliminary stages of the long return of the human person, body and soul together, to an original, natural and uncorrupted state.
>
> Peter Brown, *The Body and Society: Men, Women and Sexual Renunciation in Early Christianity* (New York: Columbia University Press, 1988), p. 223

The Fasting Artist suffers for his art far worse than Flaubert or the other dedicated artists whom Kafka admired. By prolonged privation he makes his body into the visible product of his devotion, something more intimately himself than a book would have been.

The 40-day limit imposed by his impresario prevents him from achieving artistic perfection; and when he is neglected, and can starve indefinitely in a corner, nobody else appreciates his feat.

In all these cases, we are dealing with the individual body. But the body is also a common figure for larger human groups: the citizen body, the body politic. And Kafka uses the image in this way, especially in later stories, where his focus moves gradually from the isolated individual to the community. In 'Investigations of a Dog' the dogs have a strong sense of community, living 'in a single heap'. Their highest joy consists in 'warm togetherness', and they are constantly puzzled to understand why they live so far apart, obeying rules that are not of their own devising. The dogs in the story are unaware of the existence of humans. They do not know that their food is thrown to them by their owners, but believe that they produce it by watering the ground. The paradox that the food comes from above, not from below, is one they can live with, except for the scientifically minded narrator who starves himself in the hope of solving the riddle. But since the inborn limitations of his cognitive powers will prevent him from ever discovering that humans feed the dogs, the story gently implies that he would have done better to lead a normal, unreflective, doggy existence. In Kafka's last story, 'Josefine, the Songstress or: The Mouse People', the talents of the singing mouse are dubious. She seems only to squeak, like all the other mice. Yet they gather to hear her, huddled together, 'body pressed warmly to body'; they take care of her as though, in relation to her, they were a single individual, 'much as a father looks after a child'; and her singing gives its listeners a quasi-physical experience of unity with all others:

> it is as if the limbs of each were loosened, as if each single, anxious individual were allowed for once to stretch out and relax to his heart's contents in the great warm bed of the people.

The body of the nation provides a unity into which even such an egoistic individual as Josefine can be absorbed. Her death, the narrator concludes, will be a deliverance from the special status that she mistakenly desires:

> So perhaps we shall not miss so very much after all, while Josefine, for her part, delivered from earthly afflictions, which however to her mind are the privilege of chosen spirits, will happily lose herself in the countless throng of the heroes of her people, and soon, since we pursue no history, be accorded the heightened deliverance of being forgotten along with all her brethren.

Chapter 4
Institutions

Kafka was fascinated by institutions. Institutions are types of social organizations serving particular purposes, such as the household, the family, the business corporation, the government ministry, the school, the hospital, the prison. The word 'institution' tends to slip from its general meaning to a more specific sense, denoting especially those institutions where people are confined, allegedly for their own good and often against their own wishes, such as old people's homes, mental asylums, and jails. A similar ambiguity inhabits the word Kafka used, *Anstalt*. He uses it to refer to the organization where he worked, the *Arbeiter-Unfall-Versicherungs-Anstalt für das Königreich Böhmen* (Workers' Accident Insurance Institute for the Kingdom of Bohemia), but in different contexts it can mean an educational institution (*Erziehungsanstalt*) or lunatic asylum (*Irrenanstalt*). In the later 20th century, sociologists paid close attention to institutions, particularly to those which exerted the greatest control over their inmates. Erving Goffman's study of mental homes, *Asylums* (1961), examines an instance of 'total institutions' which try to dictate the entire behaviour of their inhabitants. Michel Foucault's *Discipline and Punish* (1975) considers how institutions associated with justice, especially the prison, and with training, such as the army, shape the very bodies of those assigned to them. Kafka, however, was there before them. His work contains a deeply felt, sensitively rendered analysis of institutions, not only showing how they oppress the bodies and minds of their inmates, but also, in his later works, exploring possibilities of resistance and escape.

The law of the family

The first institution that anyone encounters is the family. For Kafka, the family is the place where oppression starts. The oppression Gregor Samsa suffers from his family is vividly embodied in the layout of his room, which has three doors (Gregor locks them all at night), at each of which a member of his family, his father, mother, and sister, knocks, urging him to get up and go to work. Kafka spoke of parental love as smothering, and of family life as a battleground. 'I always felt my parents as persecutors', he told Felice in 1912.

> Parents only want to drag one down to them, into the old times from which one would like to ascend with a sigh of relief; they want to do this out of love, of course, but that's what's so awful.

Eight years later he described to Milena the awfulness of 'sinking into this circle of kindness, of love – you don't know my letter to my father – the wriggling of flies glued to a stick'. But, he added, even this had its good side: 'One person fights at Marathon, another in the dining-room, the god of war and the goddess of victory are everywhere.' Kafka is not here complaining about parental unkindness or abuse. For him, it is the sticky bond created by parental affection that is so hard to resist. In his two great stories of family conflict, *The Judgement* and *The Transformation*, the heroes are doomed by their love for their parents. Georg Bendemann is certainly a selfish and neglectful son, who has given no thought to how his father will fare after Georg's marriage, and his protestations of affection are clearly designed to stop his father's awkward questions about the friend in Russia, and, as the father rightly charges, to 'cover him up'. But when, obeying his father's sentence, Georg throws himself off the bridge, he reverts to a childish identity as 'the outstanding gymnast who had once been his parents' pride', and his last words are: 'Dear parents, I did always love you.' As for

Gregor Samsa, the loyal son who has supported the family single-handedly since his father's bankruptcy, he learns after his transformation that his parents had put some money by and did not really need his self-sacrifice; his family lose interest in him, cease to feed him, and use his room to store junk; and finally, when Gregor threatens their economic interests by frightening away their lodgers, they decide, by the illogic typical of Kafka's characters, that the insect *cannot* be Gregor. Their self-deception emerges from the confusion of pronouns when the sister first denies that 'it' can be Gregor, then exclaims: 'he's at it again!' The alternation between 'it' and 'he' dehumanizes Gregor and turns him into a piece of animated garbage. Yet he feels no resentment:

> His thoughts went back to his family with tenderness and love. His own opinion that he must disappear was if anything even firmer than his sister's.

Like Georg, he dies full of submissive love for the family who have discarded him.

Kafka repeatedly complains that adults seek to suppress children's individuality. A photograph of Kafka as a small boy shows him (to quote Walter Benjamin's description) 'in a sort of greenhouse setting, wearing a tight, heavily lace-trimmed, almost embarrassing child's suit'. One feels for the little boy who gazes sadly out of the frame, obviously wishing to be somewhere else, and who, as Benjamin reminds us, later wrote the fantasy 'Longing to be a Red Indian'. Looking back, Kafka admitted that he was rather a pampered and difficult child, but he remembered mainly being the victim of various authorities, ranging from his father to the servant who took him to school and frightened him every day by threatening to tell the teacher about his naughtiness. Kafka knew well that worse things happened to many children. *The Man Who Disappeared*, the story of an essentially innocent boy adrift in America, begins by baldly introducing 'the seventeen-year-old Karl Rossmann, who had been sent to America by his unfortunate parents because a maid had seduced him and had a child by him'. Not only does Karl retain his love for the parents who have so monstrously punished the victim, but it becomes clear that he has suffered abuse, having been forced by the maid into an act of intercourse which he found 'disgusting', made him feel 'a shocking helplessness', and left him 'in tears'.

In his fierce criticism of contemporary child-rearing Kafka agreed with many enlightened educators. Kafka was particularly impressed by the radical psychoanalyst Otto Gross, whom he met through Max Brod in 1917; they discussed founding a journal to be called *Pages on Combating the Will to Power*. Gross took drugs, had many lovers (including Frieda Weekley, later the wife of D. H. Lawrence), and considered the conventional family the source of patriarchal authority, which needed to be overthrown by revolution. He spoke from experience: in 1913 his father, a professor of criminal law whose lectures Kafka had attended at university, had Otto committed to a psychiatric clinic, on the grounds that his belief in free love proved his insanity. He was released after a public outcry. Gross's emphasis on paternal authority no doubt helped Kafka to compose the 'Letter to his Father'.

Kafka took a close interest in education. He persuaded Felice to help in a home for young Jewish refugees in Berlin, and advised her in many letters on how to handle the children. In 1921 Kafka wrote several letters to his sister Elli about bringing up children. She was considering sending her ten-year-old son Felix away to school. Kafka recommended A. S. Neill's progressive school at Hellerau. He quoted to her Swift's account of how children are brought up in Lilliput, emphasizing and elucidating the view that parents were the last people to be entrusted with bringing up their children. Parental love, he explained, was a kind of selfishness. Parents cannot help projecting their wishes onto the child and trying to shape the child accordingly. Hence they resort to two methods of education: tyranny and slavery:

These, born from selfishness, are the parents' two methods of education: tyranny and slavery of every shade. The expression of tyranny can be very tender ('You must believe me, because I'm your mother!') and that of slavery very proud ('You are my son, therefore I will make you into my saviour!') but they are two dreadful methods, two methods of anti-education, designed to stamp the child back into the ground from which it emerged.

A Lilliputian education

Their notions relating to the duties of parents and children differ extremely from ours. For since the conjunction of male and female is founded upon the great law of nature, in order to propagate and continue the species, the Lilliputians will needs have it, that men and women are joined together like other animals, by the motives of concupiscence; and that their tenderness towards their young proceeds from the like natural principle: for which reason they will never allow, that a child is under any obligation to his father for begetting him, or his mother for bringing him into the world; which, considering the miseries of human life, was neither a benefit in itself, nor intended so by his parents, whose thoughts in their love-encounters were otherwise employed. Upon these, and the like reasonings, their opinion is, that parents are the last of all others to be trusted with the education of their own children: and therefore they have in every town public nurseries, where all parents, except cottagers and labourers, are obliged to send their infants of both sexes to be reared and educated when they come to the age of twenty moons, at which time they are supposed to have some rudiments of docility.

(Swift, Gulliver's Travels)

Children had to be removed from 'the stuffy, poison-laden, child-starving air of the nicely furnished family drawing-room'.

The family, for Kafka, is also the place where power, guilt, law, and punishment originate. The 'Letter to his Father' describes how Hermann Kafka laid down strict laws on good behaviour from which he himself was exempt. From such experiences Kafka came to imagine law as a mechanism of power, going back to family relationships. Children, dependent on their parents and trapped by the bonds of love, acquiesce in the power that rules their small lives, and internalize the standards of behaviour which they later pass on to their own offspring. The acquiescence that secures the law of the family is carried over into adult life as acquiescence in social institutions. As the Marxist philosopher Louis Althusser argued, and as Kafka knew long before him, the authority of society is based for the most part not on physical coercion, but on people's acceptance of social institutions, even of those that damage them.

Trials

Between the law of the family, and the mysterious law that invades the life of Josef K. in *The Trial*, comes the novel set in America, *The Man Who Disappeared*, which is structured as a series of trials in which the well-intentioned hero, Karl Rossmann, is repeatedly found guilty. We have already seen how he is banished to America for being a victim of abuse. On the ship he befriends a stoker who complains bitterly but obscurely of the injustices inflicted on him by the ship's engineer. Anxious to help, Karl accompanies the stoker to the Captain's office, and is recognized by his uncle, an emigrant who has worked his way up to become a wealthy and respected Senator. The stoker is left to have his case decided by the Captain, in ominous terms:

> 'The stoker will get whatever he deserves,' said the Senator, 'and whatever the captain determines. [. . .] it may be a question of justice, but at the same time it's a matter of discipline.'

Despite the faint protests of Karl, who still thinks that justice can be objectively determined by fair-minded people, the Senator equates justice with discipline and both with the will of the Captain, the supreme authority on board ship.

Karl passes under the authority of his uncle. One evening a friend, Mr Pollunder, invites Karl to visit his country house near New York and meet his daughter Klara. The uncle consents with some reluctance. After various misadventures at the country house, Karl receives a note from his uncle, containing a third-class ticket to San Francisco, and banishing him for ever because of what proves to have been a fatal act of disobedience. This pattern of offence and punishment recurs throughout Kafka's work. A slight misdemeanour, barely recognizable as such or defined by an arbitrary code, meets with a punishment of utterly disproportionate severity. The prisoner in the story *In the Penal Colony* is a soldier whose duty it had been to mount guard outside his officer's door, and to rise and salute the door every hour, but who fell asleep and when struck across the face with a whip was bold enough to offer resistance. For this crime he is sentenced to death by torture. The Country Doctor, left on the point of freezing to death in a wintry landscape, laments: 'If you once respond to a faulty ring on the night-bell – it can never be made good.' The model case of this conception of punishment is set out in 'The Knock at the Manor Gate' (see overleaf).

Karl's next escapade in *The Man Who Disappeared* illustrates how a trial, rather than identifying the culprit, can put a predetermined victim inescapably in the wrong. Working as a lift-boy at the Hotel Occidental, he meets an old acquaintance, the tramp Robinson, who is hopelessly drunk. To get Robinson to bed, Karl needs to leave his post by the lift. For doing so, he is arraigned by the Head Waiter. Malicious allegations that he spends his nights in debauchery seem confirmed by the discovery of Robinson. All Karl's explanations are turned against him, so that even his supporters believe him to be deceitful, and he

The Knock at the Manor Gate

It was summer, a hot day. With my sister I was passing the gate of a great house on our way home. I cannot tell now whether she knocked on the gate out of mischief or out of absence of mind, or merely threatened it with her fist and did not knock at all. A hundred paces further along the road, which here turned to the left, the village began. We did not know it, but no sooner had we passed the first house than people appeared and made friendly or warning signs to us; some were even terrified, bowed down by terror. They pointed towards the manor house that we had passed and reminded us of the knock on the gate. The owner of the manor, they said, would charge us with it, the interrogation would begin immediately. I was very calm and also tried to calm my sister. Probably she had not struck the door at all, and if she had it could never be proved. I tried to make this clear to the people round us; they listened to me, but refrained from passing any opinion. Later they said that not only my sister but I too, as her brother, would be charged. I nodded and smiled. We all gazed back at the manor, as one watches a distant cloud of smoke and waits for the flames to appear. And right enough, we presently saw horsemen riding in through the wide-open gate. Dust rose, concealing everything; only the points of the tall spears glittered. And hardly had the troop vanished into the manor courtyard than they seemed to have turned their horses again and were on their way to us. I urged my sister to leave, saying I myself would set everything right. She refused to leave me. I told her she should at least change so as to appear in better clothes before these gentlemen. At last she obeyed and set out on the long

road to our home. Already the horsemen were beside us, and even before dismounting they enquired after my sister. She wasn't here at the moment, came the apprehensive reply, but she would come later. The answer was received with indifference; the important thing seemed their having found me. The chief members of the party appeared to be a young lively fellow, who was a judge, and his silent assistant, who was called Assmann. I was commanded to enter the village inn. Slowly, shaking my head, tugging at my braces, I set off, watched keenly by the gentlemen. I still half-believed that a word would be enough to free me, a city man, and with honour too, from these peasants. But as soon as I had stepped over the threshold of the parlour, the judge, who had hastened in front and was already awaiting me, said: 'I'm sorry for this man.' And it was beyond all possibility of doubt that by this he did not mean my present state, but something that was going to happen to me. The room looked more like a prison cell than an inn parlour. Great flagstones, dark, quite bare walls, into one of which an iron ring was fixed, in the middle something that was half a pallet, half an operating table.

Could I now endure any other air than prison air? That is the great question, or rather it would be if I still had any prospect of release.

is again expelled. Being put on trial is itself proof that one must be guilty.

The same law seems to operate in *The Trial*, but in a subtler way. Although the novel was inspired partly by the 'trial' (*Gerichtshof*) to which Kafka was subjected by Felice and her supporters when their engagement was dissolved, it contains no actual court proceedings. After his arrest, Josef K. is summoned before the Examining Magistrate, to whom, instead of waiting to be questioned, he blusters about his innocence. Thereafter the Court leaves him alone until the scene where, waiting in the Cathedral for a business contact, K. finds himself summoned from a small pulpit by a clergyman who proves to be the Prison Chaplain, and who warns him that he is thought to be guilty. The Court's only further move is to send K. his executioners.

These fantastic events can be related to the actual legal system with which Kafka was familiar. Two conceptions of law were in conflict among jurists in Kafka's day. One was the strictly Kantian philosophy of law enshrined in the legal code of the German Empire (1871). Assuming that the criminal was morally responsible for his actions, this code focused only on the act committed, prescribing punishment in accordance with the nature of the crime (though with allowance for mitigating circumstances). The Austrian legal code, by contrast, defined crime not only as an act but also with reference to the 'evil intent' of the defendant, thus making the defendant's motivation crucial to the determination of guilt. Accordingly it became an axiom of Austrian law that there could be guilt without illegality: somebody might plan a crime but be prevented from carrying it out by an external accident. In Kafka's novel, Josef K. never asks, and nobody troubles to tell him, what, if anything, he is charged with. The warders who arrest him assert that the Court is attracted to guilt, and therefore he must be guilty in order to have been arrested:

> Our authorities, as far as I know them, and I know only the lowest grades, do not go in search of guilt in the population but are, as it says in the law, drawn to guilt and must send us warders out.

Although it is made clear that K.'s lawsuit is 'not a trial before the ordinary court', the law of his trial takes to a caricatural extreme the tendency of the Austrian legal system to concentrate on the criminal rather than the crime. The authorities are interested not in the act Josef K. may have committed but in his guilt (*Schuld*), and the word's meaning slides from 'responsibility for an act' to 'subjective feelings of guilt'. Being accused seems to mean being a special type of person, destined for humiliation, and ultimately execution.

Accordingly, the narrative of *The Trial* concerns, not so much the Court's dealings with K., but rather K.'s response to his arrest. Despite his protests, he does what the warders tell him, thus accepting in practice the authority of the unknown Court even as he protests against it. He accepts it partly because it is an institution, and he knows automatically how to respond to institutional authority. To explain such acceptance, Althusser gives the example of hearing a call 'Hey, you there!' and turning round, accepting that you are the subject of the summons even though it was not addressed to you by name. Thus the individual lets himself be 'interpellated' (Althusser's word) – placed within a social and ideological system. Josef K. similarly lets himself be interpellated by the Court, long before he is summoned as an individual by the Chaplain's call 'Josef K.!'.

The Court also exploits K.'s insecurity. Indeed, the novel could be read as a series of manoeuvres in which the Court, while hypocritically professing not to interfere in K.'s life, engenders in him a feeling of guilt which eventually so dominates him that he submits to his executioners. On the other hand, his protestations of innocence, without seeking to learn what he is charged with, might suggest an inner awareness of guilt which the Court has awakened and which K. is trying, with ever-increasing difficulty, to repress. To the Chaplain, K. protests that he is not guilty, and nobody can be:

> 'But I am not guilty,' K. said. 'It's a mistake. How can a human being ever be guilty? We are all human beings here after all, each the same as the other.' 'That is right,' said the priest, 'but everyone who is guilty always talks like that.'

By this point the word *Schuld* seems to have slid in a new direction: from legal culpability and subjective feelings of guilt it has moved to being in the wrong, not in a legal but rather in a moral, conceivably even in a theological, sense. K. reasons that human beings are weak and fallible; therefore all human beings incur guilt, and it makes no sense to single out one for arrest and punishment. The Chaplain gives the uncompromising answer that just such claims are made by the guilty to exculpate themselves, implying that guilt may be universal and still deserve punishment. Earlier in the novel, K. has seen an image of justice as a woman in rapid motion, with wings on her feet, looking more like the goddess of victory and the hunt. The Court inexorably hunts its victims down, like the hunting dogs in an aphorism dating from 1917:

> The hunting dogs are still playing in the courtyard, but the game will not escape them, no matter how fast it may already be flying through the woods.

The strongest suggestion that the Court is not simply an exploitative authority, but also the agent of some higher power, comes in the parable told to Josef K. by the Chaplain, in which a man denied entrance to the Law by the doorkeeper sees, as he dies, the radiance shining from the Law, and asks a question he should have asked long before:

> 'Everybody strives for the law,' says the man. 'How is it that in all these years nobody except myself has asked for admittance?' The door-keeper realizes that the man has reached the end of his life and, to penetrate his imperfect hearing, he roars at him: 'Nobody else could gain admittance here, this entrance was meant only for you. I shall now go and close it.'

Perhaps Josef K.'s arrest was not only an affliction but also, had he known it, an opportunity. To gain some inkling of what that opportunity was, and of why Josef K. reacts to his arrest and trial only negatively, we need to consider what kind of person he is.

9. Kafka, 1923 or 1924.

The organization man

Josef K., like other Kafka protagonists, embodies the type required and produced by modern institutions of work, commerce, and government. To see how work is represented in Kafka, we may turn back to *The Transformation* and to Gregor Samsa's reflections on his job as a commercial traveller:

> 'O God,' he thought, 'what an exhausting job I've chosen! On the move day in, day out. The business worries are far worse than they are on the actual premises at home, and on top of that I'm saddled with the strain of all this travelling, the anxiety about train connections, the bad and irregular meals, the constant stream of changing faces with no chance of any warmer, lasting companionship. The devil take it all!'

Not only is his job – displaying samples of cloth to potential customers – tiring and unsatisfying, but Gregor is closely monitored by his employers. In the office, the boss sits on his desk, addresses the staff from on high, and makes them come close up to him because he is hard of hearing. Gregor fears that if he reports sick his boss will come along in person, accompanied by the doctor, who will never accept that a patient is ill instead of malingering. In fact his failure to appear at the station leads to a personal visit from the chief clerk, who becomes more and more intimidating, first hinting that Gregor may be misappropriating cash, and then warning him: 'your position in the firm is by no means assured [. . .] for some time past your work has been most unsatisfactory'.

Modern work, as represented here, is abstract and hierarchical. Gregor has no relation to manual labour or primary production. Showing samples and collecting payments, he is a mere middle-man in the commercial process. His firm displays its hierarchy by the exaggerated elevation of the boss on his desk, the close monitoring to which it apparently subjects its employees, and the monstrous threats that follow the slightest misdemeanour.

The world of abstraction and hierarchy requires a particular type of person to operate in it. Gregor is an unhappy and inadequate version of a type of which aspects are embodied in several Kafka protagonists. From Gregor, Georg Bendemann, Josef K., K. in *The Castle*, and the Country Doctor, we can distil an ideal type of the modern professional man. He is orderly and calculating, as his job demands. Gregor's work is ruled by train timetables. Having missed both the 5.00 a.m. and the 7.00 a.m. train, he resolves to catch the train at 8.00; on waking he sees that the time is 6.30; his mother knocks on his door at 6.45; he decides to get out of bed by 7.15, but is alarmed by the arrival of the chief clerk at 7.10. Josef K. gets his breakfast in bed every day at 8.00, works in his office until 9.00 p.m., and then socializes with influential officials until 11.00. Even his sexual life is fitted into his routine: he goes once a week to a girl called Elsa who 'received her visitors only in bed'. Georg Bendemann is at ease with numbers: he reflects that the turnover of his business has increased fivefold, and deplores the low commercial figures cited by his friend in Russia. K. in *The Castle* is a land surveyor, dedicated to mathematical abstraction.

The professional man generally works for an organization that is hierarchically structured. While Gregor has a lowly position in his firm, bullied by the chief clerk, Josef K. *is* a chief clerk, as he proudly informs the Examining Magistrate. His arrogance is evident from his treatment of the three junior employees who are assigned to accompany him to the bank after his arrest. They are so inferior that he does not consider them colleagues; all irritate him, especially the one whose facial rictus freezes his features in an involuntary grin 'which common humanity unfortunately forbade one to joke about'; and during the day K. wastes their time by summoning them repeatedly to his office for no reason other than to observe their demeanour. Towards his superiors, however, he is obsequious. He jockeys for power with his nearest rival, the deputy director. The officials with whom he spends his evenings are judges and lawyers, along with some junior colleagues who serve only to amuse the company. The Country Doctor is not a private practitioner but 'employed by the district' as a 'medical officer' (*Amtsarzt*). K. seeks to enter the organization of the Castle which has apparently summoned him by mistake, and wishes to bypass the ranks of secretaries by making direct contact with one of the highest officials.

The authority of men in these hierarchies is best embodied in an upright military carriage, a massive physique, and a fierce look. Even Gregor Samsa has done military service, as a photograph of him in uniform shows, and K. recalls his military service as 'those happy times'. Bendemann senior has a war wound, and still strikes his son as a 'giant' even before he leaps upright. When Samsa senior appears restored to vitality, he is upright, with bushy eyebrows, and wearing a uniform. Gregor is 'astonished at the gigantic size of the soles of his boots', which seem able to crush the cowering insect. Imposing stature is shared by K.'s influential friend Staatsanwalt Hasterer, a 'gigantic man who could have hidden him [K.] in his overcoat'. Hasterer is a lawyer with rare skill in intimidating his opponents: 'many people drew back in fright before his outstretched forefinger'. We never meet any of the judges in the Court, but K. sees a picture of one in the Advocate's kitchen:

> It showed a man in the robes of a judge. He was sitting on a high throne-like chair whose gilding stood out prominently in the picture. The unusual thing about it was that this judge was not sitting in tranquil dignity but was pressing his left arm hard against the back and side of the chair and had his right arm completely free and just held the other arm of the chair with this hand as if his intention was to spring up at the next moment with a violent and perhaps outraged gesture to utter something decisive or even pronounce judgement. The defendant had to be imagined at the foot of the steps, whose upper ones, covered in yellow carpet, were visible in the picture.

Yet K. is also assured that the judge is in reality a tiny man who sits not on a throne but on a kitchen chair covered by a horse-blanket.

His intimidating appearance results from artistic convention. There is a hint here that authority results from the performance of authority and from the resultant acquiescence of the victim. In the parable of the doorkeeper, the doorkeeper likewise intimidates the man from the country by his bulk, his fur coat, his huge nose, and his big beard. But suppose the man from the country had challenged him? Suppose K. had challenged the Court instead of acquiescing in its authority by giving all his time to his case?

These possibilities remain hypothetical, because, as Kafka shows, success within an institution requires one to accept its rules, including its system of hierarchy, so that anything different becomes intolerable, even unthinkable. Josef K. is the supreme example of a professional man committed to order. His arrest strikes him principally as the cause of disorder which must be tidied up: 'But once this order was restored, then every trace of those events would be eliminated and everything would resume its old course.' Nevertheless, he becomes obsessed with the Court, picturing it in the image of his own organization, with a vast opaque hierarchy of officials, and deciding to deal with it by submitting a lengthy document. If, however, the Court represents something missing from K.'s life, perhaps a moral dimension that has been lacking, then that is something he cannot perceive. The Court Painter describes to him the three possible outcomes of a trial: complete acquittal, which is recorded only in legends; apparent acquittal, which may be followed immediately by re-arrest; and prolongation, which means dragging out the proceedings so that one is never condemned but also never free of one's lawsuit. K. rejects the first because it has no place in his mind-set, declaring brusquely: 'Mere legends don't alter my opinion.' He is trapped less by the Court than by the limitations of his consciousness, the situation drastically portrayed in an aphorism: 'The bony structure of his own forehead blocks his way; he batters himself bloody against his own forehead.' Or he may be compared to the Country Doctor who is so locked into his routine that even after the unearthly horses have emerged from the pig-sty to carry him instantaneously to his patient, he cannot at first perceive the huge wound until alerted to it by the horses' neighing.

Habituation to routine prevents Kafka's characters from perceiving realities that are at odds with their institutional mentalities. But his narratives repeatedly show how these incongruous realities, breaking in from outside, assail, weaken, and finally destroy the uncomprehending protagonists. Georg Bendemann is reduced to a helpless child by his reinvigorated father; the Country Doctor ends up naked in the snow; while Josef K.'s breakdown is a psychologically subtle and long-drawn-out process, involving denial of his problem, a pathetic search for human solidarity (from his landlady, Fräulein Bürstner, and the Chaplain), and also a predatory sexuality that emerges as soon as the armour-plating of his professional routine is pierced. His search for human support is most apparent when he tells the Chaplain that unlike most Court officials, he feels he can trust him and speak openly to him. The legend of the doorkeeper with which the Chaplain responds is among other things a veiled warning not to make oneself dependent on other people – as the man from the country does with the doorkeeper – but to make one's own decisions. Similarly, as the Advocate tells K., the Court seeks to eliminate defence lawyers: 'the accused man must be left to his own devices'.

In thus evoking the strength and vulnerability of the modern professional man, Kafka comes close to the analysis of this type put forward by his contemporary, the sociologist Max Weber. Weber undertook to explain the emergence of the 'spirit of capitalism', which involves cautious, rational, long-term planning, in contrast to hasty accumulation or rash speculation. He found an 'elective affinity' between this mind-set and the conduct instilled by early Protestantism, which eliminated all magical means of salvation and adjured the believer to work hard in his calling in the hope that worldly success would prove God's favour.

Weber's professional man

This innerworldly asceticism had a number of distinctive consequences not found in any other religion. This religion demanded of the believer not celibacy, as in the case of the monk, but the avoidance of all erotic pleasure; not poverty, but the elimination of all idle and exploitative enjoyment of unearned wealth and income, and the avoidance of all feudalistic, sensuous ostentation of wealth; not the ascetic death-in-life of the cloister, but an alert, rationally controlled patterning of life, and the avoidance of all surrender to the beauty of the world, to art, or to one's own moods and emotions. The clear and uniform goal of this asceticism was the disciplining and methodical organization of conduct. Its typical representative was the 'man of a vocation' or 'professional' (*Berufsmensch*), and its unique result was the rational organization of social relationships.

Max Weber, *Economy and Society: An Outline of Interpretive Sociology*, ed. Guenther Roth and Claus Wittich (New York: Bedminster, 1968), p. 556

Weber worried, however, that this model of the self was being transformed into the 'bureaucratic man' dependent on an order provided from outside, and unable to take decisions as an autonomous and principled person. That applies to Josef K. Entirely devoted to his work, detached from his family (he fails to visit his mother and neglects the niece who is attending school in the city), without cultural enjoyments, even his sexuality confined to a hygienic weekly session, he is unprepared for anything unfamiliar and unable to respond to it without resorting to the behaviour that has brought him professional success in his institution.

Weber is the theorist of bureaucracy; whereas Kafka is its satirist. Bureaucracy, according to Weber, requires a hierarchical organization in which each official has clearly delimited tasks and responsibilities. These are to be carried out in accordance with stipulated rules and in an impersonal manner, irrespective of the private character of the official (so corruption and nepotism must be excluded), and recorded on paper. The conduct of business by rules means that bureaucratic work must be rendered calculable and predictable. Rough and recalcitrant reality must be replaced by an abstract counterpart. This bureaucratic ideal is satirized in *The Castle*, in which a vast and supposedly flawless organization has the effect of insulating the officials from real life. If one telephones the Castle, only an unlikely chance can get one through to an actual official, who in any case will merely pick up the receiver for a joke; the buzzing noise one hears is that of constant telephoning going on *within* the Castle, confirming its isolation from the outside world. Permanently exhausted, the bureaucrats sleep in their offices and amuse themselves by seducing village girls. What they cannot deal with is the concrete reality of an individual client. Hence every effort is made to prevent a client from actually making contact with the official competent to deal with his case, as Klamm's secretary Bürgel explains to K.:

> 'And now, sir, consider the possibility of a party, as a result of certain circumstances, any circumstances, and despite the obstacles that have been described to you and that usually prove quite adequate, nevertheless, in the middle of the night, surprising a secretary who possesses a certain competence regarding the case concerned. Presumably such a possibility never occurred to you before, am I right? I quite believe it. Nor need it have done, since it almost never happens. What an oddly and very specifically shaped, agile little granule such a party would need to be to pass through the supreme sieve. You think it can't happen at all? You're right, it can't. But one night – who can vouch for everything? – it does happen.'

When the impossible occurs, and an inquiring client coincides with a competent official, then, Bürgel continues, the official is actually helpless with delight and bound to grant the client everything he asks. But even that does not undermine the bureaucratic organization. For the client to whom Bürgel is explaining this, K., has fallen asleep with the effort of reaching Bürgel's room (albeit he stumbled into it by accident), and does not realize that he has met an official who can actually do something for him. When K. wakens, Bürgel continues his monologue: 'Of course some opportunities are too big to be taken advantage of, as it were; there are things that fail for no reason other than themselves.' Bureaucracy here is not only an object of satire but a metaphor for something greater: for contact with whatever lies beyond the bounds of human life.

In his portrayal of bureaucracy, Kafka captures another characteristic of modern institutions: the invisibility of their rulers. Pre-modern institutions established their authority by ceremonial. 'All things in life', wrote J. H. Huizinga about the Middle Ages, 'were of a proud or cruel publicity.' Even punishment was a solemn public ceremony, in which a murderer passed through crowds, mounted the scaffold, and was exhorted to repent for the edification of the spectators. In Kafka's fiction, organizations are headed by managers and directors. Traditional rulers appear only as ineffectual figureheads, like the Emperor in 'A Leaf from an Old Manuscript' who, unable to drive away the nomads who have invaded his city, watches them from the window of his palace. In *The Castle* the traditional rule of Count Westwest exists in name only. The Count's flag flies from the battlements, but he never appears, and the bureaucrats, especially Klamm, enjoy the superstitious respect formerly reserved for royalty.

Punishment has likewise retreated to private spaces. In the most horrific episode of *The Trial*, the warders who arrested K., and of whose conduct K. complained to the Examining Magistrate, appear in a lumber-room in K.'s bank, being whipped for their misdemeanours by a man in a leather outfit. The hint of homosexual sadism here confirms that the punishment is a vicarious realization of K.'s unconscious desires. Consciously, K. is shocked by the obvious and extreme cruelty of the punishment, tries ineffectually to buy the Whipper off, and at last slams the door on the victim, whose scream 'did not seem to come from a man but from a tortured instrument'. This revelation of the violence underpinning the Court's authority anticipates the final chapter, where K. is taken by his executioners to a remote quarry and has a knife twisted in his heart.

Kafka knew that in the civilized modern world violence was banished to concealed rooms in police stations and prisons, and to colonial settings far from Europe. For somebody who never left Europe, he gives an astonishingly perceptive portrayal of colonialism and violence in the story *In the Penal Colony*, written about the same time as the Whipper scene of *The Trial*; it bears comparison with *Heart of Darkness*, which is based on Conrad's first-hand knowledge of colonial exploitation in the Belgian Congo. One of Kafka's uncles, Joseph Loewy, worked from 1891 to 1902 in the Congo as administrator on a railway which was built by forced labour; his experiences seem to have inspired a fragment in Kafka's notebook about 'building the railway in the interior of the Congo', and to have shaped *In the Penal Colony* by coalescing with reports of Captain Dreyfus's unjust imprisonment in the French penal settlement of Devil's Island. Kafka would also have known from the press about the genocidal suppression by the German colonial authorities of the Herero uprising in South-west Africa (now Namibia). In the story, set in a French-speaking colony, an officer shows a European visitor an 'apparatus' (a word used not only for machinery but for the apparatus of administration) designed for punishment. A prisoner inserted into it has his crime inscribed on his skin by needles during a 12-hour period which ends with his death. The prisoner is not otherwise told his sentence: he learns it 'on his body' (*an seinem Leibe*), a phrase which, as Paul Peters has discovered, also features in German discussions of how to treat the surviving Hereros: they were to feel the consequences of their rebellion 'on their body' (*am eigenen Leibe*). The prisoner has been struck across the face with a horsewhip for a small infraction of duty; in 1894 the Socialist leader August Bebel shocked the German Reichstag by displaying the hippopotamus-hide whips that were used, despite official denials, in the German colonies. Another aspect of the colonial mentality appears in the officer's insistence on wearing a heavy uniform, which represents the homeland; similarly, British administrators in 19th-century India insisted on retaining symbolic contact with their homeland by wearing stuffy European clothes in 40-degree heat and even donning an evening suit every night for dinner.

Oppression in Kafka's penal colony may change its character, but looks unlikely to vanish. In the past, punishments were a public spectacle. They are now conducted shamefacedly in a remote valley. Although the Old Commandant, to whose authoritarian legacy the officer is devoted, is dead, his successor lacks the courage to abolish inhumane punishments and is preoccupied by technical progress (building extensions to the harbour). The only sign of hope lies with the traveller from whose perspective the story is told. Urged by the officer to support traditional punishments, the traveller considers various excuses (he is a foreigner who should mind his own business; cultural relativism would suggest that European standards should not be expected in the tropics, and so on), but at last pulls himself together and says firmly: 'No'. A courageous liberal conscience can just conceivably make a difference.

The morbid cruelty of the punishment-machine in this story prompts the question, unavoidable in any discussion of Kafka, whether his works in some sense prophesy the Third Reich and the atrocities of the mid-20th century. To simplistic versions of this question the answer is obviously negative. Kafka could not see into the future. But his insight into the mechanisms of power, authority, and violence makes one reluctant to dismiss the question entirely. Part at least of the answer is that Kafka, as the preceding paragraphs have shown, was exceptionally perceptive about the working of institutions in his own day. He shows how easy it is, if you work in an institution, to lose sight of any values beyond those promoted by the institution for its specific purposes. This attitude is illustrated not only by Josef K. but by the Whipper, who says: 'I am appointed to whip, so I whip.' The concentration camp workers who later asserted that they were only doing their job were not saying anything new; they were simply following out the logic of institutions which Kafka had already explored.

Moreover, the structure of institutions, as Erving Goffman has shown, is similar whether their purposes are apparently benign or malign. Prisons, monasteries, asylums, and camps are all total institutions. On entering a total institution, the inmate is subjected to various forms of what Goffman calls 'mortification'. One is physically separated from the outside world and from the role one played there and from whatever respect accompanied it. One loses some or all of one's possessions, and must wear institutional clothing; one is known either by a new name or by an unduly familiar version of one's own. One must treat staff with deference signalized not only in words but in one's bodily posture, undergo gratuitous humiliations, and submit to have the history of one's life, especially shameful episodes, generally known. One has little or no recourse against maltreatment by those with power over one. Much of this happens to Josef K. when he is arrested. A warder invades his bedroom; he is ordered about, mocked, and shouted at; his physical space is violated when the warders bump against him; his underclothes are confiscated, and he is told he must wear a much shabbier nightgown in future; he is ordered to put on a black coat to meet the Inspector; and he is watched by his neighbours from across the street. Even someone less proud of his civil status would be discomposed by this treatment. The long-term effects of a trial are shown by the defendants K. meets waiting in Court offices one Sunday: though clearly from the middle and upper classes, they are poorly dressed, and when they rise to salute a Court usher, they stand with bowed backs and bent knees like beggars in the street. We may suppose that even without physical maltreatment, the moral pressure of being on trial has worn them down. Kafka's grasp of institutions, the template for which was his family, enables him to disclose patterns of oppression and subservience, ultimately underpinned by violence, that are present in some measure in all institutions, the more so as the institutions approach totality. There is an immense difference between the purposes of institutions that genuinely seek to help people, like hospitals, and those that seek to destroy them, like concentration camps and death camps, and in between there are many institutions that seek to train people (schools, the army) or simply to keep them out of society's way, but what Kafka shows us is that there is no difference in structure. Indeed, the true nature of an institution entered voluntarily, such as K.'s office, is revealingly mirrored in the hierarchical structure of an oppressive institution such as the Court.

This sounds deeply pessimistic. It seems that power and its ill effects are omnipresent. 'One person fights at Marathon, another in the dining-room, the god of war and the goddess of victory are everywhere.' But Kafka's vision is not unrelievedly bleak. One of the most depressing aspects of institutions is that they gain their power from the acquiescence of their inmates. Just as the child, dependent on love and nurture from its parents, accepts their control unquestioningly and internalizes their standards, so adults inwardly acquiesce even in institutions that harm them. But that fact, which might seem to render them invulnerable, contains a germ of hope. For if one withdraws one's acquiescence, one can in theory deprive the institution of its power – in theory at least; it is much more difficult in practice. Kafka's aphorism about Atlas, the giant who in Greek mythology bore the world on his shoulders, runs: 'Atlas was able to hold the opinion that, if he wanted, he could put the earth down and slip away; but he was permitted only to hold this opinion.' That is, Atlas's belief in freedom existed only in his head and could never have any effect on his life. Yet even in early works by Kafka, authority looks vulnerable. After passing sentence on Georg, Bendemann senior crashes onto his bed, as though his new strength has vanished once he has used it against his son. In the parable of the doorkeeper, the doorkeeper's power consists only in his statement 'I am powerful', in his intimidating appearance, and in his unverifiable claim that further in there are more doorkeepers. By acquiescing in such ill-founded authority, the man from the country wastes his life and forfeits his chance of access to the Law. Moreover, if we read the text closely (always advisable in the work of a trained lawyer), we find that the doorkeeper issues a self-contradictory command: 'If you are so tempted, just try to enter in spite of my prohibition.' That amounts to saying 'Disobey me', and hence to a double bind in which the man from the country is trapped. An aphorism of 1917–18 formulates another double bind:

> They were given the choice of being kings or king's couriers. Like children, they all wanted to be couriers. So now there are only couriers; they dash through the world, and as there are no kings, shout their meaningless messages to one another. They would gladly put an end to their wretched lives, but they dare not because of their oath of loyalty.

There is no authority; it is by a human decision that there is no authority; yet people persist in living as if they were under authority, even though their lives are miserable and meaningless.

Some hope of evading this double bind of power is offered in *The Castle*. Coming from outside the closed society of the novel, K. is not part of the system of authority that keeps the village subservient to the Castle and its officials. The villagers regard him with suspicion, and the petty authorities, such as the schoolteachers and the landlady, scorn him for his ignorance of local laws and customs. K.'s greatest infringement of local tradition is his desire to speak directly with Klamm. For the villagers, especially the women who have had brief sexual liaisons with Klamm, such a high official cannot be approached; his name may not even be uttered. K., however, induces them to admit that a meeting with Klamm, however unprecedented, is at least possible. Thus K., the outsider, challenges and defies the traditional order of the Castle. The trouble is that by challenging the Castle he is inserting himself into its own structures of authority. The point would not be to challenge it, but to ignore it. And so for much of *The Castle* K. is torn between two impulses: to defy the Castle by breaking through its bureaucratic barriers and actually speaking to a high official; and to ignore the Castle by turning his back on it and setting up house with the village girl Frieda. His antagonism to the Castle is also an obsession with the Castle, and in pursuit of this obsession he deserts Frieda and spends many hours with the family of Barnabas, the messenger through whom he hopes to reach his goal, listening to 'Castle anecdotes'. Many of these concern one of the most controversial episodes of the novel. One of Barnabas's sisters, Amalia, received a coarsely worded letter from a Castle official, Sortini, summoning her to his bed. Unlike most village girls, who think such patriarchal condescension an honour, she refused. Ever since then her family have been ostracized by the villagers and have believed themselves to be in disfavour with the Castle. They have spent many hours waiting by the roadside in the hope that an official would pass to whom they could plead for mercy. Amalia's sister Olga spends her nights in the stables with Castle servants as their sexual plaything, hoping that one of them may utter something remotely helpful to the family's struggle for rehabilitation. Amalia, meanwhile, has become cold and withdrawn, devoted to tending her parents, who have been rendered prematurely decrepit by their grief at the family's disgrace. Yet, with all this, there is no sign that the Castle has done anything to harm the family, or has shown disapproval of Amalia's defiance in any concrete way. The family are the victims of their own belief in the authority of the Castle. And this belief shows its destructive effects both in Olga's self-prostitution and in Amalia's emotional withdrawal. Amalia's resistance to Sortini's predation may well be an act of dignified self-assertion; but it is futile so long as her resistance to authority holds her trapped within the structures of authority. 'He who fights against dragons becomes a dragon himself', says Nietzsche's Zarathustra.

Freedom?

How does one escape from structures of authority? Various Kafka figures find a provisional and ambiguous freedom. Gregor's confinement to his room in insect form does, ironically, free him from economic and social pressures. Dr Bucephalus sidesteps history by reading law-books quietly in his study. The ape in 'A Report to an Academy', faced with captivity, abandons any aspiration to 'that grandiose feeling of freedom in all directions' and settles for a 'way out' as a music-hall performer. In Chapter 8 of *The Castle*, K., having asserted himself by preventing Klamm from entering the sledge, finds himself alone in the snow-covered courtyard in a freedom which is empty and meaningless: 'there was nothing more futile, nothing more desperate than this freedom, this waiting, this invulnerability'.

When Kafka envisages true freedom from authority, he thinks not of opposing authority head on, as K. does here, but of quietly stepping aside from it. A model of such freedom appears in his diaries as early as 1911 in the form of some notes on minor literatures, inspired by his knowledge of contemporary Yiddish and Czech literature. A minor literature, in contrast to a major literature like German, is not dominated by the authority of any single great writer (like Goethe in German), so that there is scope for lively discussion and wide participation in literary life. Such a literature is sustained by national feeling. It is a 'diary of a nation', a reservoir of national memory. It is politicized, while retaining enough internal autonomy to be undamaged by politics. It has room for minor talents writing about minor topics. These notes have attracted much attention in recent years, because, using examples from the Habsburg Empire riven by nationalist conflicts, they prefigure the colonial and postcolonial situation where new literatures seek to establish themselves without being intimidated by the cultural authority of the metropolis, while using a version of the metropolitan language (like Indian or African writers, for example, writing in distinctive forms of English). Kafka is imagining a community in which a preoccupation with literature would not be a mark of eccentricity, as his seemed to his family, but rather diffused throughout the population, and in which the authority of great writers would not impede the further development of literature, as Goethe, in Kafka's opinion, blocked the path of German literature.

The notes on minor literatures imply a democratic community. How far did Kafka think in concrete political terms? As a schoolboy he sympathized with Socialism, wore a red carnation in his buttonhole, and supported the Boers in their war with the British (an unequal conflict which struck contemporaries as a singular example of imperialist bullying). Around 1910 he read the newspaper *Čas* (*Time*) which expressed the views of Thomas Masaryk (later the first president of the Czechoslovak Republic), and attended meetings of Masaryk's Realist Party and other Czech political groupings. The story that he attended anarchist meetings, however, seems to be a canard, based on confusion of identity with someone else called Kafka.

Kafka's social conscience is well documented. Brod reports his remarks after seeing workers injured by unsafe machinery: 'How modest these people are! Instead of storming the Institute and smashing everything to pieces, they come and make requests.' For some years he was reluctantly involved in an asbestos factory started by his brother-in-law, and comments in his diary about how the female employees were dehumanized by their mechanical work (see box overleaf).

In *The Man Who Disappeared* America is shown using the latest technology to subject people to a rigid mechanized order, in which the body is disciplined to the utmost efficiency and even the human solidarity implied in exchanging greetings has been abolished. A demonstration by striking metalworkers holds up Karl's journey to Pollunder's country house; we hear of building workers going on strike; and Karl increasingly sinks into an underclass of tramps and prostitutes. However, the political grouping that Kafka had most

Kafka on factory workers

Yesterday in the factory. The girls in their unbearably dirty and loosened clothes, with their hair as untidy as when they woke up, with the expression on their faces frozen by the incessant noise of the transmissions and by the automatic but inexplicably halting machine, are not human beings: nobody greets them, nobody apologizes for bumping into them; if they are called to do some small task, they carry it out but immediately return to their machine; they are shown what to do by a jerk of the head; they stand there in their petticoats, subjected to the pettiest power, and have not even enough calm good sense to acknowledge and conciliate that power by their looks and gestures.

contact with was Zionism, not as an attempt to colonize territory in the Near East (early Zionists were naively optimistic about how the Arabs would welcome their settlements), but as a project for removing Jews from an increasingly anti-Semitic Europe and establishing communities based on equality, simplicity, and manual labour. He talked of emigrating to Palestine with Dora Diamant and working as a bookbinder, or else as waiter in a restaurant where she would be the cook. Rather than the practical details of Zionism, however, Kafka associated it with new forms of community such as he imagined in his later fiction, above all in 'Josefine the Songstress', which takes an ironic view of the social role of the artist. Josefine, the singing mouse, believes intensely in her art and thinks it should earn her social privileges. To the other mice, her art is negligible, for instead of singing she only squeaks, like other mice. Yet they flock to her performances, not because her squeaking or piping has artistic merit, but because it enhances their solidarity by symbolizing their national identity:

> This piping which rises up, when all others are enjoined to silence, comes almost as a message from the people to each individual; the thin piping of Josefine in the midst of grave decisions is almost like the pitiful existence of our people amid the tumult of the hostile world.

'Josefine' is not about Zionism, nor, despite some hints, can the mice be unequivocally identified with the Jewish people. It puts forward a conception of a community, repeatedly using the word *Volk* (people), which in German suggests intense solidarity based on natural bonds, and even *Volksgenosse* (fellow-member of the people), a word that was harmless in 1924 but has since been discredited through having been misused by ideologists of the Right. Kafka's use of it does not place him on the political Right but shows that the vision of social solidarity found here and there in his works does not correspond to the conventional political opposition between Right and Left.

In *The Castle* society is treated much more sceptically. Although the village may present a united front to outsiders such as K., internally it is riven by factions, and it quickly ostracizes anyone, such as the Barnabas family, who appears to break with traditional customs. Towards the Castle, seat of their feudal overlord and his bureaucratic representatives, the villagers are trapped in a relationship of authority and submission. The way out of such a relationship offered in the text is through marriage. On his second day in the village K. takes up with Frieda, the barmaid at the Bridge Inn, spends the night with her, and thereafter describes her as his fiancée. But there is the obvious danger that marriage to Frieda could simply reproduce the familiar structure of authority, with a patriarchal husband dominating an acquiescent wife. Kafka had experienced that structure at home, in the primordial institution of the family. In his diary and letters, his father typically shouts and his mother 'whimpers'. In Kafka's lifetime, however, opportunities for women to gain independence and realize their potential increased sharply. During the first decade of the 20th century, women were

10. Dora Diamant.

gradually admitted to university in the various German states, Prussia being last in 1909. In Austria, Vienna University admitted women to its arts faculty in 1897, and to the study of medicine in 1900. More and more women were taking jobs. Kafka's female friends represented the New Woman type. Felice, having begun work as a shorthand typist, had within four years become chief clerk of her firm (*Prokurist*, the post occupied by Josef K.). Her friend Grete Bloch, who for a while mediated between Kafka and Felice, had a similar, even more successful career. Milena Jesenská was a noted journalist. Kafka's favourite sister Ottla worked on a country estate and later attended an agricultural college.

Such types appear also in Kafka's fiction. Fräulein Bürstner in *The Trial*, who works as a secretary in a legal firm, is an independent professional woman. Both her landlady and the old-fashioned Josef K. suspect her of sexual immorality and availability. Her resistance to K.'s harassment establishes a contrast with the seductive, whorish women who make up to him: the wife of the Court servant, who declares provocatively 'You can do anything you like with me', and the housekeeper Leni who lures him away from a discussion of his lawsuit. While *The Trial* thus gives a familiar binary opposition between the chaste and the sexualized woman, *The Castle* shows much greater differentiation in its portrayal of women. It presents us with a range of highly developed female characters, reflecting not only the possibilities open to women but also the images of women available in Kafka's lifetime.

In *The Castle* the New Woman is represented rather unappealingly by the schoolteacher Gisa. Imperious, gimlet-eyed, she dominates her lover Schwarzer, who is so submissive that he spends his time with her helping her to correct school exercises. Gisa, however, does not really want a relationship and is happiest when she can stretch herself out on her sofa in the company of her cat.

A more traditional female role is represented by Gardena, the

11. Kafka and his sister Ottla, 1914.

landlady of the Bridge Inn, who feels dissatisfied with her relatively youthful husband, not least because she is still under the spell of her brief relationship with Klamm 18 years earlier. This attraction to Klamm illustrates a kind of romanticism which simply spoils her present life and which K. tries to persuade her to abandon. In her feminist reading of Kafka, Elizabeth Boa interprets these romantic longings as a device that keeps women imprisoned in the patriarchal order of the village and its subsystem, the matriarchal order of the home. In practice, however, such romantic yearnings seem to be an obstacle to the acceptance of everyday life, a female correlative to K.'s destructive obsession with the Castle. The same obsession traps Olga in promiscuous sexual activity with Castle servants and Amalia in the well-known role of caring for her aged and increasingly feeble parents.

Finally, there is Frieda, who is briefly engaged to K. The account of their relationship is the closest Kafka comes to a fictional portrayal of marriage. Marriage is here conceived in a characteristically modern way as a relationship between equals which is strenuous and challenging, a psychological testing-ground on which many – including K. and Frieda – fail. This is a new conception. The older conception of marriage as the assigning to husband and wife of separate tasks (professional and domestic) still governs such 19th-century novels as *Madame Bovary*, in which Emma is bored by her dull husband and her limited opportunities, and *Middlemarch*, which shows Dorothea frustrated in her hopes of serving her husband's work as his amanuensis. The more challenging conception of marriage was inaugurated by Ibsen, whose plays undercut conventional images of masculinity by showing the men as weak, selfish, and self-deceived, and transfer the focus to the women and their dissatisfaction with their relationships. In *A Doll's House*, *Hedda Gabler*, and that searing marital drama *Little Eyolf*, marriage is an arena in which emotional differences, once confronted, either wreck the marriage or lead through a crisis to a new relationship. Ibsen's contemporary and counterpart, Strindberg, whose work Kafka intensely admired, shows marriage in his autobiography, fiction, and drama as a battleground in which the woman has the upper hand. In Ibsen and Strindberg, and soon afterwards in D. H. Lawrence, marriage takes the place of adventure in the chivalric romance, and of work in the 19th-century novel, as the setting where character develops through conflict.

The relationship between Frieda and K. elicits a poignancy rare in Kafka. Although K. does initially imagine using her as a means of approaching Klamm, he finds himself loving her for her own sake, and the growth and fading of their love is evoked in lyrical passages whose tone has not previously appeared in Kafka's work. The first of these occurs, unexpectedly, in the sexual encounter between K. and Frieda. Initially Frieda may seem like another version of the woman as vampiric temptress. She wields a whip, faintly suggesting the terrifying women of earlier stories (though here the whip serves to control the brutish servants who are carrying Olga off to the stable), and she pulls K. down to the floor, like Leni in *The Trial*. Yet despite the disgusting setting on the filthy bar-room floor, the experience sidetracks K. from his single-minded campaign against the Castle, breaks down his masculine defences, and brings him close to Frieda, as is underlined by the repetition of 'as one':

> There hours passed, hours of breathing as one, hearts beating as one, hours in which K. constantly had the feeling that he had lost his way or wandered farther into a strange land than anyone before him, a strange land where even the air held no trace of the air at home, where a man must suffocate from the strangeness yet into whose foolish enticements he could do nothing but plunge on, getting even more lost.

Although the relationship between K. and Frieda is short-lived, its various episodes – meeting, setting up house in the schoolroom, wrangling, and estrangement – amount to a telescoped narrative of a marriage and its breakdown. The variety of feeling evoked in Kafka's account of their relationship suggests both reflection on his own experience and thorough reading of Strindberg's portrayals of marriage. Frieda's love is a spontaneous gift, for which she hides K. from the Landlord and defends him against the disapproval of the Landlady. But it also has something deadly and constricting in it, as is evident when she imagines being together with K. in a shared grave:

> [. . .] when I dream, I really do, that there's no quiet place here on earth for our love, not in the village and not anywhere else, so I picture a grave deep and narrow, in which we embrace as if clamped together, I bury my face against you, you yours against me, and no one will ever see us again.

On K.'s side, both his irritation and his egocentricity during their marital arguments are skilfully conveyed. When Frieda begins to reproach him, he is more annoyed than touched by her lamenting voice, 'even finding the tearfully plaintive voice more irritating than moving'. On another occasion, when Frieda tells him how much she needs and wants him, K. ignores her touching appeal and picks up only a reference to Klamm:

> 'You think I miss Klamm?' said Frieda, 'there's a surfeit of Klamm here, too much Klamm; it's to escape him that I want to get away. I don't miss Klamm, I miss you. It's because of you I want to leave; because I can't get enough of you, with everyone tugging at me here. I'd rather the pretty mask were torn away, I'd rather my body were wretched, so I might live in peace with you.' K. heard only one thing in all this. 'Klamm's still in touch with you?' he asked promptly, 'he sends for you?'

The marital relationship founders, perhaps on Frieda's possessiveness, certainly on K.'s egotism. The institution of marriage, as a partnership between equals requiring each to emerge from his or her solitary obsessions, appears here as a Utopia, something glimpsed only in the moment of its failure. However precarious, it represents in Kafka a tentative counter-ideal to the family as he had known it, the potential nucleus of a new society not founded on authority and submission.

Chapter 5
The last things

> When I try to put all into a phrase I say: 'Man can embody truth but he cannot know it.'
>
> W. B. Yeats

'Where is God gone?'

Kafka's approach to religion may be indicated by juxtaposing two passages. One, 'The Trees', comes from his early book *Meditation*. The other is a famous passage from Nietzsche.

> For we are like the trunks of trees in the snow. Apparently they rest smoothly on the surface and with a gentle push we should be able to shift them. No, that one cannot, for they are firmly attached to the ground. But see, that too is only apparent.

> 'Where is God gone?' he cried, 'I will tell you! We have killed him – you and I! All of us are his murderers! But how did we do this. How were we able to drink up the sea? Who gave us the sponge to wipe away the whole horizon? What were we doing when we unchained this earth from its sun? Where is it going now? Where are we going? Away from all suns? Are we not continually plunging? And backwards, sideways, forwards, in all directions? Is there still an above and a below? Are we not wandering through an infinite nothingness? Don't we feel the breath of empty space? Has it not

grown colder? Doesn't night and more night keep coming? Must not lanterns be lighted in the morning? Do we yet hear nothing of the noise of the grave-diggers who are burying God?

Nietzsche, *The Joyful Wisdom*, 125

There is a great difference in tone between these two passages. Kafka's meditation is quiet and enigmatic. Nietzsche's is a dramatic utterance ascribed to a madman, trying to make the sane realize the enormity of their situation. But both express how the world has lost any secure foundation. Trees growing out of the snow seem to be standing upon it and easy to push away. In fact they resist our attempts to move them: they seem far more firmly rooted than we are. But this rootedness is – in some sense which the parable invites us to supply – only illusory. Even the seemingly most solid objects lack any unshakeable foundation. In Nietzsche, this lack of foundation results from the death of God: not simply from disbelief in him, but from humanity's rebellious assumption of control over our own lives. Thanks to our violent denial of God, the world has lost the clear shape, the firm horizon, the stable foundation that it formerly possessed. There are no reference points any more, no above and below, and we cannot stop the earth from careering into darkness, any more than we can control or imagine the consequences once humanity has rejected God's tutelage.

Kafka repeatedly evokes the situation in which a source of authority is, or has become, inaccessibly remote. Thus in 'A Message from the Emperor' (published in *A Country Doctor*) the emperor has sent the addressee a message from his deathbed, but the messenger, though strong and even 'indefatigable', has to force his way through the royal palace, and the inner chambers, the stairs, the courtyards, the outer palace, each representing a space so vast that he can never force his way through it and can never bring you the message from the dead emperor. 'But', the story concludes, 'you sit at your window and dream up that message when evening falls.' Even if God is dead, we want a divine message, and if none is available we will imagine it for ourselves.

In Kafka's novels the declining or absent authority is often figured in religious imagery. In *The Man Who Disappeared*, the ultra-modern New York still has a cathedral whose form looms out of a haze, but in Pollunder's country house the chapel appears to have been abandoned as part of the modernization of the building. The Cathedral in *The Trial* is huge, dark, almost deserted, and of interest to Josef K. primarily as a tourist attraction. A painting of Christ being laid in the tomb, which K. can make out only piecemeal with the aid of his pocket torch, ceases to interest him when he identifies it as a recent picture. The darkness of the Cathedral recalls another saying of Nietzsche's madman: 'What are these churches now, if not the tombs and monuments of God?' In Kafka's last novel, the Castle is explicitly contrasted with the church of K.'s home town:

> And he drew a mental comparison between the church tower of his home town and the tower above him. The tower at home, neatly, unhesitatingly tapering straight upward, ending below in a red-tiled expanse of roof, an earthly building – what other kind can we build? – yet with a loftier goal than the squat jumble of houses and making a clearer statement than the drab working day.

The Castle, on the other hand, is indistinct and puzzling:

> On the whole, seen from this distance, the castle matched K.'s expectations. It was neither an old-style knight's stronghold, nor a modern palace, but an extended complex consisting of a few two-storeyed but a great many lower buildings set close together; had you not known it was a castle, you might have taken it for a small town. K. saw only one tower, there was no telling whether it belonged to a residential building or to a church.

How does the Castle match K.'s expectations if it does not look like a castle? And how did he know in advance that it was a castle? On closer inspection, it reveals itself as really 'just a wretched-looking small town, a collection of rustic hovels'. Although situated high above the village, it looks scarcely different from the village: a hint perhaps that nowadays the authority to which people submit is conceived in their own image.

Kafka's frequent reference to churches testifies to the Christian atmosphere in which he lived: not in his Jewish family, but in Prague, a city dominated by massive churches. Kafka sometimes dates diary entries by reference to Christian festivals (Easter Saturday, Corpus Christi), since these were public holidays. Christianity was readily available to him as a cultural system. Its appearance in his fiction, however, is hard to interpret. In *The Judgement*, Georg and his friend suggest the Prodigal Son and his stay-at-home brother. 'Petersburg', the city of Peter, recalls St Peter and Rome. We have the striking and at first sight unmotivated image of the priest in Russia who stands up before a crowd and cuts a cross into the palm of his hand. After sentence has been pronounced, the maidservant cries 'Jesus!' as Georg dashes downstairs to his fate, and hides her face as though the sight of him were forbidden. Hanging from the bridge, Georg may call to mind the crucified Christ. In *The Transformation*, Gregor, assailed by his father with apples, feels 'as if nailed to the spot', again like Christ on the cross. The victim suffering on the punishment-machine of *In the Penal Colony* gains enlightenment 'at the sixth hour'. The sick boy in 'A Country Doctor', watched by two horses, seems to be reversing the birth of Christ in the stable. The Fasting Artist starves for 40 days, like Christ in the wilderness.

Enigmatic as these allusions are, they often imply a criticism of the values of Christianity. As a reader of Nietzsche, Kafka was undoubtedly familiar with the critique of religion in general, and Christianity in particular, found throughout Nietzsche's writings. Nietzsche denied that the moral and theological claims of Christianity had any divine origin. There was no single morality, but rather diverse systems of morals, whose origin could be explained historically and psychologically, and whose dominance was due not to their intrinsic excellence but to the power attained by their adherents. Christian morality represented the creative resentment felt by the physically weak against their masters, and was shot through with vengefulness and hatred. The priestly type, best realized in Judaism and Christianity, was a damaged person, lacking in vitality, maintaining power over his sick flock by psychological manipulation. Though Jesus had a valuable message, only a natural aristocracy could have understood it, whereas his disciples were mediocre individuals and St Paul a fanatical nihilist who distorted the message to satisfy his power-hunger. And yet Nietzsche acknowledged that the slave revolt in morals which produced Christianity had also made humanity more inward, more complex, more interesting, and that the asceticism exemplified by the priest was shared by the artist and the scholar, in whom it was the precondition for achievement. In this light, Kafka's self-mutilating priest in *The Judgement* may be seen as a version of the sick priest in *The Genealogy of Morals*, who owes his power over his flock to his sharing their illness. The selfish family in *The Transformation* cross themselves when they learn, to their relief, that Gregor is dead. Johanna Brummer, the maidservant who abuses Karl in *The Man Who Disappeared*, prays to a wooden crucifix. The Country Doctor reflects that his patients have transferred their superstitious faith from the useless priest to him:

> They have lost their old faith; the priest sits at home and picks his vestments to pieces, one by one; but the doctor is expected to accomplish everything with his sensitive surgical hand.

Kafka was aware that medical treatment could invite as much credulity as religious cults. After hearing a speaker denounce the superstition surrounding the shrine at Lourdes, Kafka reflected in his diary:

> Karlsbad [a famous health resort, now Karlovy vary] is a bigger swindle than Lourdes, and Lourdes has the advantage that people go there because of their deepest faith. What about rigid opinions concerning operations, serum cures, injections, medicines?

Kafka's Jewish upbringing, and his renewal of interest in aspects of Jewish culture and religion from about 1911, might be expected to leave deeper traces in his work. Admittedly, he complained to his father of having been introduced only to a shallow and desultory form of Judaism, characteristic of Jews moving from tight rural communities to the cities where traditional allegiances became diluted. His father went to the synagogue only on the High Holidays. At the age of 13, Kafka had a bar mitzvah which his parents, in a concession to the dominant Christianity typical of assimilated Jews, called 'confirmation'; he remembered laboriously learning by heart a prayer which he recited in the synagogue, and then delivering a prepared speech at home. The first night of Passover was celebrated in the Kafka household, but taken less and less seriously. After attending the circumcision of his nephew in 1911, Kafka reflected that the ceremony, watched uncomprehendingly by most of those present, was so obviously a historic survival that it would soon acquire historical interest. Reacting against his family's disapproval of Jews from Poland and Russia, Kafka learnt much about Eastern Jewish culture from the Yiddish actors whose performances he attended loyally in 1911–12, and later he became friendly with Georg Langer, a Czech-speaking Prague Jew who told him much about the Kabbalah (the medieval tradition of Jewish mysticism) and the Baal Shem who founded the religious revival movement known as Hasidism in the early 18th century; Langer had himself lived in the Hasidic community of Belz, near the Russian frontier, and in Marienbad in 1916 he and Kafka saw the Rabbi of Belz, who had come there with his followers to take refuge from Russian armies. Kafka read the Hasidic stories translated and reworked by Martin Buber, and treasured a pocket anthology from the Talmud.

How far all this Jewish lore entered Kafka's fiction is difficult to say. Though churches often feature, a synagogue is mentioned only in a short fragment ('In the Thamühl Synagogue'). Jewish imagery sometimes appears more discreetly. A few months before beginning *The Trial*, Kafka visited Martin Buber in Berlin and asked him about the 'unjust judges' in Psalm 82. Many intriguing similarities have been pointed out between the imagery of the novel and that of the Kabbalah, with its judges and doorkeepers, though it is not clear how much Kafka knew about the Kabbalah at this stage in his life. It was noted many years ago, by Evelyn Torton Beck, that the Hebrew word for 'land surveyor', K.'s profession in *The Castle*, resembles that for 'messiah', suggesting another aspect of K.'s intrusion into the village. *The Judgement* was written during the night following Yom Kippur, when Kafka had failed to attend synagogue, and after a year of absorption in the full-blooded Jewish life represented by the Yiddish actors from Warsaw who were visiting Prague. Many Biblical allusions have been surmised in the story. The 'nightmare image of his father' suggests an angry Jehovah, a reminder of the authority of tradition, who punishes Georg for his apostasy into worldly pursuits. Georg and his friend, implicitly made into brothers when the father says of the friend: 'He would have been a son after my own heart', faintly recall such contrasting Old Testament pairs as Jacob and Esau, or Ephraim and Manasseh (Gen. 48). However, such interpretations impute to Kafka a degree of conscious planning which is hardly compatible with the way he wrote the story or with the perplexity he himself expressed about it, and a thorough knowledge of Jewish theology and tradition, which is not attested in any contemporary biographical documents.

Despite these difficulties, some of Kafka's most eminent Jewish interpreters have found in his work a profound response to and revision of specifically Jewish themes. The philosopher Margarete Susman (1872–1966) saw Kafka in 1929 as addressing the problem of Job, who questions God's justice, but in the modern secularized world from which God seems to be absent.

> If the world of mechanized work, purely functional work devoid of sense and soul, were suddenly invaded by the law of God – if the living creation itself demanded its rights: then the world would look as Kafka depicts it.

Five years later, the religious interpretation of *The Trial* was debated in letters between the critic Walter Benjamin and the scholar and theologian Gershom Scholem (now recognized as a towering figure not only in the study of the Kabbalah but in modern German-Jewish thought). Benjamin, repelled by the facile religious interpretations advanced by Max Brod and others, maintained that Kafka's imagination had gone back before the beginnings of religion and regained contact with the prehistoric thought-world out of which religion was to develop. Scholem countered that Kafka did indeed depict the world in the light of divine revelation, but it was a revelation that could not be fulfilled, because its message could not be deciphered. And Scholem, in his letter of 9 July 1934, expressed his understanding of Kafka as the bearer of a negative theology in a remarkable poem which unfortunately defies verse-translation, beginning:

> Are we quite cut off from You? In such a night, God, is not a breath of Your peace and Your message destined for us?
>
> Can Your word have died away so completely in the emptiness of Zion – or never penetrated into this magic realm of semblance?
>
> The world's great deception is wellnigh consummated and complete. Grant, God, that the man pierced by Your nothingness may awaken.
>
> Only thus can revelation shine into the age that rejected You. Your nothingness is the only way it can know You.

Whatever Kafka's relation to Jewish thought, he was increasingly preoccupied with questions of religion. This does not mean his allegiance to any specific religion, whether Judaism, Christianity, or any variety thereof. His reading in religion and philosophy was wide and eclectic. From 1917 onwards, when his extended spells off work gave him ample time for reading, he read Pascal, Schopenhauer, the *Confessions* of St Augustine, the Christian diaries of the late Tolstoy, and much else. He paid particular attention to Kierkegaard, and it is often supposed that the Danish religious philosopher provides some kind of key to Kafka's works. Brod, especially, encouraged this notion in his afterword to *The Castle*. The facts of Kafka's reception of Kierkegaard, however, suggest a somewhat different picture.

Kafka first read Kierkegaard in 1913. He read a selection from Kierkegaard's journals published as *Buch des Richters* (*Book of the Judge*) and found that his own conflict between marriage to Felice and commitment to writing strongly resembled the conflict Kierkegaard felt between marriage and the religious commitment which led him to break off his engagement to Regine Olsen. He returned to Kierkegaard's works in 1917–18 and discussed them in letters to Brod. Kafka seems to have been particularly impressed by *Fear and Trembling*, an extended meditation on the story of Abraham and Isaac. Kierkegaard is interested in how the religious life not only lies beyond the ethical life, but may contradict it. A person may, in the service of God, do things that are utterly repugnant to morality. Thus God commanded Abraham to sacrifice his first-born son, whereupon Abraham obediently took the boy up to Mount Moriah and prepared to kill him; at the last moment he saw a ram caught in a thicket which God, relenting, had sent as a substitute. Abraham put his obedience to God before his moral sense, his fatherly affection, and the ethical standards of his society. To Kafka, this showed that religious belief was an utterly individual, private matter, which only God could judge. 'For the relationship to the divine, for Kierkegaard, is removed from any other person's judgement, so much perhaps that even Jesus could not judge how far someone who follows him has come', he wrote to Brod in March 1918.

Something of this ethical individualism appears in *The Castle*. Brod maintained that Sortini's obscene summons to Amalia was analogous to God's apparently immoral command to Abraham, and that Amalia, unlike Abraham, erred by rejecting it. This interpretation is not self-evident and is not borne out by any of

Kafka's comments. Rather, the individualism that enables K. to challenge the Castle and defy local traditions seems connected with a passage that Kafka, in the same letter to Brod, quotes from the *Book of the Judge*:

> As soon as a person appears who has something primitive about him, so that he does not say 'One must accept the world as it is' [. . .] but says 'However the world is, I shall retain an originality which I do not mean to alter in accordance with the world's wishes': at the moment these words are heard, the whole of existence is transformed. As in the fairy-tale, when the word is spoken, the castle opens after being enchanted for a hundred years, and everything comes to life: so existence turns into sheer attention.

A person who has retained his original character – the 'individuality' of which, Kafka complained, parents and educators sought to deprive one – arouses the attention both of angels and demons, opening up possibilities of extreme good or evil.

Reading Kierkegaard helped Kafka to see his own experience in a wider perspective, as shared by at least one other person, and in a religious framework. The insecurity that we have seen documented in previous chapters sought support in something outside human life, and his devotion to writing became more than literature, more than self-therapy, pointing the way to a justification for his existence. In 1913 he asked Felice about her belief in God and enlarged on the conception he thought desirable:

> Do you feel – this is the main thing – unbroken connections between yourself and some reassuringly remote, possibly infinite, height or depth? Anyone who constantly feels that does not have to run around like a lost dog, looking around beseechingly but mutely, he need not feel the desire to slip into the grave as though it were a warm sleeping-bag and life a cold winter night, and when he climbs the stairs to his office, he does not have to think he sees himself simultaneously falling from above down the entire staircase,

shimmering in the uncertain light, revolving with the rapidity of his motion, shaking his head with impatience.

This is a brilliant evocation of existential insecurity. Similarly, Kafka's need to write becomes existential, religious, when it provides a justification for his existence. While working on *The Trial*, he wrote in his diary:

> I am not so fully protected, so curled up in my work, as I was two years ago [thinking back to the composition of *The Judgement*], still, I have found a meaning, my regular, empty, mad, bachelor-like life has a justification.

As Kafka came to understand his life situation in religious terms, he rejected psychoanalytic explanations. He knew a good deal about various schools of psychoanalysis, largely from discussion and from reading articles about it in the *New Review* and elsewhere. He noted that while writing *The Judgement* he had had 'thoughts about Freud, naturally'. But he felt that psychoanalysis gave facile explanations which were intensely satisfying at first but soon left one has hungry as before – though of course psychoanalysis could itself explain this response as repression of the unwelcome truth. Above all, he thought that the claims of psychoanalysis to cure people of their neuroses were dehumanizing. In a letter to Brod he quoted a sentence from Kierkegaard as being relevant to Freud: 'No human being can lead a true spiritual life while remaining perfectly healthy in body and mind.' And to Milena, who had evidently found his insecurity baffling, he replied:

> Try to understand it by calling it illness. It is one of the many symptoms of illness which psychoanalysis claims to have discovered. I do not call it illness and see the therapeutic part of psychoanalysis as a helpless error. All these so-called illnesses, however sad they may look, are facts of faith, where a human being in distress anchors himself in some maternal soil.

When such attempts to anchor oneself found a real foundation, he continued, they were not to be seen as contingent features of one's life but part of human nature and hence not something that should be 'cured'.

'To become clear about the last things'

The later Kafka seeks a solid foundation and a justification for his own life, and for that of others. He comes to see himself as representing the spiritual situation of his time. A notebook entry dated 25 February 1918 presents him as confronted with a mysterious spiritual task:

> I have brought none of life's requirements, so far as I know, but only universal human weakness. With this – in this respect it is gigantic strength – I have powerfully absorbed the negative aspect of my age, which is very close to me, which I have no right to combat but in a certain sense to represent. I had no inherited share in the scanty positive aspect nor in the extreme negative that turns into the positive. I was not led into life by the sinking hand of Christianity, like Kierkegaard, nor did I catch the tip of the Jewish prayer-shawl as it flew away, like the Zionists. I am the end or the beginning.

This sense of personal crisis and personal mission as representative of his age comes late in a long series of notebook entries made during the winter of 1917–18 at Zürau in the Bohemian countryside, where Kafka, now diagnosed as tubercular, was staying with his sister and convalescing from his haemorrhage. He told Brod, on a visit to Prague that December, what his task was: 'To become clear about the last things. The Western Jew is not clear about them and therefore has no right to marry.' Detached from a religious tradition which was rapidly vanishing into history, the Western Jew lacked guidance about the 'last things' (curiously, a Christian term, customarily understood to mean heaven, hell, death, and judgement, but evidently used here in a wider and looser sense) and therefore lacked the spiritual support necessary before one assumed the awesome responsibility of marrying and starting a family. For Kafka, his difficulties over marrying Felice have by now come to typify the spiritual benightedness of the assimilated and secularized Western Jew. In thinking through the spiritual bases of human life, he is acting not just for himself but for the community to which he belongs. The aphorisms in the Zürau notebooks are a coherent body of religious meditations, vivid, sharply formulated, often witty, and endlessly thought-provoking. In 1921 Kafka arranged a selection from them in a numbered series, to which Max Brod, finding them after Kafka's death, gave the title 'Reflections on Sin, Suffering, Hope, and the True Way'. They deserve detailed discussion to show Kafka's pre-eminence as, among much else, a religious thinker.

The aphorisms are first and foremost the expression of a spiritual crisis. One finds oneself in a situation that cannot be resolved, not just because the solution is impossibly difficult, but because the solution is unimaginable. 'You are the problem. No scholar far and wide' – in an impossible act of self-reflexivity, one is required to solve a puzzle, to do a piece of homework, that is nothing other than oneself. In this situation, one feels driven to make the crisis more desperate, to reach the point of no return. 'From a certain point there is no longer any return. This point must be reached.' When the crisis is at its most extreme, hope may emerge, as another aphorism suggests: 'The true antagonist fills you with boundless courage.'

The situation that Kafka is writing about, in general rather than personal terms, is first of all one of self-estrangement. Our consciousness, our cognitive apparatus, cannot know about our true being and therefore serves to estrange us from ourselves and from the truth. The problem is not that one cannot know the truth; it is that one cannot know the truth and *be* the truth: 'There are only two things: the truth and the lie. The truth is indivisible, so cannot know itself. Anyone who seeks to know it must be [a] lie.'

For Kafka, the contemplation of life is bound to be deceptive. This is partly because the signs of the world are ambiguous. 'The man in ecstasy and the man drowning: both raise their arms': the same gesture can have opposite meanings. 'All is deception.' But that is also because our powers of perception are inadequate. Estranged from one's true self, one perceives everything unreliably. One cannot know oneself. 'Only evil has self-knowledge.' One cannot know anything else, because either one is involved and hence biased, or else one is neutral and hence ignorant: 'Only the party concerned can really judge, but as a party concerned s/he cannot judge. Hence the world contains no possibility of judgement, only its semblance.'

The task of the individual, as Kafka sees it, is to resist the world. But how is one to do that if one cannot know anything for certain about the world? Worse still, since one is estranged from oneself, it may be that the self from which one is estranged is in league with the world. And that is bound to be the case in so far as estrangement divides the mind from the body. For with our bodies we are enmeshed in the world of the senses, which Kafka considers at best illusory, at worst evil. 'There is nothing but a spiritual world; what we call the sensory world is the evil in the spiritual [world].' To fight against the sensory world is futile, because one's senses, and especially one's sexuality, are complicit with it. 'One of the most effective temptations practised by the devilish [element] is the invitation to a fight. It is like the fight with women, which ends up in bed.' The struggle against the world is especially a struggle against sexuality:

> Woman – to put it more pointedly, perhaps, marriage – is the representative of life with which you are to struggle. The means by which this world tempts you, and the sign guaranteeing that this world is only transitional, are the same. Rightly so, for it is only thus that the world could tempt us, corresponding to the truth. The bad thing is only that after the temptation has worked, we forget the guarantee, and so it is really the good that has lured us into evil, the woman's gaze has lured us into her bed.

Although love – not just sensual love, but the element of heavenly love within it – keeps us trapped in the sensual world, Kafka regards the soul as something eternal, temporarily confined within the physical world. 'I am too confined in everything I signify; even the eternity that I am confines me too much.' The soul, it seems, is conceived as disembodied, almost abstract.

How is one to escape from this confinement? First, one must become aware of one's condition. This leads to despair. 'A first sign of the beginning of knowledge is the wish to die. This life seems unendurable, another [life] unattainable.' But becoming aware of one's condition is not enough, for mere self-knowledge is a distraction from the necessary task of overcoming the world. Instead, one's motto must be: 'Fail to know yourself! Destroy yourself!' – and only when one stoops very far down can one hear the good part, which runs: 'in order to make yourself into that which you are.' Kafka demands active self-destruction. One must die, but not a physical death. 'Our salvation is death, but not this one.' Rather, one must undergo a spiritual death, and the only development Kafka sees in human history is the development of this spiritual power: 'Humanity's development – a growth of the power to die.' He represents spiritual death by the image of the burning bush in which the Lord appeared to Moses in Exodus 3:2. 'The thorn-bush is the ancient barrier in the road. It must catch fire if you want to go any further.' Spiritual progress must be through the fire, an image recalling Purgatory. Kafka, however, adopts the Jewish image of the Holy of Holies:

> Before entering the Holy of Holies you must take off your shoes, and not only your shoes but everything, your travelling-clothes and your baggage, and beneath that your nakedness, and everything that is beneath your nakedness, and everything hidden beneath that, and then the core and the core of the core, then what is left and then the rest and then the light from the imperishable fire.

Having undergone such self-destruction, such purgation, what new reality may the purified self enter? Kafka talks mysteriously of our life as being merely transitional. We need to enter the spiritual world, which is the only reality.

> There is nothing but a spiritual world; what we call the sensuous world is the evil in the spiritual [world], and what we call evil is only a requirement of a moment in our everlasting development.

Our mission is 'ascent into a higher life', indeed to attain eternal life.

> If, having gained knowledge, you want to attain eternal life – and you cannot do other than want to, for knowledge is this desire – then you will have to destroy yourself, the obstacle.

So far we have a sharp division between the world of the senses, which one's body inhabits, and the spiritual world of eternity to which one is connected by one's bodiless inner, or mental, self. Some passages remind us strongly of Kafka's personal revulsion from sexuality which makes him in his notebooks equate marriage with martyrdom. There is, however, a counter-current in Kafka's thought: the idea that possibly the world of the senses can after all be made acceptable. He contemplates this possibility at first with something approaching horror:

> What is depressing about the idea of eternity: the incomprehensible justification that time must receive in eternity and the consequent justification of ourselves, just as we are.

Suppose our destiny were not to escape from embodied existence into a higher, non-physical reality, but to see our limited, temporal reality as part of the eternal order and having its rightful place in the eternal order. Granted that the sensory world is the evil element in the spiritual world, perhaps even this can be reclaimed. A Christian would say 'redeemed'; Kafka's word is 'justification', and as this is an important word in the notebooks the concept deserves some attention. In the Old Testament, this word expresses a relationship between human beings and God. The man who is justified is acquitted or vindicated before a judge's tribunal, as in Psalm 119:7: 'I will praise thee with uprightness of heart, when I shall have learned thy righteous judgements.' St Paul transfers this concept to the work of Christ, thanks to whom, not to any merits or actions of our own, we are justified, found righteous, before God: while Abraham was justified by his faith ('And therefore it was imputed to him for righteousness', Rom. 4:22), Christians are justified both by faith in Christ and by the death of Christ for their sake: 'Therefore being justified by faith, we have peace with God through our Lord Jesus Christ' (Rom. 5:1).

As Kafka develops the concept, however, justification does not come from an external source. It comes from man's own work in the world. Man does not consciously seek justification:

> That it appears as though he were working to feed and clothe himself, etc., does not matter; for with every visible mouthful he also receives an invisible one, with every visible dress he also receives an invisible dress. That is everybody's justification.

A person who concentrates on working to support himself and his family is already justified without consciously knowing it. In such a person, being and consciousness are reconciled. Such a person, like the family Flaubert envied, is '*dans le vrai*'. We can relate this conception to *The Castle*. There K. seeks a justification for his presence in the village. He wants the authorities to confirm his position as land surveyor. In his search for authorization, he becomes obsessed with the Castle and with his need to speak to an official competent to deal with his case. Early in this process, he takes up with Frieda, the girlfriend of the official Klamm, and they stumble into a relationship which both want to be lasting. K. finds work as a school janitor, and maintains a grotesquely impractical household in the schoolroom. It is not the difficulties of daily life, but the lure of the Castle, which ends his relationship with Frieda.

A further aphorism explores the basis of this justification. It is based on faith, not in the sense of conscious belief, but in the sense of trust, an unconscious assurance, which pervades one's whole being.

> Man cannot live without lasting trust in something indestructible, even if in lasting ignorance both of his trust and of the indestructible. One possible expression of this concealment is the belief in a personal God.

Here Kafka affirms that life needs to be based on a relationship to something outside oneself. He is sceptical about whether that something should be conceived as a personal God. But we have already seen how between 1913 and 1917 Kafka's insecurity had reached the point of desperation. He worked through his crisis in the Zürau notebooks. There he formulates the concept of 'the indestructible', derived from Schopenhauer's famous meditation on death in *The World as Will and Idea* (see box overleaf).

Belief in 'the indestructible' is not intellectual. It is expressed in action. 'Belief means freeing the indestructible in oneself, or rather: freeing oneself, or rather: being indestructible, or rather: being.' It bridges the gulf between consciousness and being. And it enables Kafka effortlessly to surmount a problem that worries many people who reflect on religion, namely the fact that the majority of people feel no need to reflect on religion. William James in *The Varieties of Religious Experience* borrows from a Catholic writer the division of humanity into the once-born and the twice-born. The latter are the minority who feel anxiety about their relation to something beyond themselves. The former are unreflective, uncomplicated, and largely content to get on with their lives. For Kafka, both classes of people arrive by different routes at the same goal, that of being; the twice-born like himself have a very much longer and more arduous journey, the others can be '*dans le vrai*' already.

Schopenhauer on death

All philosophers have erred in this: they place the metaphysical, the indestructible, the eternal element in man in the *intellect*. It lies exclusively in the *will*, which is entirely different from the intellect, and alone is original. [. . .] The will alone is that which conditions, the kernel of the whole phenomenon, consequently free from the forms of the phenomenon to which time belongs, thus also indestructible. Accordingly with death consciousness is certainly lost, but not that which produced and sustained consciousness; life is extinguished but not the principle of life also, which manifested itself in it. Therefore a sure feeling informs everyone that there is something in him which is absolutely imperishable and indestructible.

Arthur Schopenhauer, 'On death and its relation to the indestructibility of our true nature', in *The World as Will and Idea*, tr. R. B. Haldane and J. Kemp (London: Routledge and Kegan Paul, 1883), iii. 291

Kafka's concept of 'the indestructible' has further consequences. It frees the believer from isolation, for it is by definition something shared with other people. 'The indestructible is one; every individual is it, and simultaneously it is common to all. Hence the extraordinarily firm unity of humanity.' At this point Kafka again defines his difference from Christianity:

> We too shall have to suffer all the suffering around us. Christ suffered for mankind, but mankind must suffer for Christ. We all have, not one body, but one growth, and it leads us through all pains, whether in this or that form. As the child develops through all the stages of life to old age and death – and each stage basically seems

unattainable to the preceding stage, whether in desire or fear – similarly we develop – no less deeply connected with mankind than with ourselves – through all the sufferings of this world, together with all our fellow-humans. In this context there is no place for justice, but nor is there one for fear of suffering, or for the interpretation of suffering as merit.

Here Kafka relativizes the suffering of Christ. It is the task of each human being to assume Christ's role and share the suffering of the rest of humanity. And this ethical individualism, recalling what Kafka learned from Kierkegaard, is realized in common with the rest of humanity. Kafka implicitly denies St Paul's claim that all are members of the one body (Rom. 12:5). Instead, a shared process of development overcomes the isolation of the individual and brings about the messianic age. But Kafka undermines the various significances assigned by Judaism and Christianity to the figure of the Messiah, showing that the Messiah thus becomes superfluous:

> The Messiah will come once the most unbridled individualism of faith is possible, nobody destroys this possibility, nobody tolerates its destruction, and thus the graves are opened. That is perhaps also the Christian doctrine, both in the actual displaying of the example and in the symbolic displaying of the resurrection of the mediator in the individual.

There is, then, no need for a mediator like Christ to reconcile God with man. Kafka's impersonal divinity, the indestructible, is latent in every human being. To make contact with this imperishable essence is humanity's task, and when everyone does so human life will be transfigured. As a means to this goal, suffering is necessary and valuable:

> Suffering is the positive element in this world, indeed it is the only link between this world and the positive. Only here is suffering suffering. Not as though those who suffer here are elsewhere to be elevated because of this suffering; but what in this world is called

> suffering, in another world, unchanged and merely freed from its opposite, is bliss.

In this hateful, prison-like world of pain, suffering connects us with higher reality. For we suffer because we are thrust down into this world. Our discomfort here reminds us that we belong to eternity. It is not the case that, as some Christians think, we shall be rewarded for our suffering here by corresponding happiness in the next world. Rather, in the next world the spiritual potential which makes us suffer here will be freed from confinement and make us happy.

Kafka's thought hovers between several possibilities. Here he appears to contemplate a kind of spiritual rebirth which is reminiscent of the Kabbalah, with its doctrine of liberating the divine sparks that are imprisoned in the material world. But the rebirth he imagines is not located in a radically different world, but in a world that will closely resemble the present one. In *The Castle* K. appears misguided in his search for contact with the elusively higher reality of the Castle, with its absent proprietor represented by a hierarchy of bureaucrats. K.'s quest proves destructive to himself and others. It destroys the possibility of finding a place, however marginal and precarious, in the village; it wrecks his relationship with Frieda; and it thus ruins his chance of leading an ordinary, everyday life which could be in the truth ('*dans le vrai*', as Flaubert said) without any need for official legitimation from the Castle.

To acknowledge Kafka's importance as a religious thinker is essential, but also misleading. His religious thought, though coherent, is not systematic. Like Kierkegaard, he had no wish to erect a system of ideas which would give the illusion of completeness while losing contact with the uniqueness of actual experience. Hence he chose the unsystematic form of the aphorism. Moreover, Kafka's religious thought is bound up with his imaginative activity as a writer of fiction. This certainly does not mean that his fictional inventions can be read as allegorical equivalents of abstract ideas. Kafka's images are not the embodiment of pre-existing concepts. Rather, both his aphorisms and his fiction are exploratory. They explore situations and themes which are among the archetypes of religious experience: guilt, despair, judgement, hope, redemption, and love. They do so by a kind of thinking in images which need be no less rigorous than thinking in concepts. They follow a logic of the imagination which engages both the intellect and the emotions of the reader. That is perhaps the source of their fascination, and a reason why Kafka's fictions, vivid yet strangely abstract, intellectual without being drily cerebral, have spoken so insistently to innumerable readers over so many decades.

References

Kafka's main works are available in many translations. The following have been used here (with occasional modification):

The Trial, tr. Idris Parry (London: Penguin, 2000)

The Castle, tr. J. A. Underwood (London: Penguin, 2000)

The Man Who Disappeared (Amerika), tr. Michael Hofmann (London: Penguin, 1997)

The Transformation and Other Stories, tr. Malcolm Pasley (London: Penguin, 1992)

The Great Wall of China and Other Short Works, tr. Malcolm Pasley (London: Penguin, 1991)

The Collected Aphorisms, tr. Malcolm Pasley (London: Penguin, 1994)

See also:

The Trial: a new translation based on the restored text, tr. Breon Mitchell (New York: Schocken, 1998)

The Castle: a new translation based on the restored text, tr. Mark Harman (New York: Schocken, 1998)

The Diaries, tr. Joseph Kresh (New York: Schocken, 1947)

Letters to Friends, Family and Editors, tr. Richard and Clara Winston (New York: Schocken, 1988)

Letters to Felice, tr. James Stern and Elizabeth Duckworth (London: Vintage, 1992)

Letters to Milena, tr. Philip Boehm (New York: Schocken, 1990)

Letters to Ottla and the Family, tr. Richard and Clara Winston (New York: Schocken, 1988)

Further reading

The following critical collections provide good introductions:

Julian Preece (ed.), *The Cambridge Companion to Kafka* (Cambridge: Cambridge University Press, 2002)

James Rolleston (ed.), *A Companion to the Works of Franz Kafka* (Rochester, NY: Camden House, 2002)

W. J. Dodd (ed.), *Kafka: The Metamorphosis, The Trial and The Castle*, Modern Literatures in Perspective (London: Longman, 1995)

Mark Anderson (ed.), *Reading Kafka: Prague, Politics, and the Fin de Siècle* (New York: Schocken, 1989)

Chapter 1

For biographies of Kafka, see Ronald Hayman, *K: A Biography of Kafka* (London: Weidenfeld and Nicolson, 1980); Ernst Pawel, *The Nightmare of Reason: A Life of Franz Kafka* (London: Harvill, 1984); Nicholas Murray, *Franz Kafka* (London: Little, Brown, 2004); and the small pictorial biography by Jeremy Adler, *Franz Kafka* (London: Penguin, 2001). Reiner Stach is writing a biography in three volumes, the first of which is about to appear in a translation by Shelley Frisch (New York, 2004). For one reasonably rewarding psychoanalytic approach, see Calvin R. Hall and Richard S. Lind, *Dreams, Life and Literature: A Study of Franz Kafka* (Chapel Hill: University of South Carolina Press, NC, 1970).

On Milena Jesenská, see Mary Hockaday, *Kafka, Love and Courage: The Life of Milena Jesenská* (London: Deutsch, 1995); on Dora Diamant, see Kathi Diamant, *Kafka's Last Love: The Mystery of Dora Diamant* (London: Secker and Warburg, 2003). On the question of homosexuality, see Mark Anderson, 'Kafka, homosexuality and the aesthetics of "male culture"', *Austrian Studies*, 7 (1996), pp. 79–99.

On Kafka's literary setting, see Scott Spector, *Prague Territories: National Conflict and Cultural Innovation in Franz Kafka's Fin de Siècle* (Berkeley, Los Angeles, London: University of California Press, 2000). Intertextual studies include Mark Spilka, *Dickens and Kafka* (Bloomington: Indiana University Press, 1963), and W. J. Dodd, *Kafka and Dostoyevsky: The Shaping of Influence* (London: Macmillan, 1992). On Kafka's travel reading, see John Zilcosky, *Kafka's Travels* (Basingstoke: Palgrave Macmillan, 2003), and on his film-going, Hanns Zischler, *Kafka Goes to the Movies* (Chicago and London: University of Chicago Press, 2003). On his publishing career, see Joachim Unseld, *Franz Kafka: A Writer's Life*, tr. Paul F. Dvorak (Riverside, CA: Ariadne Press, 1997).

Chapter 2

The distinction formulated by Roland Barthes in *Writing Degree Zero*, tr. Annette Lavers and Colin Smith (London: Cape, 1967) was discussed and developed by Jonathan Culler, *Structuralist Poetics* (London: Routledge and Kegan Paul, 1975). Vladimir Nabokov puzzled over Kafka's entomology in his *Lectures on Literature*, ed. Fredson Bowers (New York: Harcourt Brace Jovanovich, 1980). For Kafka's knowledge of Darwinism and other matters, see Leena Eilittä, *Approaches to Personal Identity in Kafka's Short Fiction: Freud, Darwin, Kierkegaard* (Helsinki: Academia Scientiarum Fennica, 1999).

On Kafka's writing, see Mark Harman's article on his revision of *The Castle* in Rolleston's *Companion* (above), and Malcolm Pasley, 'Kafka's *Der Process*: what the manuscript can tell us', *Oxford German Studies*, 18/19 (1989–90), pp. 109–18.

Chapter 3

On theories and histories of the body, see Bryan S. Turner, *The Body and Society: Explorations in Social Theory*, 2nd edn. (London: Sage, 1996); Sarah Coakley (ed.), *Religion and the Body* (Cambridge: Cambridge University Press, 1997); Peter Brown, *The Body and Society: Men, Women and Sexual Renunciation in Early Christianity* (New York: Columbia University Press, 1988); E. M. Collingham, *Imperial Bodies: The Physical Experience of the Raj c. 1800–1947* (Cambridge: Polity, 2001). On the body in Kafka's culture, see George L. Mosse, *Nationalism and Sexuality: Respectability and Abnormal Sexuality in Modern Europe* (New York: Fertig, 1985); Mark Anderson, *Kafka's Clothes: Ornament and Aestheticism in the Habsburg Fin de Siècle* (Oxford: Clarendon Press, 1992).

On fasting, see Walter Vandereycken and Ron van Deth, *From Fasting Saints to Anorexic Girls: The History of Self-Starvation* (London: Athlone Press, 1994). On the wound in 'A Country Doctor', see especially Edward Timms, 'Kafka's expanded metaphors: a Freudian approach to "Ein Landarzt"', in J. P. Stern and J. J. White (eds), *Paths and Labyrinths: Nine Papers from a Kafka Symposium* (London: Institute of Germanic Studies, 1985), pp. 66–79. Erich Heller's essay 'The World of Franz Kafka' is available in his *The Disinherited Mind: Essays in Modern German Literature and Thought* (Cambridge: Bowes and Bowes, 1951).

Chapter 4

I have drawn on Erving Goffman, *Asylums* (New York: Doubleday, 1961); Michel Foucault, *Discipline and Punish*, tr. Alan Sheridan (London: Allen Lane, 1977); and Louis Althusser, 'Ideology and Ideological State Apparatuses' in *Lenin and Philosophy and Other Essays*, tr. Ben Brewster (London: New Left Books, 1971), pp. 121–73.

Walter Benjamin's famous essay, 'Franz Kafka: On the Tenth Anniversary of his Death', is in his *Illuminations*, tr. Harry Zohn (New York: Harcourt, Brace and World, 1968).

For Otto Gross, see Jennifer Michaels, *Anarchy and Eros: Otto Gross' Impact on German Expressionist Writers* (New York: Lang, 1983). The best account of Kafka and law is in Theodore Ziolkowski, *The Mirror of Justice: Literary Reflections of Legal Crises* (Princeton: Princeton University Press, 1997).

The most detailed studies of the rights and wrongs of Kafka's two best-known novels are: Eric L. Marson, *Kafka's Trial: The Case against Josef K.* (St Lucia: University of Queensland Press, 1975); and Richard Sheppard, *On Kafka's Castle* (London: Croom Helm, 1973), now supplemented by Stephen D. Dowden, *Kafka's Castle and the Critical Imagination* (Columbia, SC: Camden House, 1995).

Johan Huizinga is quoted from his *The Waning of the Middle Ages*, tr. F. Hopman (London: Arnold, 1924). On public executions, see Richard J. Evans, *Rituals of Retribution: Capital Punishment in Germany, 1600–1987* (Oxford: Clarendon Press, 1996).

On Kafka's far-flung family, see Anthony Northey, *Kafka's Relatives: Their Lives and His Writing* (New Haven and London: Yale University Press, 1991); on colonialism, Paul Peters, 'Witness to the execution: Kafka and colonialism', *Monatshefte*, 93 (2001), pp. 401–25; on minor literatures, Gilles Deleuze and Félix Guattari, *Kafka: Toward a Minor Literature*, tr. Dana Polan (Minneapolis: University of Minnesota Press, 1986).

For a thorough feminist reading, consult Elizabeth Boa, *Kafka: Gender, Class and Race in the Letters and Fictions* (Oxford: Clarendon Press, 1996).

Chapter 5

On Kafka and Judaism, see Evelyn Torton Beck, *Kafka and the Yiddish Theater* (Madison, WI: Wisconsin University Press, 1971); Ritchie Robertson, *Kafka: Judaism, Politics, and Literature* (Oxford: Clarendon Press, 1985). See the discussion of Kafka in *The Correspondence of Walter Benjamin and Gershom Scholem, 1932–1940*, tr. Gary Smith and Andre Lefevere (New York: Schocken, 1989). On Kafka and Kierkegaard, see Richard Sheppard, 'Kafka, Kierkegaard and the K.s: theology, psychology and fiction', *Journal of Literature and Theology*, 5 (1991), pp. 277–96. As background, see William James, *The Varieties of Religious Experience* (London and New York: Longmans, Green and Co., 1902).

“牛津通识读本”已出书目

古典哲学的趣味
人生的意义
文学理论入门
大众经济学
历史之源
设计，无处不在
生活中的心理学
政治的历史与边界
哲学的思与惑
资本主义
美国总统制
海德格尔
我们时代的伦理学
卡夫卡是谁
考古学的过去与未来
天文学简史
社会学的意识
康德
尼采
亚里士多德的世界
西方艺术新论
全球化面面观
简明逻辑学
法哲学：价值与事实
政治哲学与幸福根基
选择理论
后殖民主义与世界格局

福柯
缤纷的语言学
达达和超现实主义
佛学概论
维特根斯坦与哲学
科学哲学
印度哲学祛魅
克尔凯郭尔
科学革命
广告
数学
叔本华
笛卡尔
基督教神学
犹太人与犹太教
现代日本
罗兰·巴特
马基雅维里
全球经济史
进化
性存在
量子理论
牛顿新传
国际移民
哈贝马斯
医学伦理
黑格尔

地球
记忆
法律
中国文学
托克维尔
休谟
分子
法国大革命
民族主义
科幻作品
罗素
美国政党与选举
美国最高法院
纪录片
大萧条与罗斯福新政
领导力
无神论
罗马共和国
美国国会
民主
英格兰文学
现代主义
网络
自闭症
德里达
浪漫主义
批判理论

德国文学
戏剧
腐败
医事法
癌症
植物
法语文学
微观经济学
湖泊
拜占庭
司法心理学
发展
农业
特洛伊战争
巴比伦尼亚
河流
战争与技术
品牌学

儿童心理学
时装
现代拉丁美洲文学
卢梭
隐私
电影音乐
抑郁症
传染病
希腊化时代
知识
环境伦理学
美国革命
元素周期表
人口学
社会心理学
动物
项目管理
美学

电影
俄罗斯文学
古典文学
大数据
洛克
幸福
免疫系统
银行学
景观设计学
神圣罗马帝国
大流行病
亚历山大大帝
气候
第二次世界大战
中世纪
工业革命
传记